群
蜂
市
城
SWARM
CITY

王宽 ——— 著/绘

扫码查看
高清图片

文化艺术出版社
Culture and Art Publishing House

图书在版编目（CIP）数据

蜂群城市 / 王宽著绘. -- 北京 : 文化艺术出版社，
2024. 12. -- ISBN 978-7-5039-7767-1

Ⅰ . I247.5

中国国家版本馆CIP数据核字第2024N2B609号

蜂群城市

著　　者	王　宽	
绘　　图	王　宽	
责任编辑	刘锐桢	
数字编辑	孙国梁	
责任校对	董　斌	
书籍设计	马夕雯	
出版发行	文化艺术出版社	
地　　址	北京市东城区东四八条52号　（100700）	
网　　址	www.caaph.com	
电子邮箱	s@caaph.com	
电　　话	（010）84057666（总编室）　84057667（办公室） 　　　　　84057696—84057699（发行部）	
传　　真	（010）84057660（总编室）　84057670（办公室） 　　　　　84057690（发行部）	
经　　销	新华书店	
印　　刷	国英印务有限公司	
版　　次	2024 年 12 月第 1 版	
印　　次	2024 年 12 月第 1 次印刷	
开　　本	889 毫米 ×1194 毫米　1/32	
印　　张	10.75	
字　　数	240千字	
书　　号	ISBN 978-7-5039-7767-1	
定　　价	58.00元	

自由的灵魂一旦被拥有，

它们便会枯萎凋零。

When free things are owned,
they just wither and die.

——《河流与天鹅》

（*The River and the Swan*）

　　《蜂群城市》是一部兼具深度思考与宏大想象的科幻巨作。作者王宽，是我多年前结识于科幻的建筑圈好友，不仅是一位富有实践经验的建筑师，更是一位具备独特视野的科幻作家。他在建筑设计和城市规划领域多年耕耘，对城市、空间、结构以及人与建筑的关系有着深刻的理解。因此，这部作品不仅是科幻文学的结晶，更是他在建筑与人类未来之间架起的桥梁，凝聚了他对当代与未来城市结构的深刻思考。

　　实际上，在近十来年从事人工智能设计及智能建造落地的研究与实践中，我逐步意识到，只有依靠工业化的预制模块化模式，才能在人工智能的引领下实现标准化与灵活性的协同，打造速度快、质量好、可持续性高的未来都市形态。近年来在迪拜等地的工作实践，不仅深化了我对城市结构的灵活性和适应性的理解，也引发了我对未来建筑和城市系统的更多思考。或许正因如此，我惊喜地发现王宽在《蜂群城市》中对未来城市的构想与我的研究和实践不谋而合，我们都将对人与建筑、技术与自然的深度融合聚焦于"模块化建筑""适应性城市"及"迪拜"这几个关键词上。

　　因此，阅读《蜂群城市》时，我深深感受到，王宽的科幻世界观并非源自天马行空的设定堆砌，而是基于他积累多年的建筑学知识演绎出的合理且令人惊叹的未来图景。书中提出的"蜂群城市"概念，是一种具备超高适应性的未来城市形态，展现了王宽对未来人类生活空间的独到思考。王宽通过这部作品，深入探讨了技术、人类、自然、空间等多元元素如何交织，最终构建出人类在未来维度中的生存之道。

基于多年来的观察和交流，我认为王宽从长期城市规划和建筑设计实践中，充分地理解到现代城市面临的诸多挑战：资源分配、空间局限、能源消耗以及环境负担等问题。王宽在现实工作中见证了无数建筑从无到有的过程，深入参与城市空间的精细规划，对城市所承载的庞大社会系统有着切身体会。这些经验使他对城市的复杂性、生命力和脆弱性有了更加清晰的认识。王宽对人类未来的栖居之地有着超越平凡的愿景。他在小说中提出的"蜂群城市"设想，是在现有技术基础上进行大胆创新的产物，描绘了一种可以适应地外生活、不断变化，甚至飞向星辰的城市形态。这一未来城市概念，既是王宽对人类在未来维度中生存方式的深刻思考，也是对现代建筑学的大胆颠覆。

王宽不仅停留在建筑物与人之间的互动上，更深入探讨了建筑结构、能源利用与人类文明演化的关联。他提出的"蜂群城市"本质上是一种"负熵城市"，这一设想蕴含着未来生态建筑的诸多特征。他认为，未来的建筑不仅是静态的居住空间，而且是动态的、模块化的、生态友好的存在。它们不仅能适应各种极端环境，还能根据人类需求与环境条件不断调整形态，甚至在遭遇毁灭性打击后，具备自我重组的能力。这样的未来建筑设计灵感，无疑源自他对建筑学领域的精湛理解和对未来城市构想的深厚积淀。

王宽这种颠覆性的创新设想，不仅在科幻领域独树一帜，也在建筑设计的思想层面上具有非凡的意义。他一直致力于探索建筑与人类行为、自然环境的互动关系，深知建筑不仅是钢筋水泥的堆砌，更是承载人类需求和梦想的"生命体"。小说中所展现的未来城市，极具灵活性和适应性，能够随人类需求而转变，不再受限于地理位置或静态的城市结构，而是以"蜂群"式的模块化单元相互连接、协同运作。借助 AI 网络、能源共享和机械视觉技术，每个单元都能在全球范围内自由移动、组合，犹如云层般的城市形态般灵活多变。这不仅展示了王宽在建筑学上的超前见解，更展示了他对未来人类生存方式的大胆构想。

对于熟悉王宽的人来说，这种独特的"建筑科幻"风格绝非偶然。他一直在专业领域内探索如何在现代建筑中引入更多可持续的设计理念。在《蜂群城市》中，科技的进步、城市的结构变化不是冰冷的数字或程序，而是与人类生活息息相关的现实。他通过建筑的演变，揭示了未来人类文明在面对高维文明冲击时的抗争、坚韧与创新精神。这种以人类生存需求为核心的建筑理念，不仅是作品的主线之一，也展现了他作为建筑师对未来城市的期待与责任。

《蜂群城市》充满了丰富的科技幻想、量子力学设定和高维空间描述，但本质上是一个关于人类如何在极端环境下重构城市、重塑文明的故事。王宽并非只着眼于未来的科技进步，而是用建筑师的眼光审视人类文明的韧性与脆弱性，提出了一个个超越传统的思想实验。作为一部以严谨逻辑和现实考量支撑的科幻小说，《蜂群城市》中的每一个细节、每一个结构，甚至每一个社会制度的设定，都体现了王宽对未来城市可行性的深入思考和责任感。

对我个人而言，这实际上是一个关于人类救赎的动人故事。它吸引我的地方，不仅在于展示未来的城市形态，更在于呈现人类社会在面对宇宙未知力量时的重生与蜕变。无论身处何种绝望境地，人类总会积极地寻找延续文明的方法。在此之外，还有另外一个打动我的地方：王宽在书写这部小说时，正处于人生的低谷，在典型的"中年危机"中，他做出了超越常规的回应。放下一切，与一辆自动驾驶汽车为伴，游历祖国大地。从他偶尔在朋友圈发布的西部冰原或荒漠的照片中，我可以想象他在此期间的状态：要么行路，要么写作，没有沉沦，没有执念，始终沉浸在深邃的思考中。经过数月的洗礼，最终呈现出这部充满曲折情节和想象力的作品，令我深感钦佩和欣慰。

对于读者而言，《蜂群城市》无疑是一次视觉和思想的双重盛宴。书中的每一幅插图都是王宽亲手设计并建模渲染的，这在科幻历史上也极为少见。它不仅满足了科幻爱好者对未来科技和星际文明的好奇心，还为建筑学爱好者、城市规划从业者和未来学探索者提供了全新的视角和启发。此外，我个人认为，这种文字与视觉的双向创作能力，实际上为作品未来的影视化和游戏化铺垫了可能。王宽以深厚的建筑学知识和对未来城市的大胆畅想，将《蜂群城市》打造成一座桥梁，连接了当下的读者与未来的星辰大海。在他的文字中，我们看到了他对现代城市的深沉思考，对未来城市的美好愿景，以及他作为人类一分子，对未来人类栖息地的无限期许。

在此，我诚挚地推荐《蜂群城市》这部作品。它不仅是一部关于未来的小说，更是深刻反映人类在未知世界中不断进取、不断创造的史诗。王宽用他在建筑学领域的专业积淀，为我们展现了未来人类生存的全新图景。相信每一位读者都会在这个宏大的科幻世界中，感受到作者对人类未来的深切关怀和对人类社会持久进步的信心。希望您在阅读《蜂群城市》时，能与我一样，被其丰富的思想和美丽的构想深深吸引和打动。

何宛余　小库科技创始人

2024 年 11 月 5 日

目录

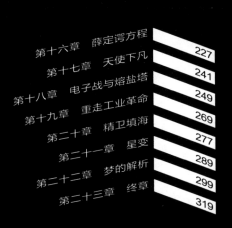
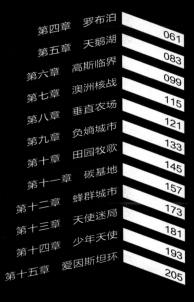

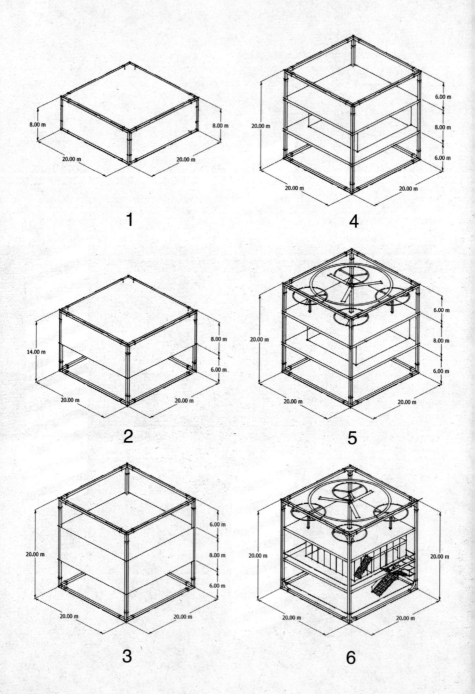

8.00 m   8.00 m   20.00 m   20.00 m

1

6.00 m   8.00 m   6.00 m   20.00 m   20.00 m   20.00 m

4

14.00 m   8.00 m   6.00 m   20.00 m   20.00 m

2

6.00 m   8.00 m   6.00 m   20.00 m   20.00 m   20.00 m

5

20.00 m   6.00 m   8.00 m   6.00 m   20.00 m   20.00 m

3

20.00 m   20.00 m   20.00 m   20.00 m

6

第一章 冰与火

天上下起了**鹅毛大雪**，江对岸的陆家嘴，一半在云雾之上，一半在冰雪之内。上海三塔被加热到晶莹剔透，透射出内部红金色的钢结构框架，像一座座**燃烧的木塔**。

　　2030 年，夏日，早上 6:00:00，天使从浴室走出来，乌黑的长发从雪白的肩头滑落，房间略显暗淡。整面墙壁都是窗，白色的玻璃忽明忽暗。

　　她伸手拿起一支纤细的白色香烟，"咔哒"一声，打火机的蓝色火苗短暂地照亮了她俊俏的唇边。

　　脚尖触地的瞬间，纤细的脚踝和小腿轻轻颤抖，她轻声走到窗前。天使在夜晚从不拉窗帘，喜欢与群星为伴。极目远眺，琼楼玉宇的上海正在没入孕育中的缓缓流淌的晨雾中，漂亮的建筑物一座接着一座安静地消失了。

　　落地窗每块玻璃之间是一条铝质竖向龙骨，地板与玻璃之间是一条横向龙骨，横竖交界处端部各有一个光滑平整的圆形螺丝口。她用不锈钢螺丝刀把它们拧开，将龙骨的铝质盖板取下靠在墙角，复杂的单元式幕墙结构露了出来。她查看了一下，每块玻璃大约 2 米宽、5 米高，每条边靠近转角的 1/4 处，有一个不锈钢卡具与龙骨上的倒钩靠螺栓相连。

　　卸掉下面四个和上面两个卡具的螺栓以后，她用手工刀将黑色的结构胶体切开，用双手将玻璃单元的下边缘卡在预先摆好的轨道上，向房间内的方向拉动铰链。玻璃面板顺着轨道从下面开始向内倾斜，同时上面两侧的卡具沿着竖向龙骨滑动下来。

整块玻璃被卸了下来，铺在地上的尺寸是床的两倍，表面反射着若隐若现的星空。

裸露的窗口外，是上海中心大厦的双层玻璃幕墙之间 5 米宽的空腔，设计之初是为了形成空气循环和节约能源。这里是监控盲区，因为没有人可以到达。

双层玻璃幕墙之间，以端部铰接的钢质杆件相连，数量众多。天使可以顺利地在其间攀援而上。30 分钟后，她从建筑顶部擦窗机下方的检修口走了出来。

632 米高的上海中心大厦是世界第四高建筑物，顶部造型似一本略微倾斜卷起的书，站在书造型翘起的最高一角，黑衣束发的天使点了一支烟，一边吸着一边望向远方。晨雾已经蔓延铺满整座城市，远处若隐若现的黄浦江反射着天边微微亮起的蓝中带红的太阳光，像一条巨龙穿梭在云雾之间。身边不远处，雾海之上，仅有两座建筑物冲破云端，一座像中国古代的宝塔层层升高，另一座像巨大的方形时空之门。身处它们之间，云海中渺小的天使仿佛站在历史长河的正中。她看到曾经的人类文明璀璨辉煌，而其未来将走向何方并未可知。

扔掉熄灭的烟头，天使抬起左臂，以纤细精致的左手轻轻握住一根同样精致的不锈钢金属杆件。她深深地吸了一口上海清晨的空气，微甜，略苦，意味深长。

凌晨 3:00:00，浦东国际机场，白色的私人飞机一停稳，双手插兜的张国栋就起身走出自动打开的舱门，走下扶梯，双脚踏上地面那一刻便开始健步如飞。这位东海公司创始人刚刚完成迪拜哈利法塔的收购工作，便立即飞到上海。这次的签字仪式非常重要，如果顺利完成，将拉动东海公司市值冲破万亿美元大关。

走向扶梯的接机人是一位魁梧的中年男子。见到张国栋，他深沉一笑，伸手拍拍张国栋的肩膀。

"明哥，换了吗？"张国栋手臂揽在他肩头，低声说道。

"搞定，环球。"男子拍拍张国栋的后背。

"妥。"

二人话不多说，登上一架直升飞机并戴好头盔，由要明驾驶飞向陆家嘴。要明是张国栋多年的结义兄长，也是他所有商业事务的法律顾问和金融操盘手。

"事成之后咱们登珠峰。"张国栋拿起一把黑色钢质冲锋枪，一边熟练操作一边说道。

492 米高的上海环球金融中心是上海第二高建筑，顶部为一个巨大的方形孔，停机坪位于孔的顶部横梁上。飞机停稳后，两人一下飞机便由三位保镖护送进入电梯，来到酒店房间。之所以临时换酒店，是要明的安排，也是张国栋惯常的做法，他深知这类公开的签约活动会引来纽约时期的老仇家报复，只要提前得知目标下榻的房间所在，职业杀手从不会失手。

凌晨 4:00:00，南京路路口黄浦江的护栏边，六七位大学生围拢着一位英俊清瘦的高个青年男子。三年前从津海大学建筑系毕业的李秋白，受建设方陆深集团的邀请，于十天前来到上海，短期参与人类模因塔的设计工作。抱团熬夜交图是建筑系学生独有的乐趣。大家已经两夜未睡，刚刚提交完设计图纸，心情大好的他带着本科师弟师妹们一起夜游。

"今天的晨雾正在聚集，景色真是百日一见。江对面的三塔，半隐半现在云雾之中，你们看像不像庐山，李白诗云：'飞流直下三千尺，疑是银河落九天。'"

正如其名，李秋白很喜欢李白，两人性格也非常相似。

此时不远的栏杆旁边，有位姑娘静静地面对着江畔，身穿汉服，纯白色马褂配浅蓝色金丝刺绣马面裙，晚风吹拂着她乌黑的长发。她听到李秋白的话并未转身，只是嗓音清澈地说道："不像庐山，像犹抱琵琶半遮面的女子。"

话音传来，同学们都看了过去。

"转轴拨弦三两声，未成曲调先有情。"不知为什么，李秋白能感受到她语气中深藏的无尽意味。

"低眉信手续续弹，说尽心中无限事。"姑娘接了一句，转身时清澈的双眸与秋白温和而坚定的目光相遇。

"姑娘，幸会，我可以给你拍张照片吗？"

"嗯。"女孩含蓄地伸出纤纤玉手，将手机递给他，两人目光再次相遇，她殷切却遗憾的眼神深深触动了李秋白的心。他接过手机后，她转身面对着江面，倚靠在栏杆上。雾蒙蒙的黄浦江，若隐若现的三塔，沉睡中的外滩建筑群，这绝美的夜色将她衬托得仿若天仙。

"你叫什么名字？"女子问道。

"我叫李秋白。李白的李，秋天的秋，李白的白。敢问姑娘芳名？"

"爱丽丝·麦子。我……啊！"

女子待要说时，身后的栏杆忽然断裂，她大叫一声坠入江中。

李秋白一刻也没有犹豫，立刻冲过去跳了下去。

女子被反弹在堤坝上的水浪反吸向江心的方向，嘴里喊着救命，双手扑打水面，几乎要被吞进水中。身体没入水面后，清晨的江水出奇地凉，秋白也顾不得这么多，朝着她的方向游去，眼看着她越来越向江心移动，秋白拼尽全力一头扎入水下，开始潜泳。

他脑中回忆着她殷切却遗憾的目光。

他在水里睁开眼睛，清晨的江水非常清澈。大雾本身的白色倒影让水下的波光没有那么刺眼。唯一不对劲的地方，是水温似乎越来越低，现在已经到了刺骨的程度。秋白咬紧牙关继续前进。

虽然很远，但他可以感受到她殷切却遗憾的目光。

距离女子5米时，其身后很远的地方似乎有一股白雾弥漫开来，向左右方向无边无际地扩散，目力所及的上百米范围很快在她身后变得不再透明了。

她殷切却遗憾的目光望眼欲穿地投向他。

距离3米时，秋白看到她白色的上衣侧面上长出许多白色的纹理，看不清是什么东西，但是他开始警觉起来：是水草吗？为什么是白色的？

她殷切却遗憾的目光仿佛一座灯塔。

距离2米时，她和秋白之间的水世界分裂出成千上万个像刀子一样的随机纹理，白蓝色的美好身影，黑色的散在水中的长发，此刻都仿佛被画入一幅莫奈的印象派油画中。

她殷切却遗憾的目光凝固了。

距离1米时，秋白看到，在自己眼球前紧贴着视网膜的水中，无数个细小的白色四面体结构正在组合，它们是如此的活跃，仿佛亿万个生命体在诞生，这些结构晶莹剔透，折射出无数个魔都剪影和女子白蓝色忧郁的身形。

刺痛，眼球开始刺痛。

"水在结冰！"秋白忽然明白了。他立刻伸手去抓女子伸出的手。可是这1米的距离，仿佛隔着千山万水，手每伸出1厘米都好吃力，手腕和胳膊被冰凉的尖刀一样的冰凌划得生疼。最后还剩10厘米的时候，胳膊再也无法前进了。

这一秒，秋白愣在冰水混合的世界里，眼看着面前与自己心心相印的女子从此被封印在这幅冷酷的冰画中，她的眼睛正看向自己，殷切却遗憾的目光期盼着他，她的手正要伸过来，她的长发飘散并凝固在冰凌的海洋里。

冷静下来的李秋白，迅速地转身朝岸边游去，亿万个冰凌在身后追击自己，崩脆撕裂的声音像极了西藏雪峰寺庙里祭奠亡灵的驼铃声。

回到岸上后，李秋白立刻拨打了报警电话。警察很快赶了过来，在勘测现场后将几位目击同学和李秋白一起带到派出所。

凌晨 5:00:00，苏州河超级深邃工程 18 号井，工程队将世界最大直径 17.5 米的镶有 308 颗金刚石刀片的红色扁平钻头模组从地面运送到深度 106 米的井底，与 80 米长的白色"山河"号盾构机列车组拼装完成。陆奇总工程师与几位同事对钻点标线进行第三次复验后，填写了今日的报告，在报告末尾打上对钩并签了字。

深邃工程是上海市正在进行的深度超过百米的引洪工程，建成后能够极大地提升上海市的防洪上限，将苏州河泛滥的洪水引向其在黄浦江的河口，这将上海向理想的海绵城市建设更推进一步。18 号井位于黄浦江边的桥南，19 号井位于黄浦江对岸。这次的钻探与以往不同，隧洞直径超出其他井 2 倍，以使出水口流量暴增，避免水流倒灌。

站在 6 层楼高的白色"山河"号下方，陆奇有一种错觉，这台像巨龙一般的圆柱形巨大机器，仿佛空间站的主舱，后者他在学生吴般工作的海南文昌航天基地见过一次。只是他知道，在"山河"号的内部，是更加具有破坏力的复杂轴承，而非太空舱室。不知为什么，他经常做这样的梦，梦中自己飘浮在漆黑的太空中，身旁是白色的空间站，远方是暗淡的透明星球与浩瀚星辰。

5:30:00，陆奇总工程师和范总经理一起下达命令，启动钻探行动。

"轰"的一声，转轴开始缓缓启动，大家听到电磁转子飞速旋转的声音越来越尖锐，这声音十分悦耳。盾构机下方的轨道轮组开始发力，将"山河"号推向岩石深处。

黄浦江水深17米，再向下是河床、砂质黏土、粉砂，100米以下是承压地下水层。钻探就在这一层。从1号至17号深井的钻探经验来看，这次的钻探因黄浦江水的压力会遭遇10倍压强的渗透冲击，加之隧道直径比其他工段大5倍，工程队伍为此做好了充分的导流泄压准备，并请来一只10米高的速凝混凝土机械臂作为掩护，只是真正开始后一切措施都没有了意义。

　　"山河"号长80米，像列车一样分为6节，第一节是钻头与电磁电机，第二节是8只用于调整掘进方向的机械臂，第三节是驾驶室和工作舱，第四节是用于坡段防止滑动的阻尼机，第五节是基层混凝土喷射机，第六节是钢筋网自动编织机。按照这个流程挖掘出的隧道雏形，再由后续的精装队伍进行预制混凝土隧道模块的安装。

　　陆奇和驾驶员刘钊就坐在第三节驾驶室内，可以清楚地看到前方钻头刚刚打开的崭新的地下水世界。前进到80米左右时，奇怪的现象发生了。原本常见的场景是灰色的松散岩层和到处流淌喷射的透明地下水，可是接下来出现的是从未见过的水墨一样的液体，像灰色颜料掺入黑色墨汁搅拌过程中线条丰富缠绕的样子。继而液体越来越黏稠，也不再有灰色杂质，完全呈现出黑色，这种黑并不像墨汁，也不像石油，而是如玻璃一样晶莹剔透，反射并折射着洞内微弱的灯光。陆奇仔细观察，发现它表面像一层玻璃薄膜，内部似乎更加柔软并且在快速无规律流动。这种流体越来越僵硬，几乎接近于固体，但是又呈现出躁动不安的流动趋势。贴近洞壁的地方迅速固化并凝结成形状清晰的晶体。刘钊戴上白色施工手套，伸手在墙上取下一点晶体，递给陆奇看。只见这些晶体呈现出对称的形状，像一个个小金字塔尖对尖配对而成的沙漏，之所以看似沙漏，是因为它的内部仍然有无数的分形而成的更小的晶体在流动，与此同时伴随着风铃一样此起彼伏的清脆响声。

"冰18！"陆奇大喊，心中惊叹自己今生竟然有幸看到这样神奇的新物质。

"那我可要拍几张照片！"说着，刘钊拿起了手机。

"不要！"陆奇伸手制止他，但是已经来不及了。

手机屏幕点亮的一瞬间，微弱的电磁信号辐射开来，冰18晶格里游动的氢原子与手机的磁场交叉，产生了初始电流。

宇宙中电与光同速，一瞬间，黑色的晶体闪亮起来，像拥有了生命一般将电流迅速传开，并击穿了"山河"号的电磁隔离层，与其高压电场连通。刹那间，"山河"号开始高速自转，并毫无目标地向地壳深处窜去。

在穿越承压地下水层的生命最后的8分钟里，陆奇恍惚间看到周围整个黑色的冰18世界闪耀着星星点点的光芒，仿佛自己梦中的太空一样广袤无垠，在这无垠的黑暗中，驾驶员也变成了黑色。

漫漫晨雾中的上海金茂大厦，仅有顶部露出。对面的环球金融中心简洁的顶部造型仿佛一个画框，将金茂大厦如莲花般盛开的顶部造型收入其中，加之朦胧的晨雾作为画布，仿佛一幅唯美的东方禅画。

金茂大厦莲花顶的复杂程度堪称世界超塔之最，这里是最适合隐藏的地方。一夜未睡的图列耶夫，用食指和中指在布满晨露的铝板上擦了两下，分别按在自己的左右眼卧蚕处，这是他保持清醒的习惯方法。然后，他嚼了一支俄罗斯香肠，将黑色长管狙击枪人字支撑架在一处平整的铝板凹槽内，枪柄靠在左肩上，单膝跪地。

瞄准之前，他看了一眼远处的建筑物，云海之上只有环球金融中心的时空之门和上海中心大厦妖娆的上半身。上海中心大厦顶部像书一样卷起的最高点结构将滚滚流动的淡薄云雾撕开。

透过瞄准镜，图列耶夫看到对面的环球金融中心空中宴会厅恰好亮灯了，里面的工作人员开始二次布置会场，应该是昨晚已经布置妥当，早晨进行检查并安排安保工作。事先安排好的保洁阿姨开始从外面擦拭落地玻璃窗上的露水，以保证客人们能看到最美的景色为名，实则为了给图列耶夫提供清晰的视线。

早晨 7:30:00，图列耶夫透过十字准星看到今天击杀的目标——1.88 米身高的张国栋走上宴会厅的红毯。

环球金融中心 101 层空中大厅，位于方形时空门的底部。张国栋和要明从房间玄关处直接乘坐 VIP 电梯进入宴会厅旁的休息间。

此时迎面走来一位老人，一袭黑色中山装，头发花白，眼神坚定有力，脸上写满了故事。

"张总，多日未见，英姿飒爽。"老人握住张国栋的手。

"金老爷子，老当益壮！"张国栋笑着说道。

"今日盛事，得来不易，恭喜兄弟。"

"您于我如父如师！"

"咱们进大厅吧。"金老爷子挥手让便衣保镖打开双扇铜质大门，两人大步走上红毯。

记者们一拥而上围在二人两侧，闪光灯的咔嚓声此起彼伏。大厅两侧坐满了各国记者和相关产业人士，长长的玻璃大厅洒满温暖的晨光。窗外四周下方的大雾浓密翻滚，整个上海都隐藏在其中，仿佛《西游记》里的天宫。

主席台上有四个座位，上海市副市长秦汉、东海集团创始人张国栋、上海三塔代表金山、东方模因塔总工程师刘宇恒四位嘉宾依次入座。

背后的红色横幅上写着一行字：上海三塔收购签约仪式暨东方模因塔方案发布会。

大厅的正中心，是一座精致的沙盘模型，其中有四座超级建筑依次升高：420米高的上海金茂大厦、492米高的上海环球金融中心、632米高的上海中心大厦，以及今天即将发布的未来全球最高建筑——2100米高的东方模因塔——DNA双螺旋造型，其中一只悬臂高出另一只1/4。

8:00:00，签约仪式正式开始。主持人是一位仪态端庄的女士，她温婉地面向会场所有人说道："今天的签约仪式，标志着全世界最高的10座超高层建筑——迪拜哈利法塔、沙特吉达塔、吉隆坡默迪卡大厦、上海中心大厦、沙特麦加皇家钟塔、深圳平安国际金融中心、韩国乐天世界大厦、纽约世界贸易中心、广州东塔、天津环球金融中心全部由东海集团控股，即将发布的第十一座——世界第一高的东方模因塔，也将由东海集团投资建设。大家欢迎东海集团创始人张国栋先生！"

在记者们的闪光灯下，张国栋在平板电脑上签下了自己的名字，这一刻通过电子网络，上海三塔的控股权即刻完成了交接，世界高度排名前十的高塔全部归属东海公司。这是他十年来的梦想，如今终于成真。

一夜未睡的他并未觉得疲劳。玻璃大厅坐落的位置，能使其中的人看到整个天空，不远处是上海中心大厦光洁俊秀的塔顶。

主持人讲话的时候，张国栋望向上海中心大厦的塔尖，这时他看到了一位黑衣束发的女子，几乎看不清她的脸庞和动作，但是她孤傲的身姿伫立在晨雾凛冽的巅峰之上，让他看得入神，大厅的玻璃幕墙龙骨恰好围合成一个唯美的画框。

8:10:00，签字仪式完成，张国栋的身体稳定地端坐着，目光长时间望向另一个方向，仿佛静止了。沉着等待的图列耶夫心中默念了一遍祷告词，然后果断地扣动了扳机。一颗钨金子弹的弹壳被活塞瞬间击中，火药爆发出巨大的力量。同一时刻，图列耶夫发现狙击枪所架设的金茂大厦铝板墙顶，似乎散发出红金色的微光，表面附着一层极细的三角形黑色网格，细看之下这层黑色丝线像快速流动的液体，紧接着狙击枪的支架也被染成了红金色，继而是枪身。他的手感到一阵灼痛，但是他仍然坚持握住枪身，1秒钟之后才不得不放手，此时幸好子弹已经出膛。

在枪管中的0.03秒时间里，热传导和摩擦力叠加在这颗子弹身上，让它几乎变成了纯红色，仿佛一颗滚烫的血滴飞出枪口，穿透缥缈的薄雾飞向张国栋。

张国栋眼前仿佛油画框一样的玻璃幕墙龙骨也变成了红金色，掩映着初升的阳光，更加耀眼夺目。热浪扑面而来，忽然开始警觉的他立刻把视线扩散到整个大厅，惊奇的一幕出现了，方格状的大厅玻璃天幕像一张烧红的网，让所有人都感到轻微的灼痛。

　　张国栋敏锐地意识到有什么严重的事情发生了，便衣保镖正朝自己飞奔过来，电光石火的一刹那，他看到另一侧窗外金茂大厦的层层莲花顶此刻全部闪耀着红金色的光芒，仿佛去年在林芝偶遇的南迦巴瓦峰日照金山，那金色是如此的灿烂。他甚至看到了火焰。

　　同一时刻，天使紧握双手，半蹲下，单膝跪地，向三座塔顶之间的中心位置纵身一跃而下，眼前的景象是她无法想象的，也是她期盼已久的：白色的云雾之上，三座红金色的塔顶仿佛三只太阳；剧烈的热浪将云雾汽化，形成一波一波的标准圆环状；三组环状波浪相互叠加，形成了像海洋一样波澜壮阔的干涉云海；每一座塔尖的避雷针顶喷射出红金色的金属流体，但并未形成抛物线喷射流，而是沿着纯粹的直角折线互相连接，形成一个倾斜的不等边三角形。天使此刻正在穿过这个宏伟的三角形斜面。她看到斜面构成的空间里不再有云雾，而是纯粹的黑色，像她熟悉的星空，却没有一颗星星。

　　任何一个人都会畏惧这样的深渊，而天使却感到无比宁静，仿佛回到了心里的家。黑衣束发的她轻轻地坠入那深渊，好像一只羽毛落进湖心。

　　图列耶夫在生命的最后一刻，一边想起自己在切尔诺贝利被辐射致死的青杉队战友，一边看到那颗血红色的子弹一点一点偏离枪口与张国栋之间的射线，沿着非常缓和的抛物线从环球金融中心侧面划过，继续飞行了一段后，沿着椭圆形长轴段的弧度掉转方向。似乎在那个三塔之心有一股巨大的力量在吸引着它。这景象好似闯入太阳系的彗星在太阳背后迅速掉转方向。

眼睛失明的一刹那，他看到上海中心大厦塔顶有一个黑色女子身影坠入一个红金色边缘的巨大三角形，那颗火红色的像彗星一样的金属液滴沿着螺旋线坠入黑色三角形的中心，然后整个世界变成一片辉煌的红金色。

李秋白和同学们走出派出所时，天上下起了鹅毛大雪。他们看到江对岸的陆家嘴，一半在云雾之上，一半在冰雪之内。在这冰冷如冬的画面里，上海三塔被加热到晶莹剔透，上海中心大厦和环球金融中心大厦的玻璃表皮从未如此透明，透射出内部红金色的钢结构框架，而金茂大厦整个外表面的层叠铝板都已通红，像一座燃烧的木塔。干涉条纹状的云海以三塔为中心扩散开来，仿佛云海是一个无边无际倒置的湖面。

"国栋，上飞机！"要明飞奔过来，一把拉住张国栋的胳膊，直冲大厅外的平台跑去。在他的概念里，危险随时都可能发生，因此飞机从昨晚就候在平台上没有离开。他一边跑一边递给国栋一支手枪。

二人跳上直升机，仍然由要明亲自驾驶，出于安全考虑，没有再救第三个人。飞机爬升的 10 秒钟里，张国栋看到了那张开的巨大黑色三角形，也看到了那个女子认真地跳跃，像跳水运动员一样优美地坠入其中。

10 秒钟后，上海中心大厦的玻璃幕墙像水一样融化了，宏伟的玻璃瀑布沿着它优美的曲线表面倾泻而下，一层层楼板逐一向下方坠落，混凝土核心筒像粉末一样坍塌。整座上海中心大厦就像一只脱了骨的脊椎动物，柔软地跌入云海之下。

继而是环球金融中心大厦和金茂大厦，同样的柔软，同样的轻如鸿毛，跌入云海。

李秋白目睹着眼前的灾难一分一秒地发生。鹅毛大雪更加猛烈，冻得牙齿咯咯响。路上驶来许多警车，行人都在低矮建筑的屋檐下躲避风雪，大家的目光都望向三塔。往日挺拔俊秀高耸入云的三塔，现在正像烂泥一样坍塌下来，灰尘飘散在四周和风雪混合在一起。

红金色渐渐从三塔身躯之中消失得无影无踪。坍塌的过程中可以看到建筑物里的人影爬向边缘然后一跃而下，看到这样的场景，人们想起了熟悉的 911 事件里因不堪火烤而跳楼自杀的人。

8:20:00，三塔，载着大厅里的记者们、官员们、保安们、工作人员们，载着杀手图列耶夫，载着酒店客房里刚刚苏醒的人们，从云海之上跌落，从上海天际线中被彻底抹去。

第二章　迪拜宣言

灵动的火焰开始顿挫，仿佛分辨率很低的屏幕上的像素一样。10秒钟后，火焰竟然被限定在无比规则的矩阵之中。紧接着显现出文字一样的形态：

我是高维文明，人类退出城市。

　　李秋白搭上一辆警车来到江对岸，大街小巷的人们都向三塔相反的方向奔跑，滚滚的浓烟追赶着他们，吞噬着街道。鸣笛的警车冲了过去，天空中也盘旋着十几架直升机，营救开始了。

　　惊魂未定的李秋白站在原地回望江对岸，鹅毛大雪阻隔了他的视线。此刻，周边所有的电子产品都没有了信号。在这样残酷的处境里，大多数人都会感到恐惧，而李秋白心里却释然地笑了："我倒要看看这场灾难会变成什么样子！"

　　就在这时，高空有一架直升机刺破云海盘旋着坠落下来。整架飞机的表皮已经脱落，仅剩摇摇欲碎的骨架和飞速旋转的螺旋桨。

　　张国栋拼命地控制摇杆，让飞机可以尽量软着陆，身旁是受伤的要明。在他们逃离三塔的过程中，机尾不小心蹭到了黑色三角形的红金色边缘。进入高空稳定航行时，仪表盘无论是金属指针还是电子电路，都产生剧烈的波动。雪上加霜的是，飞机的金属表皮逐渐泛红并脱落，张国栋敏锐地意识到飞机会很快解体。

　　此刻云中忽然冲出一架白色直升机，只听见密集的机关枪扫射声。要明的左臂被射伤，流血不止，于是张国栋接替他来手动操纵飞机。

　　"真是冤家路窄！老子闭着眼都知道是谁。"要明撕开袖子把上臂扎紧，立刻端起地上的加特林机枪朝对方轰去。

这两个受过海陆空三军训练的男人，毫无畏惧地和对方展开了厮杀。对方的飞机同样陷入电子失灵的境地，躲闪不及，被要明的火力击碎了油箱，冒着浓烟朝江面坠下，途中发生了爆炸，杀手粉身碎骨。

万千冰凌此起彼伏的江面尚未彻底硬化，直升机冲进冰面，发出轰隆巨响，螺旋桨把大大小小的冰凌扬向天空。机身折为两段，猛烈的撞击让两人陷入半昏迷状态，冰凌像泥浆一样流进驾驶舱，将两人淹没。

李秋白是离二人最近的目击者，从冰凌的海洋里死里逃生的他，毫不犹豫地反身，第二次跳了进去。将要落入冰面时，他看到了恐怖的一幕，江面之下，被冰凌折射得支离破碎的黑色正在快速蔓延，上海的母亲河如今正在变成人间炼狱。虽然李秋白无法理解这十几分钟之间黄浦江发生了什么，但是他仍然鼓起勇气将张国栋和要明救上了岸。身后的黄浦江如正在进行中的水墨画一样，由洁白清透逐渐染成了黑色，扑面而来的冷热空气旋流让三人不敢停留，只能朝着三塔方向退去。

路途中要明伤势加重，再也走不动了，张国栋扶着他坐在地上。

"明哥！"

"兄弟，我实在撑不住了，我的胸腔里有一颗子弹。"

"明哥，你坚持住，我马上找车送你去医院。"

"不要了，国栋，这不是灾难，是战争。在我的预料之中。你多保重。"

要明气若游丝地说完这句话，永远地闭上了眼睛。

"明哥！"

张国栋跪在地上，仰天长叹，这一切都来得太快，让他心如刀绞。

李秋白将他扶起来，张国栋向李秋白道了谢。

这时，迎面走来几名穿着迷彩服、拿着冲锋枪的军人，动作敏捷地将张国栋腰间的手枪拔出，搜身后请他上了一辆浑身满是灰尘的装甲车，并给他戴上了黑色眼罩，要明也被抬进车中。

李秋白目送着军车远去，拍拍身上的泥土，一路向西，离开了这座悲伤的城市，远在青海海西村的乡亲们还等着他。

熟悉上海地形的张国栋，路上能感觉到装甲车跨过黄浦江大桥。

下车后，他被带到一间屋子里。这是一个会议室，四周没有窗，围成两排呈方形坐满了人，有30多位，房间气氛有些凝重。

"张国栋先生，请放心，您在这里绝对安全。"负责押解的士兵将他安排到第二排靠近主持人对面的位置。

"张总，好久不见！"

说话的正是会议的主持人，一位两鬓斑白精神抖擞的中年男子，身穿绿色军装，胸前有两排勋章闪闪发亮，他坐在对面第一排位置。

"东方总司令，好久不见。"

张国栋并不惊讶，他与东海军区总司令东方宏宇是在一次冲绳岛追杀事件中相识的，但交往并不密切。

"这次的事件主体是你们刚刚收购的资产，所以我们是一定要请你来参会的。"总司令简短地说明了原因。

"好的总司令，悉听尊便。"张国栋没有多说什么，静观其变。

"31 人，已到齐！"士兵洪亮的声音让窃窃私语的会场安静了下来。

"各位，这场会议迟到了 29 年，"总司令发话了，他继续说道，"你们应该有所察觉，今天的灾难和纽约 911 事件非常相似。但我们经过基本的分析发现，它们之间有本质的不同。李院士，你说说看。"

"自我介绍一下，我是中科院高能物理研究所的李荣思。今早我恰好在陆家嘴参加会议，目睹了灾难的全过程。请看大屏幕。"77 岁的李院士有些激动地用激光笔指着会议室墙上的 LED 显示屏。

"大家看的这块 LED 屏幕，应该是目前上海市唯一可以正常运转的电子设备。至于原因，请看这个录像。"李院士播放了苏州河深隧工程 18 号井发来的驾驶室录像。

"首先哀悼我们敬爱的陆总工程师。他在苏州河深隧工程 18 号井道'山河'号盾构机掘进过程中牺牲了。因为今天早晨他遇到了地球上从未在自然界存在过的物质形态——冰 18。请看视频中的黑色物质。"

大家面面相觑，很好奇为什么院士一开始没有讲三塔。

"我是按照时间线来分析的，这样有利于拼起整个事件的全貌。因为视频里陆总工程师大声喊出冰18的名字，我们才抓住了关键线索。冰18是2023年爱尔兰科学院在实验室内研制出的水的一个新相。实验室环境为2000摄氏度高温激光和金刚石高压。"

"在盾构机的钻头边缘镶有金刚石，这不难理解，盾构机与岩石挤压可以产生类似于实验室的1吉帕高压力学环境。但是，高温来自哪里？"一位参会者问道。

"请看黄浦江。结冰的过程很快，范围很大，这个过程释放了巨大的热能，我们的地质检测部门提供的数据显示，热能全部向承压地下水层渗透，而恰好盾构机正在突破地下水层，让这些高温高压的地下水向这个方向涌来，恰好与盾构机的金刚石相遇。接下来就是大家熟悉的链式反应，整个陆家嘴两岸的地下水层基本都凝结成为冰18。

"这种物质很特殊，高温高压将水分子里的氧原子固化在四边形晶格中形成固态，但高温又将氢原子激活到高能态，游离于氧原子晶格之间。这仿佛是固体氧与液体氢的混合液，实际上不是，因为两种原子之间的化学键仍然存在，只是比较弱。此刻的冰18呈现出透明的黑色，这种黑很难描述，可以想象一下，宇宙的黑就是这样的，它是透明的，却又是黑色的，闪耀着的星星点点是氢原子高能电子迸发出的光。

"看到游离的高能电子，大家就明白了，这是一种超导体，而盾构机又是高压电流的终端，这一下子就把黄浦区的电网给吸干了。超导的地下水层产生极其混乱的电磁场，把附近的电子设备的屏幕都摧毁了，包括手机、电脑、LED 屏幕，以及电磁信号。张总，你的飞机坠落一定也是因为这个吧？

"所以我们现在所在的会议室没有窗户，它是一个电磁屏蔽室。而且处于核战防空地下井里。周围已经布满冰 18。

"我们现在测得的冰 18 覆盖范围半径为 159 千米，是近似圆形的不规则多边形。圆心就在三塔。范围边界正在收缩。这个链式反应，不仅吸干了黄浦江的热量和黄浦区的电能，还带走了黄浦江上空空气中的温度，所以从早晨到现在一直在下鹅毛大雪。

"敌人选在深邃工程最接近黄浦江的钻探时间点，一定经过了周密的计划。接下来请工程院宋千峰院士讲讲与三塔建筑相关的分析。"

一位白发苍苍、眼神安静的有着艺术家风范的老人接过话题继续讲下去：

"各位，我是津海大学建筑学院的宋千峰。三塔下面的岩层情况，是国内比较少见的软质地基条件，因此三座塔的地基当初都选择了超深桩阵列。上海中心大厦 980 根，深度 86 米；环球金融中心 2129 根，深度 80 米；金茂大厦 429 根，深度 80 米。这个深度已经触及与黄浦江相连的承压含水层。也就是说，冰 18 在抵达三塔底部时，将上千根桩阵团团包围，可以说是将桩阵浸泡其中。

"这些桩的施工做法是，在钢管上打洞，直接灌注混凝土。也就是说它们表面都是钢材。冰 18 与钢材触碰后，电流也就随之向上攀升。同时因为冰 18 与水相比已经严重相变，黏性促使它沿着缝隙向上虹吸。

"三座塔的主体结构，都是钢筋混凝土核心筒加钢管混凝土外框架。也就是说，整座建筑的主体骨架为钢材所贯穿。初始的冰18温度为2000摄氏度，在混凝土的分散下，传到钢材内部的温度大约为1200摄氏度。在建筑工程学里有个概念叫塑性变形。混凝土在600摄氏度以上就失去承载力了，会碎成粉末。1200摄氏度已经超过钢材的塑性临界点，所以钢材实际上发生了相变，即液化。钢材导热本身没那么快，但在虹吸效应下，冰18如丝网状缠绕在钢梁钢柱表面，加快了热传导的速度，早晨8:10:00抵达金茂大厦屋顶，然后是环球金融中心的玻璃大厅，然后是上海中心大厦的塔尖。

"三座塔虽然看上去坚不可摧，但是贯穿全身的骨架是钢材。敌人很聪明，将全部钢材在十分钟内完成液化，就好比对三只强壮无比的恐龙进行脱骨。脱骨以后，就剩下软绵绵的层板和玻璃幕墙，以及粉末状的混凝土核心筒了，所以坍塌过程非常快，也比较温和，相对于911来说。"

"我和要明在环球的空中大厅里看到奇怪的现象，火红色的液态钢没有向下流动，而是向上走，而且在三塔之间有一个黑三角。"张国栋补充道。

"这不可能。"两位院士齐声说道。

"好，辛苦大家了，现在听听张总的经历吧。您是否介意使用测谎仪？"总司令的目光投向张国栋。

张国栋表示可以使用。于是他将早晨亲眼所见的情况尤其是黑色三角描述了一遍，并在黑板上用记号笔画出了三角形的形状和三塔塔尖的关系。

"有一个女子很吸引我,她似乎一直站在上海中心大厦屋顶起翘结构的最高点,事发之后就立刻跳了下来。从她的动作和状态来看,我有一种直觉,她不是自杀,也不是踩空,而是主动为之。因为全身穿黑色衣服,并且戴着黑色面罩,当她进入黑色三角的范围时,我就看不清了。还有一个物体,非常小,可能比鸡蛋小一些,但是相当闪耀,像一颗红色星星。它似乎来自金茂大厦屋顶那边,以螺旋线的轨迹坠入三角形的中心,因为是对比色,所以坠落的路径看得很清楚。这感觉就像……一颗彗星被木星捕获然后围绕着它做螺旋运动,最终坠毁。"这是图列耶夫在这个世界上存在的最后一丝信息。张国栋在黑板上画出了这颗"红色星星"的运动轨迹。

坐在总司令身旁的是一位年轻的女军官,是东海战区舰队总指挥赵芸,身穿白色军服,胸前也有一排勋章。她站起身走过来,两指夹起一支笔,在张国栋所绘的螺旋线起点与金茂大厦莲花顶之间连了一根直线,然后将这条线段的延长线用虚线画出来,延伸到环球金融中心的玻璃大厅。

"张总,你看,这是一颗子弹。"面前的赵芸军装束发,一身英姿,俊秀的脸庞洋溢着智慧的美,拨动着张国栋的心弦。

他微微皱眉,倒吸一口凉气,也就是说,黑色三角,或者说是黑衣女子,无意间救了自己一命。此刻的张国栋,面对眼前的赵芸以及脑海中的记忆,仿佛觉得这两个让自己心动的女子来自天际。

"重要线索!"一位身穿黑色夹克的中年男子说话了,他面前摆着的名牌上写着"京北大学李建伟"。

"大家知道,日常生活中让一颗飞行中的子弹弹道弯曲有很多办法，基本原则是提供垂直于弹道的向心力，比如施加磁力。但是任何物体的磁场方向都是确定的，也就是说，磁力的方向是唯一的。那么，这颗子弹的轨道将是一条斜线，而非螺旋线。从天体物理的角度看，能够在无数个方向上均匀施加力的种类，只有引力。刚才张总的比喻很恰当。所以可以基本判断，这颗子弹受到了引力。但是大家知道，在子弹和三塔的尺度上，引力都是很弱的，甚至三塔这么重的建筑物都无法对子弹弹道产生微小的影响。所以，黑色三角的中心释放出的引力是巨大的。

"假设这颗子弹重 0.2 千克，引力源距离子弹 100 米，子弹的飞行速度是 500 米每秒，那么可以计算出，引力的数值是 5000 牛顿。"

"的确不算大。"有人一边感叹一边说道。

"错，根据万有引力公式，可以推算出这个引力源的物质质量为……"

"26 万吨。"李建伟一边书写计算过程，一边嘴里念着这些具体的数字。写完结果后，他转身面向满屋子的人，把手里的笔扔在桌子上，像在学校给学生们讲课一样潇洒。

"26 万吨什么物质？"有人问道。

"世界上最重的物质是金属锇，密度为 22.59 克每立方厘米，如果是 26 吨，那还好，体积为 1.15 立方米，如果是 26 万吨，那么也就是 1.15 万立方米，大约……与一座上海大剧院相当。"

"所以不成立！"有人喊道。

"是成立的，但我并不确定。"李荣思院士说道。

"然后？"有人问。

"黑三角是什么东西？"

"黑衣女子跳进去以后去了哪里？"

"黑三角现在还在吗？"

大家面面相觑，没有人能再继续推断下去了。

"可以肯定的是，三塔塔顶坍塌的一瞬间，黑三角就消失了。我们当时注意力不在它身上，忙着应付飞机的电磁问题，回头看了几眼，确实没有了，你们可能想象不到那玩意儿看着很恐怖，它消失了，我们心里踏实许多。"张国栋说道。

总司令总结道："好，各位，刚才的分析很精确，逻辑很严谨，到目前为止，我和你们的看法相同。小伍，你现在去现场，组织队伍在地面搜寻一下黑三角的踪迹。我知道电子设备已经不能工作了，但办法总比困难多。另外，查一下上海中心大厦这名黑衣女子的行为记录。"

"是！总司令，已经查过黑衣女子，酒店监控没有任何痕迹。"小伍是总司令的助理军官，年纪轻轻，但很有执行力。

"总司令，我想去现场看看。"宋千峰院士站起身来说道。

"宋院士，现场很危险，恐怖袭击随时会继续。"总司令说道。

"现在情报传达太慢了，来回一趟一个小时，坐在这更接近等死。眼见为实也是建筑师的职业习惯吧。"宋千峰反驳道。

"总司令，我也去！"李建伟院士也站起身来说道。

"我也去！"李荣思院士也站起身来。

"我和科学家们一起去。"赵芸也站起身来。

总司令看到大家都在摩拳擦掌，感到振奋。他说道："谢谢大家的奉献！"他站起身敬了军礼又继续说道："请去现场的同志们站起身。"

所有人都站起来了，包括张国栋。

"大家跟我来。"万晓东师长说道。

门口停着 12 辆造型奇特的军绿色汽车，每个车顶都有 4 个螺旋机翼。

"飞行汽车，今年入伍的，派上用场了。每车上 3 人。宋院士您小心。"万晓东师长护着年龄最大的宋千峰院士上了车。其他人也都分别落座，大家都对军方可以这么快地启用飞行汽车技术感到赞叹。

飞行汽车在楼宇之间灵活穿梭，越过黄浦江的时候，张国栋仍然心有余悸，目力所及，上海已然进入冬季，鹅毛大雪仍然在不停地下着。往日雄奇伟岸的陆家嘴，现在已经坠入平凡，只剩东方之珠电视塔屹立在群楼之间，他想起了小时候在电视里第一次看到上海滩的样子。

没多久车队便飞抵灾难现场，在空中盘旋了 10 分钟。

坐在副驾驶的军人给每个人戴上一副玻璃眼镜。

"AR 增强现实模型，还原事故过程，车厢进行了电磁屏蔽，请观看。"

通过半透明的光波导镜片，张国栋看到三塔复活了。它们是如此的栩栩如生，仿佛从没有消失过。他和每个科学家都从第三方视角看到了事故的全过程，并且飞行汽车在各个角度之间穿梭行进。

其中最让张国栋动容的便是黑色三角的再现，以及黑衣女子一跃而下的时刻。虽然都是根据张国栋提供的描述进行的再现，却可以做到栩栩如生，非常准确。他不禁感叹军方的技术和速度确实非常了得。

三塔变红燃烧的过程，大家都不忍直视，但是其中有非常多的细节信息值得观察，所以大家都目不转睛地沉浸其中。

15分钟后，随着眼镜里三塔废墟的尘埃落定，飞行汽车也降落在公园的草坪上。大家赶紧下车。三十几人在军队的护卫下，走向废墟。

这是怎样的炼狱！几乎所有的事物，包括三塔内的所有人，全部被焚烧成灰烬，如此彻底的完全燃烧只在实验室里发生过。一切都灰飞烟灭，几乎找不到可以辨认的东西。灰烬堆积如山，在暴雪的穿透下正在逐渐冷却，山的心部仍然透出最后几丝暗红色的能量，一切都结束了。

李荣思院士蹲下身，用手捧起一把灰烬——冰凉，粉末状，球形颗粒，微重，气味焦浓，雪花混合在其中，湿润，融化，结冰。他拨开身旁的地面上10厘米厚的积雪，地面上有非常多灰色的点状喷溅物，颗粒极其微小。

"这不只是燃烧。"他说道。

"混凝土的汽化温度为3000摄氏度，钢材汽化温度为2800摄氏度，塑料汽化温度为600摄氏度，木材汽化温度为200摄氏度。人体中的碳链成分汽化温度为5000摄氏度。初步观察，这些灰烬大部分都是汽化后重新坠落附着然后凝结而成的，所以颗粒非常均匀。你们看到的灰烬颗粒，是这些物质混合而成的。多点取样，请立刻监测成分。"

随行的军方科研车在 5 分钟后便拿出了结果。

"报告总司令，灰烬主要成分为硅、钙、碳，看不到铁的存在。"车里走出的科研人员说道，给每个人递了一张检测报告。

"这就奇怪了，三塔的主体支撑结构为钢材，楼板为混凝土，外墙为玻璃，所以废墟中的铁、钙、硅应该基本持平才对。基坑内取材情况如何？"

"基坑很难进入，战士们正在努力。"工程兵报告说。

只见巨大的机械臂从道路的吊车基座上伸出，悬浮在三个建筑物的基坑上方。地下室有 5—6 层，深度达到了 30 米，混凝土结构汽化后，上方的灰烬有一半以上都落入其中。这是三个灰烬的海洋！如果人一脚踩空掉进去，必死无疑。已经有两名消防战士牺牲了。

机械有 30 多台，正在繁忙地将基坑内的灰烬挖出，收集到路旁排成一列的卡车上。

"尽快取出最底层的采样进行检测。铁是最重的。"

"已派出四艘深海潜水船，每下潜一米采样 30 处。"

半小时后，检测报告出来了。所有的表格里，都看不到铁的存在。

李院士深深地吸了一口寒冷的空气，脸色凝重地说道："黑三角如果不在基坑里，也不在周围，那就见鬼了。"

李院士说得没错，当基坑被清理干净后，果然没有黑三角的身影，这让所有人都百思不得其解。

忽然，基坑里爆发出一阵骚动，几台机械臂变成了红色，和三塔一样迅速燃烧起来。驾驶员拼命地大喊。

小伍开着飞行汽车立即起飞冲了过去。几台同型号的车也尾随其后。小伍眼睁睁地看着机械臂被基坑内的某种力量吸食，经过总司令同意，他立刻组织队伍对目标进行火力攻击。

所有的子弹、炮弹冲入灰烬以后，就再也没有回声，静悄悄地消失了。但是炮火不能停，需要压制住目标，现在唯一的办法，就是将灰烬尽快移除，这样才能看到目标的真相。

大家立刻紧张起来，都钻进飞行汽车里。士兵们举起枪口严阵以待。

工程兵又开来巨大的风机将灰烬吸入卡车后斗，甚至将管道直接对准周边的废弃建筑物的窗口，毕竟时间宝贵，先移出灰烬才能看清敌人的庐山真面目。

很快，基坑被清空了，所有的混凝土都已经化作灰烬被移除，基坑四壁和基底竟然是纯黑色，光滑的表面似乎在流动。这是冰18。大家忽然就明白了，黑三角其实就是冰18。因为这场灾难里只有冰18是纯黑色，而且生成原因超乎常理。

地面上、空中的所有人都目睹了此刻的情形，上海中心大厦基坑的底部，有一个人影在移动，那便是大家追问了许久的黑衣女子。她的身影泛着微微的红光，但是这样的幸运仅仅持续了10秒钟，红光很快熄灭，瞬间，她便消失得无影无踪。

10分钟后，总司令手中的对讲机响了。

"总司令，AR军3信道，看视频！"

总司令让大家戴上AR眼镜，一个巨大的荧幕便呈现在眼前，荧幕上正在播放来自芝加哥的直播视频。

接下来发生的事件，让张国栋心如刀绞。视频中繁华的城市濒临湖边，这矗立着一座高达 442 米的黑色建筑物，身形如九个瘦高的立方体高低错落，这便是 1974 年至 1998 年雄霸全球最高建筑的西尔斯大厦。

它正在燃烧！

此时的密歇根湖正值傍晚，橙色的阳光洒满大地，染得整个画面都成为火红色。

画面持续拉进，一直到西尔斯大厦顶端的天线造型清晰可见，针体顶端站立着一个美丽却又傲然于天下的黑色身影，正是刚刚从上海消失的黑衣女子。

"这不可能！人类没有任何飞行器可以在 10 分钟内从上海抵达芝加哥！"万晓东师长惊讶地说道。

"从科学的角度分析，只有一种可能。"李荣思院士说出了他一路上都在思考的想法。

"26 万吨简并态铁，坠入地心只需要 4.96 分钟，依靠惯性冲出地表，也需要 4.96 分钟。地球内部的物质密度，对于它来说就像空气。"

"什么是简并态，您可否具体解释一下？"

"大家知道，物质的体积是由组成它的粒子排列而成的。粒子的基本单元是原子。而原子的体积由原子核及围绕它的电子云组成，电子云占据了原子体积 99.99% 的空间。上海三塔用钢量 26 万吨，这些铁元素正常情况下约等于一座上海大剧院的体积。

"地球上密度最高的金属是锇，与铁比较接近。地壳层没有更紧密的物质了。在地心范围内的铁的密度更高一些，以中心立方的晶格排列。但是如果再高，就需要到太空里了。典型的如太阳这类恒星，终有一天会在自身物质向内的引力作用下进入红巨星、白矮星阶段，若质量超过史瓦西半径就会发展成中子星，最后是黑洞，这个演化过程中密度会越来越高，体积会越来越小。

"简并态是物质在压缩过程中的一个阶段。原子核周围电子云的空间被压缩，电子被压到贴近原子核的位置上。因为泡利不相容原理，电子进入原子核需要大得多的能量，于是就暂停在这个相对稳定的状态，称为简并态。如果能量足够大，继续压缩，电子将进入原子核内部，与质子合并为中子，这个时候就成了中子态，对恒星来说就是中子星。原子核内部的剧烈变化会产生极强的辐射，原子弹爆炸即是这个过程。

"现场没有检测到过量的辐射。所以答案只有一个，就是简并态。"

"所以，丢失的钢，被继续压缩到黑三角的中心，形成向心的引力，子弹原本的直线弹道被弯曲成螺旋线。"赵芸忽然想到那颗子弹。

"赵将军，没错，26万吨铁压缩到简并态后，体积相当于一个足球。这时足球与子弹的引力关系非常类似于太阳与彗星的关系。彗星坠入太阳，子弹坠入铁心。"

"可是，它……她，如何停留而不是继续坠落？"

"简并态是电磁场的天堂，利用电磁力就可以实现飘浮。"

"女子如何穿过高温高强度的地球内核？"

"简并态铁如果不是足球，而是一件衣服，就可以做到。如果她真的穿过了地心，那么我们什么也做不了，只能静观其变。"李院士冷静地说道。

　　芝加哥事件的发生，让全世界都清醒地意识到，这不是针对一个城市和国家的袭击，很可能会继续发生在各国的大城市。总司令牵头的《上海事件分析报告》已经通过北京提供给各国政府。

　　纽约、芝加哥、东京、巴黎、莫斯科、吉隆坡、深圳、广州、香港等超级城市，立刻启动高层建筑街区的疏散措施。但还是太慢了。

　　黑衣女子每10分钟便从地球的一端消失，出现在另一端的城市上空，又在10分钟内便将几百米高的宏伟建筑抽筋剥骨，然后转身离开，去往下一个目标，留下巨大的建筑体一层层灰飞烟灭。建筑里的大部分人类根本来不及撤离。城市里的公安、消防、军队的直升机、战斗机，行至半路就已经眼睁睁地看到了灾难的发生，只能放弃战斗，取而代之的是紧急救援和安全维护。

　　正如李院士所预料的，卫星、飞机、雷达，甚至哈勃望远镜，所有的地外监测工具全部启用，仍然无法追踪黑衣女子的轨迹，这也进一步证明了他的判断。

　　所有的电视台屏幕界面上均增加了一张表格，显示着被袭击的城市名称及已经被摧毁的建筑物和正在被摧毁的建筑物。市民们都在焦急地观望着，祈祷自己的城市没有被选中。

　　"吉隆坡，679米，默迪卡大厦，倒下。"

　　"麦加，601米，皇家钟塔，倒下。"

"首尔，555 米，乐天中心，倒下。"

"广州，530 米，东塔，倒下。"

……

已经有 17 座超高层建筑被摧毁。

随着时间的推移，军方和警方的行动越来越有效，逐渐接近事件起点。在迪拜的这场灾难中，人类和黑衣女子终于发生正面冲突。

来自联合国驻红海基地的 F15 超音速战斗机，正在开足马力冲向波斯湾。飞行员李健嚼着口香糖，心中的烈火燃烧着战斗的欲望。这即将是他从军以来最光荣而刺激的战斗。指令很明确："锁定目标，直接击毙。"

他知道双方的交会时间只有 33 秒。

李健猛地一推摇杆，飞机冲出云雾，整个波斯湾立刻充满了视野，高楼林立的迪拜坚强地生长在沙漠之中，人类文明的宏伟和神奇感扑面而来。

钢铁丛林中赫然屹立着一座无比宏伟的建筑，它以三叉星的方式稳稳地立足在一个环形的湖中，三个呈 120 度夹角的相同形体像竹节一样攀升，越向上越纤细，直到最高点收为一根细长的针。面对它，李健能想到的只有一个字"山"。

这便是世界第一高建筑，828 米的哈利法塔。

他用尽自己的力气，盯着塔尖的位置，继续前进。

机舱窗外是并肩飞行的队友的战机，共12架。出发前，总部已经给飞行员讲解了上海报告的详细内容，并警告他们不要离目标太近，以防被袭击。

李健的右手紧握摇杆，大拇指贴在射击按钮上。

看到了，那个神秘的女子，她刚刚站在针尖顶部，长发飘散在天空之中，完美的身材像米开朗琪罗的雕像。

李健的心为之一动。但他没有犹豫，增强现实（AR）眼镜里的十字准星对准她并锁定后的一瞬间，他按下了射击按钮。

"去死吧，魔鬼！"

30发直径28毫米的钨金穿甲弹像梭子一样鱼贯射出，随着飞机的掠过，火红的弹头轨迹排列整齐，像竖琴一样散开又并入同一个弹道。

当第一颗弹头接近黑衣女子的一刹那，她优雅地转动身体，双手像魔术师一样抚摸着弹头并将其弯曲170度，这些弹头便像听话的鱼儿一样贴身绕过女子的腰间，然后直冲着其他战机飞去。躲闪不及的6架战机被击中，其中2架坠入波斯湾，4架与周边的建筑物碰撞发生爆炸。6名飞行员无一幸免，全部遇难。

黑衣女子无心恋战，但是李健的第二轮攻击已经发出，加之其余5架战机的20束穿甲弹几乎同时射出。她不再与弹道玩耍，而是站在原地岿然不动，眼睁睁看着几百发穿甲弹向自己飞来。

忽然，在她的身体四周，出现一个竖向的长方体，像半透明的红色晶格网一样闪闪发亮，十分微小的方块像云一样从立方体内部弥散开来。这些方块沿着严格的经纬线分布，忽亮忽暗，似乎就生长在空气中。

穿甲弹接近立方体的时候，它弥散的小方块晶体像触手一样伸向弹身，然后弹身逐渐变成了晶体群触手的一部分，立刻融入其中消失不见。很快，所有的穿甲弹都被"消隐"了。

紧接着，黑衣女子伸出纤细的手指，指尖弹出无数个红色液滴，刹那间像孔雀开屏一样射向所有战机，穿透挡风玻璃，正中飞行员的眉心。5架战斗机失控后并未坠毁，而是被某种强大的力量吸进黑衣女子的晶格网中，在红色晶格剧烈的扰动后，全部消失不见。

李健的飞机恰好背对着黑衣女子划过，侥幸逃脱。他平生第一次见到了超出想象力的对战场景，这让他看得入迷，但是朝夕相处的战友们被她击杀殆尽，激起了他的愤怒。他做了一个勇敢的决定，驾驶着飞机掉头后向着黑衣女子直冲而去。这是自杀式战斗，也是他从军生涯里最光荣的时刻。

坐在机舱里的李健没有脱下AR头盔，而是将其第一人称摄像头打开，睁大眼睛看着眼前的晶格将自己吞噬。事实的发生过程与自己想象的完全不同，他没有感到疼痛，眼前的飞机窗口被一格一格地精细消隐，紧接着是仪表盘，然后是自己的双手，他抬起手放到眼前。从指甲开始，无比微小的红色晶格弥漫在指尖，慢慢地手指开始消解。他并未感到疼痛，反而感到无比的安宁，眼前的晶格仿佛来自空间本身，而自己的身体仿佛回到了家一样。生命的最后一刻，他想到了唯一可以概括这种感觉的三个字：

"格式化。"

在这红色晶格的海洋中，李健隐约看到了她死神一般迷人的眼神。

33 秒钟内，战争结束了。

黑衣女子没有给人类留第二次攻击的机会。红色的晶格在同一时刻伸向了她脚下的塔尖，哈利法塔从顶部开始迅速地燃烧起来。

联合国部队指挥室里，安若晨指挥官目睹着这一切。他知道，接下来，哈利法塔只有 10 分钟的寿命了，幸好已经完成疏散，避免了更多人员的伤亡。

这座象征着人类文明最高成就的建筑物，就这样轰然倒塌，全世界的人们惊恐地看着眼前的景象，人类这个物种基因中从此留下了永远也无法抹去的创伤。面对这个拥有如此强大力量的女子，所有人的心中都有了非常确定的答案：人类作为一个整体，正在遭遇生死威胁。

烈火中的哈利法塔，渐渐失去了雄健的身姿。又一场让人绝望的演出结束了，正当人们落寞地转身之际，有人喊道：

"快看！她还在！"

只见她像烈火中永生的黑色死神一样，飘浮在烈焰之上的高空中。此刻全世界的人都守在电视机旁。大家都安静下来，恐惧地看着她，而她却一言不语，任长发在火焰中飞扬。红色晶体立方若隐若现地闪烁着。

这时，在她的正下方 100 米远的空中，灵动的火焰开始顿挫，仿佛分辨率很低的屏幕上的像素一样，出现直角形状、方块形状。10 秒钟后，火焰竟然被限定在无比规则的矩阵之中。紧接着显现出文字一样的形态，从模糊到清晰，原来是红色立方体晶格在重新塑造火焰的形体。最后，一行字显现在这座人类丰碑的面前，全世界的人都看到了它：

"我是高维文明，人类退出城市。"

30 秒后，黑衣女子消失了。火焰矩阵也随之消散不复存在，哈利法塔在她离去的背影中灰飞烟灭。人类作为万物之灵，来自基因深处的自信轰然倒塌。

与此同时，湛蓝的天空背景中，闪现出亿万颗星光，整个世界都被照亮，人们站在原地，惊呆地看着这一切。没有人知道到底发生了什么，直到总司令收到来自天文台的消息：

"太阳系外围的奥尔特星云正在消失！"

第三章　广岛之恋

这笑声和海浪一起融化着忠良心中的**黑暗**，爱

情快要到来的预感让他的身心都放松下来。多么浪漫

的夜晚，**星空璀璨，佳人为伴。**

他也跑起来，大声喊着叶子的名字。

雨中的东京大学校园，空气格外清新。张忠良身穿黑色中山装，打着黑色雨伞，肩上挎着布包，快步走在物理系通往操场的石子路上。心情焦灼的他不能耽误一分钟。今年是他来日本留学的第二年，对学校的环境刚刚开始熟悉，时常会遇到今天这样的状况。现在是上午9点，本应在量子力学课堂上，但是教室里空无一人，因为课程的主讲老师鲁云龙压根就没来上课。

学生们并非旷课，而是听说鲁教授被警卫队带走了，此时正在操场。于是所有人都去了操场。张忠良略微晚于大家出发，是心中有所顾忌。现在是1945年，抗日战争正处于胶着期。

操场入口停着几辆黑色的军车，警员没有持枪，毕竟是在大学校园里。走进操场，这里围着几百人，都是来自各个院系的学生。张忠良向右侧蓝色座椅区走去，这儿有几个中国留学生正在悄悄说话。他走过来问道："鲁教授在哪里？"

其中一个短发女学生指着不远处说："忠良，他在那里，正在被审问。"

"我们去看一下。"几个人分散开走了过去。

几十步的距离，让张忠良感到无比沉重。他很清楚现在的形势。鲁教授是上海留日联合会的秘书长，那是抗日战争时期的地下组织。其中很多人是七年前解散的"左联"成员，他曾经和这几位新生私下商讨过吸纳他们进入联合会的事情，并希望他们在五一劳动节时加入进来。鲁教授今天被审问应该不是吸纳新成员的事，至少不是主要内容，可几人仍然心有所忌。爱国热情在胸中燃烧，但是大家都带着家人的嘱托：无论如何都要忍住，保护好自己是一切的前提。

还没看到鲁教授，"砰"的一声枪响从人群后面传了出来。

学生们"轰"的一下散开了一些，日本学生并未走开，而是幸灾乐祸地继续围观和说笑。对于他们来说，战争年代里，枪声并不稀奇。但象牙塔里年轻的生命尚在懵懂之中，对战争的残酷显然没有确定且深刻的感受，更不知道自己国家的军队在远方的战场是如何的残忍。

张忠良几人分散着插到人群前排，看到一张老师办公用的木桌，坐在椅子上的鲁教授安静地趴在木桌上，鲜血染红了桌面，雨水混合着血水滴滴答答坠入草地。他的手里紧紧攥着一张报纸。旁边的警察正在把手枪收到衣服下面，抬头说道：

"散播反日言论者，格杀勿论！"

围观的学生们看向几位中国学生，张忠良感到他们的目光中复杂难解的敌意。

细雨仍在淅淅沥沥地下着，这几个年轻的中国学生悄悄地离开了操场，胸中的心脏怦怦直跳，眼眶里温热的泪水和冰凉的雨水一起流淌在脸颊上。鲁教授是一位热情奋进的中国人，是新生们最喜欢的师长。

张忠良没有回宿舍，而是骑着自行车出了校园。他清楚，只要自己还没有进入有组织的联合行动中，就仍然是一个学生，自由是学生最基本的权利。

他来到了东京湾的海边，周围是一条公路和野草滩涂。不远处有一些工厂建筑物。海水浸没双脚，让他的情绪平复了一些。每每心情郁闷，思乡心切，他都会来到这里，独处是他感觉最舒服的方式。

两年前离开家乡上海的时候，大自己十岁的哥哥怀着一腔热血参军，加入了抗日部队。身为工商户的年迈的父母亲一直坚持将他的学业维持下来，在参军和留学之间，家人一致支持他留学，这样可以避开战火，延续家族的血脉，并希望他留学归来之时战争已经结束。如今看来战火越烧越大，毫无结束的趋势。

家乡的战火和漂泊的动荡，让张忠良常常感到无助和迷茫：乱世之下自己的人生到底要何去何从？张忠良所学专业是理论物理，这是当时世界上最艰深的领域。在那些抽象的奇妙的理论世界里，他能够寻得片刻的安宁，甚至时常可以在脑海中看到抽象的概念变成具体的画面。

课间午休时，张忠良吃着红白相间的刺身饭，心里却想念着家乡的焖肉面。一杯麦茶下肚时，温润苦涩的感觉又触动了他的思乡之情。这时宿舍的阿桑同学路过饭桌打了个招呼："忠良，刚才看到你家人发来的电报了，在收发室。"

听到这句话，忠良胸中的一块乌云散去了，思念已久的家人终于有了消息，国内战乱，发电报经常不太顺利。他草草吃完饭，将饭盒洗净，擦干，装在布包里，然后朝着收发室的方向跑去。一路上下着小雨，他并没有打伞。

收发室很安静，只有他一人在取电报。信封是茶色，很精致，拿在手上，心里暖暖的，仿佛已经闻到了家乡的气息。他把信封轻轻地夹在自己最喜欢的《量子物理》书里，道了声"谢谢"，便大步朝着图书馆走去。

雨后的图书馆人不多，十分安静，书香扑面而来，木制的窗格透进细雨的声音。忠良坐在自己常坐的靠窗书桌前，轻手轻脚地拿出那个茶色信封，打开封口，取出一张折叠好的电报纸。虽然纸张很新、很精致，是日本所产，但忠良知道这张纸承载的是炮火连天的异国时空。

忠良：

爸妈于四月十七日晚八时罹难去世，系战机轰炸。盼速回国吊丧。回国先来找我，我们一起回家送爸妈。

哥，忠实

1945 年 4 月 18 日，上海电

忠良一字一句地读着，手在颤抖，眼神凝重，窗外的雨更大了。他反反复复读了十遍，希望这几行文字不是真的。这沉重的消息将他压得喘不过气来。图书馆阴暗的光线仿佛来自地狱的无数把尖刀，插在胸口不停地翻搅。

周围书桌上坐着的就是杀害父母的仇人同族，而自己却不敢做任何事，哪怕站起来大吼一声。不光因为自己身处异乡，还因为哥哥是上海战区空军飞机驾驶员，兄弟二人因为身处两国，所以不能暴露身份。他拿起布包，悄无声息地走出图书馆，穿过一条林荫小路，走到昨天鲁教授受害的操场上。血迹还在，人去楼空。仿佛这一切都不是真的，可是胸中的痛却真真切切。忽然嗓子涌出一股咸味，忠良"哇"的一声吐出一口鲜血。

下午收拾好行李，晚上他便骑自行车来到东京港，先坐船到朝鲜，再坐火车去往上海。去中国的船票需要出示电报内容，他在递给售票员时已经将电报上的"系战机轰炸"几个字用墨汁画掉了，所以购票过程比较顺利。拿到船票的他心中好受了一些，返回的一路上期待着明天的行程。

回国的船是一艘巨型邮轮，清晨的阳光倾斜着洒在船壁上，钢板凹凸不平，看得出有很多弹坑刚刚补漆不久。离开船的时间还有半小时，游客们就开始排起长队，人群热闹起来。

忠良只带了一个背包，里面是自己最喜爱的《量子物理》那本书，以及自己的证件和换洗衣物。他知道回国后要马上回来，五一劳动节只有三天假期，还补了假，学校和政府都无心过节。

汽笛声轰隆隆地响起来，船员开始催促排队的人们尽快上船。忠良站在靠后一些的位置，一步一步挪动着脚步。就在这时，警报响起。众人立刻加快了速度，希望能尽快乘船离开这个鬼地方。这时喇叭里传来了日语和汉语的说话声："空袭，躲避！停船！"

人们陷入了混乱，有 80% 的人已经上了船，船上的人在船舷上高声呼喊着"快开船！快开船"，而下面的人开始向登船梯上冲，希望自己不被落下。

"停船"和"开船"两种呼喊声此起彼伏，已经没有人听从指挥了。人们至少意识到，船是移动的，可以躲避空袭，而港口却是固定的靶标。

忠良就快要登上甲板的台阶了，心情激动却又惊恐。就在这时，天空中出现三架绿色的美军飞机。几十颗炸弹带着"嗖嗖"的哨声坠落下来。邮轮的甲板上冒起了浓烟和火光，烟囱倾倒，高耸的桅杆也被炸到断裂。舷窗有一些裂开了，里面跳出不堪热浪的游客，坠入水中。甲板上的人们也都一个个被迫跳入大海。接下来整座邮轮发出了无数个爆炸声，是油舱被炸弹击中后的连锁反应。

忠良行李很少，因此行动很快。他迅速地向着远离建筑物和船只的空旷地带跑去，这个选择救了他的命。十分钟后，飞机的引擎声渐渐远去，东京港数十艘巨轮都在沉默中，海水被震荡起来用力拍打着码头，发出"砰砰"的巨响。港内建筑物几乎被夷为平地，到处都是浓烟和烈火，受伤的人们搀扶着、奔跑着。

珍珠港事件后，美军对日本港口的袭击越来越猛烈。1945年，日军遭遇了中、美、苏三方面的合力攻击，战火已经烧到了日本的国境之内。这场突袭彻底阻隔了张忠良与去世父母亲的相见之路，将他沉重的心推向了更加深不见底的黑暗之中。这黑暗仿佛太空里最暗的天体，吞噬着他微弱的人生希望。

"良，暑期加入我们的调研小组吧，不要一个人待着，学校里不安全，我们都希望你一起去，你在系里可是出了名的小科学家啊！"

"是啊，良，你和哥哥一起去吧，我也去哦，嘻嘻。"

"师兄，叶子，谢谢你俩的关心，我会和你们一起去的，小科学家可不敢当。"

给哥哥回复的电报杳无音讯，学校也放暑假了。系里安排了暑期调研小组，由不同年级的同学共同组成。地点在广岛的军工机械研究所，这里的科学家们正在分成数十个小组研制各种新型战争武器，都需要理论物理专业的科学家和助手。刚刚说话的是研究生二年级的松本一郎。两人虽然隔着三个年级，但是都是系里少有的对量子物理着迷的学生。在他的推荐下，忠良成功加入调研小组。与忠良同班的叶子是一郎的妹妹，叶子心里对忠良有一种特别的情愫，懵懂的情感让她非常向往此次与他一起出行。

去往广岛的路上，是这帮学生最快乐的时光。学校特意安排了民用渔船，走内海很安全。三天的路程，青山绿水，碧海蓝天。

第三天的夜晚，渔船停靠在城市远郊一片开阔的沙滩一侧的栈桥边，大家就在船内的上下铺过夜。船刚刚停稳，叶子便喊道：

"良，你跟我来，带你看不一样的风景。"

忠良没说话，小小的好奇心突破了沉闷的心绪，他跟着叶子一起下了船。这是一个古老的小村落，房子看上去都有上百年的历史，屋顶覆盖着厚厚的茅草，街巷稀疏，偶有行人路过。叶子在岸上的石板路上径直向远处的沙滩跑去，一边跑一边发出银铃般的笑声。

这笑声和海浪一起融化着忠良心中的黑暗，爱情快要到来的预感让他的身心都放松下来。多么浪漫的夜晚，星空璀璨，佳人为伴。他也跑起来，大声喊着叶子的名字。

两人一起来到沙滩上，叶子指着海水冲刷过的沙子说："良，你来看，这是不是沙子？"

忠良蹲下身，抓起一把捧在手心，说："原来是珊瑚！叶子，你来看！"

叶子靠近过来，两人仔细观察起来。她的发丝在微风中轻抚着张忠良的脸颊，让他心生温暖。

白色的颗粒约和稻米一样大小，形状各异，长条形居多，还有三角形、五边形，甚至还有五角星形。经过亿万年冲刷，海水将珊瑚破碎的骨骼磨成了千万种模样。

"你最喜欢什么形状？"叶子眨巴着眼睛水汪汪地望着忠良。

"给，是这个。"忠良拿起一颗五角星，他没有多解释，只是直觉而已。

"真好看，竟然和我给你选的一样哦，这个送给你！"叶子从身后捧出海星一样大小的五角星形珊瑚。

"谢谢你，叶子。"忠良接过珊瑚的时候，珊瑚忽然滑落了。为了接住它，两个人的手碰到了一起。他感觉叶子的手冰冰凉凉，像这夜晚一样，自己是多么想给她带来温暖。于是，牵在一起的手便再也没有放开。

叶子也羞红了脸，没再说话。忠良牵着她的手，朝着更远的转弯处走去。

"我们坐下来看看星星吧。"忠良说。

"嗯。"叶子温柔地答应道。

于是两人依偎在一起，坐在沙滩上，仰望银河浩瀚的星空。

"良，那是什么星座？"叶子伸手指向位于银河两侧的两颗亮星。

"叶子，那是天鹰座的牛郎星和天琴座的织女星。"

"良，你说，我们的世界和那些星星上的世界，是一样的吗？"

"一定是不一样的，虽然物理上的多样性并不大，但宇宙中的时间是最大的变量，可以无限放大概率差值。"

"良，你觉得什么是时间呢？"叶子问道。

"如果说万千世界是一张画，时间就是那支笔。我看来，时间是物质与能量存在的本源。"

"嗯，就像这些珊瑚，它们身上的原子，其实曾经都不属于太阳系，对吗？"

"对，也许它们来自另外一个世界，那里没有战争……"忠良望着黑色的宇宙出了神。在他漆黑如夜的心中，这一刻的浪漫点亮了一点点星光。

叶子把头靠在张忠良的肩膀上，两人依偎在一起，再也没有说一句话，星空和大海是那么温柔、平和。

渔船从湾区进入市区，沿着广岛的小田川上行，抵达军工厂。在这座工厂里，一郎忙前忙后地安排六个组员与第三实验室的科学家对接。这是一间高大的混凝土厂房，屋顶是连续的混凝土半拱结构，掀起的弧形屋顶侧面是高窗，温和的阳光洒在弧面上，透射到下面的空间里。有十几个科学家正在忙着操作一些仪器，还有几位正在超大的桌面上绘制设计图。

"同学们，今天你们来到第三实验室，在开始介绍之前，需要你们签订保密条款。在这张桌子上，六位同学共六份。张忠良同学，你签订那份蓝色封面的文件。"实验室主任很恭敬地张开手臂示意大家去签字。

忠良知道，自己能来这个实验室已经是很珍贵的机会了，与本国学生待遇不同也是可以理解的。他仔细阅读了条款，签下了自己的名字。

"好的，欢迎加入第三实验室！这里正在研制基于量子物理学的新型武器，用于人类和平事业。请你们跟我来，张忠良，你在那边的房间里学习一下。"忠良没想到这么快自己就被要求回避了。

叶子见到这一幕，噘起了嘴，水汪汪的大眼睛看着忠良，她一步三回头地走在小组的末尾，眼神殷切却遗憾。

张忠良走进房间，原来这里除了几本书和两张桌子以外，什么都没有。不过幸运的是，这里坐着另一位中国学生，于是两人聊了起来。聊天过程中，他才得知，除了休息时间，一整天都将在这里度过。

那位同学来自湖南，名叫张子飞，是个很贪玩的小伙子，正当忠良拿出《量子物理》打算打发时间时，他说道：

"咱们干脆出去转转吧，协议上没有限制人身自由，我们可以以考察城市的名义去。"

"这……不太好吧？"忠良有些担忧。

"自由是我们的基本权利，有什么好担心的。"

"那行，去哪？"

"门口有自行车，跟我来。"

二人骑着自行车沿着河边慢慢悠悠地闲逛。这里是广岛最繁华的商业街，房屋大多是两层或三层木屋，一层是精致的小商店或居酒屋，二层是老板一家人居住的空间，有很多窗户外面挂着种花的篮子，娇艳的花朵在海风里绽放着美好的生命力。

现在是早晨8点，人们都刚刚走进商业街，有些是吃早餐，有些是路过，有些是来河边玩耍。这景象好安稳，忠良的心再一次融化了。身旁的同胞生龙活虎的样子着实给自己带来了一些动力。

太田川是广岛六条河流之一，这六条河穿越城市呈五指状一起汇入广岛湾的濑户内海。东、西、北侧环绕着青山，这座城市的山水格局十分完美。

不知不觉二人已经骑行到了广岛湾。这里停泊着很多渔船，早晨是渔船满载而归的时间，来这里交易新鲜活鱼的人络绎不绝。二人找到一处安静一些的平台，将车子靠在栏杆上。海风吹拂着忠良的头发，眼前是宏伟的弧线形海湾，船只来来往往，早晨的城市一切都欣欣向荣。

忠良动心了，如果自己毕业以后无法回国的话，可以先来这座城市工作。如果可以娶叶子为妻，两人一起在这座处处都是河川的小城市共度余生，那会是多么美好的未来。想到这里，忠良心中升起了希望。

他回头凝望着弯曲的太田川，一座座小桥跨过，水流缓缓，苏醒的城市在轻微的晨雾中像世外桃源一般让人神往。就在这幅如诗的画面里，远处的城市上空，河面的正上方，忽然诞生了一颗小太阳并迅速长大，刺眼的光芒照亮了整个世界。

光芒很快暗了一些，一颗炽烈的火球像飘在城市上方的满月一样巨大并快速膨胀，它的下半球被地面反射上来的冲击波压向球心并向球心坍缩，火球正在变成馒头的形状并开始上升。忠良和子飞从未见过这样的场景，但凭借着战争时期紧绷的神经，二人迅速意识到这可能是空袭。

　　几秒钟之内，馒头形状的火球升向高空并膨胀了几十倍，形状继续被挤压，下方城市被冲击波摧毁后产生的尘埃柱像一只无比巨大的有力手臂伸向球心。蘑菇形状的云雾闪耀着剧烈的光芒，定格在城市上空。

　　"快看河水！"忠良说道。

　　"冲击波！"子飞是声学专业，对冲击波无比熟悉。

　　"快跑！这不是普通炸弹！"忠良浑身起了鸡皮疙瘩，大喊起来。

　　"往哪跑！这面是大海！"子飞左右张望。

　　"躲！跟我来。"物理学的直觉让张忠良意识到，这样的爆炸很可能与量子武器有关，他甚至也想到这可能不是空袭而是实验室事故。所以一定要找到最安全的藏身之处。

　　旁边的大坝边缘有台阶通往坝内，似乎是码头的储藏地窖，依托在混凝土大坝的侧壁。忠良拉着子飞飞奔下去。

　　楼梯绑在大坝侧面，此时正值退潮期间。下楼梯的过程中，他们看到大海开始沸腾，剧烈的波浪涌动起来，并有大量的水蒸气升腾。

　　热量传导如此之快，说明能量非常高。最后几级台阶，忠良和子飞直接跳了下去。这里是一个接近封闭的房间，门口和屋顶与墙体的交界处有很窄的浮动的光线射进来，使房间显得没那么黑暗。

紧接着，从墙壁和屋顶传来沉闷的巨响，仿佛大地都在颤抖。忠良和子飞靠在墙上蹲下来定了定神。

"刚才是什么东西？"子飞问。

"可能是量子武器，也许是实验室的，也许是美国人的。"

"冲击波好强，差点聋了。"

"所以在这儿更安全，你看这混凝土墙多结实。"忠良敲了敲墙壁。

"幸亏你是学物理的。码头的人们就没我们幸运了。"

"叶子他们！"忠良忽然剧烈地心痛，如果是实验室爆炸，她和组里的同学应该非常危险。"子飞，你在这儿等我，我要去救她。"

说完，他冲上台阶，探出头来。眼前的景象让他脆弱的心再一次崩塌。目力所及已经没有活着的市民，到处都躺着被热浪波烧灼致死的人。建筑物全部倒塌，浓烟味、焦煳味、海水的热腥味混杂在一起。

他望向自己来时的方向，大田川的尽头。那里的蘑菇云又增大了无数倍，遮天蔽日地使整座城市暗淡下来。水中漂散着无数的死尸，沿着河流冲向大海。

他一咬牙，飞一般地向上冲去。可是脚腕被紧紧地缠住。原来是子飞拉住了他。

"你不要命了吗？这是量子武器！还可能有辐射！"

"叶子！叶子！"忠良拼了命地喊叫，声嘶力竭，泪如雨下。他无论如何也未曾想到，与天使般可爱的叶子如梦一样的爱情就此戛然而止。他甚至没有来得及亲吻自己的心上人，更没有用心地关心和爱护她。

搭乘附近渔民的船只连夜逃回东京的水路上，张忠良心如刀绞。停靠休息的时候，看到邻近城镇的码头飘散着漫天遍地的报纸，他抓起一张，看到整个版面都是对广岛事件的报道。于是事件的全貌逐渐呈现在他的眼前。

"同盟军空袭。"

"20 万人死亡，投放点 3 千米范围内无人生还。"

"广岛毁灭。"

"原子弹。"

1945 年 8 月 6 日上午 8 点 15 分，在美国洛斯阿拉莫斯试验基地研制成功的代号为"小男孩"的原子弹，由飞行员投掷在日本军工城市广岛的中心上空，在距地 570 米高处爆炸。核裂变引发的链式反应产生巨大的能量，并在极小的球形钢壳的压迫下发生剧烈的爆炸。这是人类历史上的奇迹，人类对能量的操控水平发生了质的飞跃，同时也结束了 14 万个鲜活的生命以及 6 万人一生的健康，更推动了第二次世界大战走向尾声。

作为一个漂泊异乡的学子，一个身在敌国、心在故乡、内心日夜煎熬的青年，还未等到战争结束，就感受到无法承受的一次次决堤的伤痛。张忠良站在十字路口，心灵最终还是彻底粉碎了：

"人类终将灭绝于自我战争，或早或晚，无法避免。"

回到学校，忠良在吊丧板上看到了叶子的相片，但是没有一郎的。三天后，一郎回来了。两人见面时抱头痛哭。一郎在那天早晨安排好组员后，便被派往郊区去取一件精密仪器，刚刚返程就看到了爆炸，因而死里逃生。再也见不到叶子和其他同学了。两人一起去墓地给叶子安置了墓碑和鲜花。

一郎告诉忠良自己将要去美国普林斯顿大学攻读博士学位，希望他也可以办理休学陪读并在抵达后立即申请研究生学业，这样两人可以一起前往。忠良欣然同意了。他是多么希望早日离开这个水深火热的国家，希望看看那个造出原子弹的国度拥有怎样的科研技术。于是在 8 月 11 日，二人登上了开往自由女神之国的轮船。

四天后，忠良在船上听到了日本投降的广播，此时的他已心无波澜。

断面上的**铅晶格**已经断裂，曾经在晶格内组成**库珀对**的电子被分离开，分别分布在 4 个铅粒的断面。此时无论这 4 个铅粒距离多么遥远，这些电子将保持同步的**量子纠缠**状态。

□■□□■□■□□■□□■□■

同样绿意盎然的清晨校园，同样细雨绵绵的花园，忠良再也不
必担心头顶盘旋的威胁。他走在普林斯顿大学图书馆通往高等研究
院的石板路上。今天是为约翰·冯·诺依曼教授举行的研究文献
展。大家都知道他是一位多才多艺的科学家，在数学、物理、计算
机科学、博弈论等领域都有非常重要的贡献。他拥有一个感性的大
脑，学生们很喜欢看他的研究成果。

房间位于一层的一间中等尺寸的房间里，雨后的阳光透过木窗
洒进来，一切都欣欣向荣。展会现场很简朴，一台金属差分机，一
个木制中国算盘，靠墙的是一台体型宛如一头大象的计算机，这是
近期从宾夕法尼亚大学搬运来的第一代原型机。木桌上是教授多年
来的工作手稿，墙上贴着十几张非常大幅面的设计图纸。

张忠良在这些当时仍然不为大众所认可的关于计算机的疯狂构
想中，看到了自己的学术梦想。他敏锐地意识到，使用冯·诺依曼
构想的计算机系统，可以对广岛原子弹的数据进行更精确的分析。

于是在之后的四年中，随着曼哈顿计划资料保密级别的降低，
张忠良利用自己在高等研究院的便利条件，在冯·诺依曼开创的新
型计算机系统上，对原子弹的爆炸过程进行了精确的程序建模。

四年后的一天深夜 2 点，他在检查程序的过程中，看到一个常

数：9.80665米每平方秒。这是地球的重力加速度。忠良盯着这个数字，心里产生一丝好奇："如果改变这个常数，会怎样？广岛的引爆点是这个值吗？"

于是他查阅了自己收集回来的文件，看到上面写着"距投放地地面高度570米处发生爆炸"。广岛是海滨城市，城市地面海拔为8米，因此引爆海拔为578米。他又查阅了地理资料中地球引力与海拔对应分布图。计算出引爆点的精确重力加速度为9.80665米每平方秒。如此微小的差别，他也没抱什么希望，于是按下运行键。

在四个小时的运算过程中，张忠良睡着了，出现了很多个夜晚都梦见的相同情景：睡梦中叶子站在大田川的桥上向自己挥手微笑，旁边是自己的父母和哥哥，他们仿佛都还在那里。

清晨的第一缕曙光透过木窗洒在这台质朴的计算机器上，鸟儿的鸣叫声传入忠良的梦中，他醒了。屏幕上的指示灯在有节奏地闪烁，这是二进制数据的输出结果。忠良仔细地对这些数据进行翻译，得出的结果与之前大同小异，但有几行编码很不同。

忠良对这些编码编译后的数据前前后后翻来覆去地分析，仍然无法理解。于是他带着结果去找一郎。现在的一郎已经是高等研究院一名年轻的副教授。

"一郎，快看我这些数据。"忠良来到一郎的房间，关好门后把纸递给他。

"良，你越来越神秘兮兮了，还是广岛模型吗？"一郎放下笔，一边擦着金边眼镜一边说，然后开始一行一行地检查。

"这次有点不一样。"一郎深吸了一口气，给他自己和忠良各点上一支烟，开始认真地阅读这些数据。

"铀235，质子数92，中子数143，没错。

"A块亚临界质量10137克，B块亚临界质量10148克，满足超临界条件。

"透镜数32，模式向心。准确。

"引爆，A块射向B块，混合后达到超临界质量。裂变起始条件，满足。

"氘氚反应源释放中子数1，激发源，满足。

"铀原子核序数1，吸收中子数1，原子核裂变后X中子数67，Y中子数69，释放碎片中子数7。首次裂变实现。

"链式反应启动。

"持续时间3秒。正常。

"α射线。

"β射线。

"γ射线。

"地面每平方厘米，快中子数12000亿，慢中子数90000亿。没错。

"电子数0。嗯？电子数0？不对啊。"

"对，电子数就是0。这是重力加速度值位于578米时候的运算结果。其他数值时都没问题，你看这些。"忠良递给他很多张其他参数情况下的数据。

"电子数4.929×10^{27}。"

"电子数4.929×10^{27}。"

"电子数4.929×10^{27}。"

"电子数4.929×10^{27}。"

"都一样。"

"所以一郎，你认为是什么原因导致电子丢失？"

"578 米的引力值，间接造成了 4.929×10^{27} 个电子丢失。"

"这可不是个小数目啊！"

"多少在我看来都一样。"

"为什么这么说？"

"良，我接下来给你讲的，都是这几年自己的思考，从没和任何人说过。你想听吗？"

"太想了！我们保密。"

"好，首先，你我都是学习量子物理的。我们都听过海森伯教授的一句话'物质是空间的褶皱'，但是学界对这个思想并不认可，你认可吗？"

忠良模棱两可地点点头。

"好，继续。公元前 300 年，欧几里得在《几何原本》里提出，空间由三个维度组成。"

"嗯。"忠良仔细听着。

"长宽高，xyz，这其实只是一个数学方法，而非事实。"

"为什么？"

"当你感受一个物体，或者一个房间的时候，你想过长宽高和 xyz 分别是多少吗？"

"确实没有。"

"你认为长宽高、xyz 就可以描述世界的所有空间属性吗？"

"还有时间，爱因斯坦在相对论里提出。"

"对，这四个所谓的维度，就可以全部描述了吗？"

"……从没想过这个问题。"

"好，接下来你要听好了！"

"嗯，来，讲。"忠良睁大了眼睛。

"我认为，事实上，*xyz* 和时间这些数学属性都可以不存在，更可能存在的，是 31 维。"

"哦？有意思。怎么说？"

"1929 年，德布罗意教授提出波粒二象性，这是绕不过去的事实。对吗？"

"对。"

"粒子，尺度并非为无限小，而是恰恰相反，它无穷大，大到与整个宇宙一样。我说的粒子，是一种，而非一个。也就是说，全宇宙的所有电子并非成千上万个，而是就只有一个电子，可以称其为一个电子场。在这个场中有多少颗电子在其位置上产生波动而被观测到，取决于褶皱事件，而褶皱就是波动，在平顺的场中形成一个焦点。"

"让我想想，也就是说，每类粒子，所有的同类共同构成一个遍布宇宙的粒子场。"

"对，比如中子，全宇宙的中子共同分布在一个叫作中子场的三维空间中。中子场就叫作中子，不同的中子可以称为中子 1 号，中子 2 号，中子 N 号。这个遍布宇宙所有空间的场，我给它起名字叫'维'，中子场就是中子维。截至今天，基本粒子已经发现了 31 种，所以目前整个宇宙至少有 31 维。"

"所以，你看我的理解是否正确：宇宙中的所有电子，其实就是一个电子维。那么广岛原子弹爆炸时，这个电子维并没有消失，消失的 4.929×10^{27} 个电子只是这浩瀚无穷的电子场中的沧海一粟。"

"完全正确！但是你有没有想过，这些电子都是自带能量的，如果它们消失了，根据宇宙中的能量守恒定律，相等的能量必然在其他位置或以其他形式存在，而并没有真正消失。"

"所以它们在哪？它们变成了什么？还是电子吗？"忠良问。

"你也说了能量守恒定律是在宇宙中，前提是封闭系统。我的直觉是，它们离开已知的 31 维，去往了第 32 维。"一郎耸耸肩，表示再往下分析就不那么有信心了。

忠良会意，于是结束了讨论。如此新颖的观念，在当时的物理学界是离经叛道的，但是两个年轻人的心中却种下了一颗种子，这颗种子将成长为人类物理学大厦新的基石。

1950 年 8 月，抗美援朝战争爆发。张忠良的哥哥张忠实，刚刚作为抗日英雄退役下来，又立刻作为十五名飞行员之一奋力加入了这场卫国战争。张忠良心中唯一的寄托是哥哥，解放战争的胜利和新中国的成立让他对家乡充满了憧憬。哥哥在电报里说，这次战斗胜利以后，他们就会过上好日子了，希望弟弟回国团聚。

毕业典礼终于结束了，忠良归心似箭，即刻收拾行李，与一郎道别后登上了回国的轮船。数日的路程中，他常常站在船舷上遥望远方，看着巨浪滔天的大西洋海面入神。这浩瀚汹涌的巨大海洋，竟然主要由一种水分子构成，物理学者的直觉让他感慨并坚信，这世间总会有一刀斩断战争乱麻的终极方法。

归国的轮船在大连靠岸，这里是距离朝鲜最近的港口。车水马龙的大连港已经不再炮火连天，人们都还沉浸在获得解放的快乐中，忠良也深受感染，悬了多年的心总算是可以轻松放下几天了。下船后，迎面走来一位解放军军官，他是来接张忠良的。在驱车赶往大本营的路上，军官开口了：

"忠良，你哥哥牺牲了。这是他留给你的信。"

打开哥哥的信，几行字仿佛千言万语，让忠良的内心世界如受亿万把尖刀绞杀，忍了七年的泪水，再也止不住流淌下来，从冰凉的脸颊上滑过，带走了他生命中最后一丝温暖。

忠良，作为人，面对战争，我必须选择战斗。

位于北京中关村南大街的中国科学院，刚刚完成"学部"制度改革，分为数学物理部、化学部、生命科学和医学部、地学部、信息技术科学部和技术科学部六个学部。在这里工作了八年的张忠良始终没有将自己在美国研究冯·诺依曼计算机的经历公开，所以他仍然在数学物理部。

夏日午后，院里召开保密动员大会，私下通知了30位研究员级别以上的科学家参加，忠良也在其中。一如以往，他坐在靠窗的桌子边。新中国的成立给科学家们带来了极高的热情，大家殷切地注视着讲台。刘主任坐在台上，大声宣读来自中央的文件：

"各位科学家，国之重器，需要来自各院的科学家积极报名，审查后即告知详情。工作地点：新疆。周期：10年。此会议所有人员签订保密协议。"

大家听完之后热血沸腾，争先恐后地报名，最终有 27 人，其中包括张忠良。

审核后，15 位科学家全部入选，张忠良位列其中。其余人员退场后，主任宣读了第二封文件：

"据国际局势判断，我国必须立即开展核弹、导弹、卫星的研制工作。工作地点：罗布泊盆地。"

听到这里，张忠良冰冷的心最后一次燃烧起来，只是这希望之火极度冷酷，如宇宙冰冷的太空。他意识到，自己前半生经历的所有悲伤、所有残酷、所有生离死别，都是在为这次的终极使命做准备，这一切的一切，意义都将重建，信念终将坚不可摧。

张忠良和科学家队伍乘坐火车到兰州，再换乘军车，一路向西抵达罗布泊。从朝鲜战场归来的工程兵们正在紧锣密鼓地建设指挥中心。

罗布泊是新疆塔克拉玛干沙漠东南部的湖泊遗址，在 1800 年前曾经是楼兰古国的中心湖泊，随着时间的推移逐渐干涸。科学家队伍抵达这里时，尚能看到湖面，碧蓝色的湖水荡漾在微风中，四周格外宁静。

当天晚饭后，深夜的繁星照耀着大地上羽毛状的沙丘，银河静静地流淌在群星之间。张忠良独自一人站在湖边。右侧是一个巨大的高出房屋许多的钢铁物体，它是作为核试验摧毁目标之一的退役军舰"鲸"号。忠良伸手抚摸着冰冷的钢板，上面布满了弹坑，这让他想起了东京港邮轮被炸毁的那个早晨。银河、沙漠、军舰、湖泊，这样反常的景象让忠良感到自己仿佛不在人间。忠良从口袋里取出一支烟，手中的打火机"咔哒"一声，烟雾中他坚定的眼神望向深邃的太空，一支烟的时间是如此漫长，仿佛自己苦难的前半生。

熄灭烟头后，他走进计算机房，一边踱步一边抚摸着这台冰冷的人造机器。他并未启动它，而是拿起旁边书架上的一本地理图集，查到实验引爆点的地面海拔高度为 632.89 米，比广岛核爆点高出 21.12 米。

一天夜里晚饭后，张忠良来找炊事兵张大福，他是参加过抗日战争、解放战争和朝鲜战争的退役老兵。忠良进门后把一瓶二锅头放在桌子上，摆上两只破旧的小瓷缸。两人经常有说不完的话题，忠良把他当成自己的哥哥一样看待，聊以慰藉自己对哥哥的思念之情。

酒过三巡，忠良和张大福都微醺，张忠良对张大福说道：

"福哥，这次来我真想看看你收藏的那些东西。"

"良弟，必须的，你瞧。"张大福转身去里屋的床下取出一个木盒放在桌子上，他解开木盒子的锁扣，里面是十几发子弹，大大小小整齐地排列着，盒子落在桌面时叮叮当当地发出脆响。

两人凑近了仔细地看。

"兄弟，你看，这个是 1937 年的，这个是 1945 年的，这个是 1949 年的，这个是 1952 年在朝鲜的。"张大福如数家珍地一颗颗拿出来给忠良讲。

"1952 年这颗，是我弟弟手枪里的，他和我不在一个排，那天晚上他的队友把这颗子弹和头盔带给我，我一看就知道弟弟已经牺牲了。"张大福每次提起弟弟都略有忧伤。

"你们本应该享受和平的生活，不再经历战争。"

"战争不是你我可以左右的，我们军人能扛起枪杆子已经是在为命运努力了。"

"福哥，纵观人类历史，战争从来都解决不了真正的问题。"

"没懂。"

"从远古时代开始，人类的兽性从来没有进化过。战争会永无休止。"

"这不，朝鲜战争已经结束了嘛，我们赢了。"

"那为什么还要造原子弹？还要把'鲸'号战舰和牛羊都带来作为轰炸目标？"

"为了震慑某些国家呗。"

"战争打与不打，其实就在一念之间。战略平衡不可能一万年不变。"

"也是，真希望一万年不打仗。来，干！"大福举起小缸子和忠良碰了一下，清脆的响声和方才的子弹一样悦耳。

"福哥，我做你的干弟弟吧。"

"好啊！"

"哥哥在上，受小弟一拜。"忠良双手抱拳，恭敬地说道。

"欸！我的好弟弟！"说着说着张大福的眼眶湿润了，战争中士兵的情感宣泄总会迟到好多年。

他干了一口酒，从盒子里拿出那颗 1952 年的子弹。

"弟弟，这颗子弹给你，你留着，你们都好好地活着。"

"好，哥，我会把它珍藏，让它永远活着。"

与张大福分别后，张忠良手里攥着这颗子弹，脚踩在黄沙地上沙沙作响，天上的银河分外璀璨。

回到房间，他用凉水洗了把脸，醒了醒酒。然后从书桌抽屉里取出一把锉刀，一个木盒子，两把镊子，一块铝箔。忠良把子弹立在桌子上，用锉刀对准弹头，轻轻地锉了几下。子弹铜质的尖端被磨去少许。继而，他开始用力锉，渐渐地，子弹头越来越钝，露出黑色的弹芯。

忠良用手摸了一下弹芯，放在嘴里尝了一口，是熟悉的味道，他在大学的实验室里经常接触这种金属，是纯铅。

接下来，他小心翼翼地用镊子夹住弹头两侧，用力挤压，铅像牙膏一样流到铝箔上。全部挤出后，大约有花生粒大小。

忠良把铝箔严严实实地包裹起来，然后小心翼翼地放到木盒子里，收到抽屉中。

初冬的星期六早晨，张忠良向队里申请了一辆吉普车，带着存放铅粒的木盒子，一个人驾着向东驶去。过去的三天刚刚降了一场冬雪，沿路的山峰都被染成了白色。一路向东，一眼望不到边的沙漠渐渐变成了戈壁滩，然后又逐渐点缀着一棵棵白杨树。

下午2点，张忠良到达一座小镇，入口的大门上写着"酒泉"二字。这里是西部科研机构聚集的地方。忠良来到一个由三座两层建筑组成的院子门口，里面走出来一位中年科学家，他叫孟榕。他们交谈了几句便驱车来到后院的一座建筑前，上了二层的一间办公室。孟榕用白色的茶碗给张忠良沏了一碗茶，转身从里屋拿出一个A3大小的铝质手提箱。

"忠良，上次你跟我说了以后，我向美国、苏联、英国的朋友打听了一圈，终于找到了，你打开看看。"

银灰色的箱子上用俄语写着"真空冷却箱"，右下角有一个不锈钢铭牌，上面是生产日期和厂家。

"老孟，真辛苦你了。"忠良说完"咔哒"一声打开了箱子的锁扣。

"崭新的，苏联产。"

箱子是双层的，内层是真空，正中心卡着5个1厘米见方的纯铝立方体和5个金属注射器。忠良拿在手中观察，这个金属块非常轻，精致的轮廓仿佛一块天外来物。

"里面很复杂，最核心是真空，不要打开。旁边那个自动注射枪是用来植入的。"

"可以保存多少年？"

"官方承诺100年。"

"应该够了，希望人类可以做到。"张忠良坚定地说。

"你真是个乐天派，这种技术可不容易。"

"我没有选择。"

"好，我们的液氮冷却机在防空洞里，你跟我来，有点冷，零下50摄氏度。这是苏联捐给我们的退役太空服。"孟榕取出两件蓝色大衣，非常宽大。

液氮操作室深埋在地下12米，由1米厚的混凝土完全包裹。门口有一扇非常厚实的混凝土大门，钢骨架、轴承、把手、锁扣都是已经生锈的铸铁。推开大门花了二人好大力气。

机器非常大，金属管道密密麻麻占据了大半个房间，三个圆柱形容器靠在一侧，是液氮罐体。

"我给你演示一下，你可要好好学。"

"放心吧，我过目不忘。"

"好了，我出去办个急事儿，待会儿回来。你可别着凉了。"

"快去快回。"张忠良会意地点点头说道。

确认孟榕关上大门离去后，张忠良回想着与叶子在广岛相恋的时光，将这再也触不到的思念化作喷薄而出的激情，注入注射器里。

刚到罗布泊没多久的时候，张忠良就曾到访过酒泉凝聚态物理研究所，孟榕所长是他在东京大学的师弟。两人晚饭后喝酒叙旧，张忠良讲述了自己的心事。核武器的研发和实验没有任何以往经验可循，科学家团队虽然对技术上的计算设计信心很足，但是对制造过程和现场核爆过程无法做出百分之百的安全论证。队里弥漫着担忧的情绪，大家都很清楚，任何一个环节如果出问题，核裂变的辐射便可以置人死地，最轻的都会导致不育。

其实对于科学家来说，自己的生命已经交付给国家，但作为活生生的人，总会希望自己的后代可以将家族延续下去，这是一个非常现实的问题。有些科学家在出发之前已经生了孩子。还有几位与妻子一起来到罗布泊。33岁的张忠良是唯一一个尚没有结婚的单身男士。

忠良告诉孟榕，在他心里，广岛清晨离别时叶子温柔的笑容挥之不去，至今没有再遇到心仪的女子。如今来到罗布泊，他已经做好了牺牲的准备，只是觉得如果没有结婚生子，将愧对父母的在天之灵和尚无子女的哥哥。

忠良和孟榕留学时期就知道，在大学里有生物专业的老师在研究精子冷冻技术，并在国际期刊上发表过一些非常重要的研究成果。忠良去美国后，也见到过私营机构寻求和大学生物医学院合作的公告，他有意无意地留下了联系方式。

忠良在北京出发之前仔细研读了相关的论文，其中关键的技术便是液氮冷冻和超低温存储。所以他把毕生的积蓄都交给孟榕，拜托他为自己寻找并购买了4个超低温存储箱，以确保冗余。并征得他的同意，使用研究所用于凝聚态物质冷冻科研的液氮冷冻室冷冻自己的精子。

出于友情和敬佩，孟榕答应帮助忠良实现这个愿望。

忠良将玻璃注射器套入黑色金属套管，然后放到盒子卡槽中，等待它与四周环境交换热量。

他伸手在自己的内衣口袋里取出一个小木盒，用镊子夹住几天前从子弹中取出的铅粒，小心翼翼地把它放在液氮冷却器皿中，把方才的注射器也放入其中。然后打开管道阀门，让氮气注入。

在大学里，他做过同样的实验。铅块在冷却到接近绝对零摄氏度时，铅原子内的电子与邻近的其他电子会组成库珀对。库珀对内的电子之间将形成不再受温度影响的稳定的量子纠缠关系，同时在一个晶格内自由移动，铅此时达成低温超导状态。

眼前的铅块在液氮的烟雾中变得更加晶莹。然后，他拿出一把锋利的手术刀片，将铅块整齐地切开分为 4 份。断面光滑晶亮。如果此刻用显微镜观察，断面上的铅晶格已经断裂，曾经在晶格内组成库珀对的电子被分离开，分别分布在 4 个铅粒的断面。此时无论这 4 个铅粒距离多么遥远，这些电子将保持同步的量子纠缠状态。

他将这 4 个直径 2 毫米的铅粒分别装入 4 个注射器，将注射器直径约 3 毫米的针口对准低温箱里铝方体上的中心圆点，然后慢慢地插进去，"咔哒"一声后，一整块厚度为 2 毫米的铝板呈双门状打开，里面充满了透明的仿佛云雾一样的物体，透出淡淡的蓝光，这是气凝胶。在 20 世纪 50 年代，气凝胶刚刚被用于超低温工业领域。他用手轻轻地将铅块推进气凝胶的正中心，那里又有一颗球形金属壳，"咔哒"一声咬合封闭。注射完成后，注射器的手柄自动向外拔出，将方体内的空气抽干，这样便实现了铅粒—真空—铝壳—气凝胶—铝方体层层保护，以防止刚刚被冷却至超低温的铅粒以任何方式向环境吸收热量。然后，他以相同的操作把第一个注射器内的液体植入最后一个铝方体内。此时孟榕刚好推门进来。

一切动作完成得滴水不漏。在孟榕看来，为子孙后代保留 4 个冗余备份是科学家的常理思维，所以他并未多想。

孟榕希望忠良留宿一晚，被他婉拒。赶回基地时，天已微微亮，广袤的西北旷野上洒满了血红色的阳光。此刻他心中希望的太阳也在慢慢升起，那将是照亮整个人类文明的新的曙光。

　　冬季的罗布泊非常寒冷，当天深夜2点，忠良顶着严寒，步行5千米，用卸货的平板车推着一个低温箱、一个超声波焊接机和一个发电机来到远离营地的一个结冰的湖中心。这里万籁俱寂，星空和月光洒满冰面。他打开其中2个箱子，取出盛放铅粒的2个铝方体，然后从背包里拿出两个木盒子，里面是他在敦煌的市集上精心挑选的纯银首饰。一个是戒指，一个是项链，造型质朴，浑然天成。

　　他将铝方体和戒指对位放在冰面上，身体匍匐下来，以避免声音传播到空气中，然后将焊接机的焊头对准两者之间，拉动变幅杆，打开超声波系统，在不提高被焊接物体温度的情况下，高频振动将两个金属表面的分子晶格激活并相互摩擦挤压，将两者非常牢固地焊接在一起。然后是项链，他把铝方体作为吊坠焊在其中一个节链上。

　　操作完成后，忠良左手捧着戒指，右手托起项链，开心地笑了。然后他架起一个放大镜，用刻刀在两个铝方体表面分别刻出这几个字：

　　　　父亲的儿子（father's son）
　　　　父亲的女儿（father's daughter）

然后，忠良又拿出第三个铝方体，在上面刻下：

父亲与母亲（father and mother）

刻完后，忠良长舒一口气，用嘴吹了吹刻痕里的铝屑，然后把它们嵌在同一个低温箱泡沫棉上新裁出的槽里，并用卡扣固定住。最终，他将两个含有低温超导铝方体的银饰、一个留给未来母亲的铝方体、含有自己 DNA 的铝方体并排卡在低温箱内，然后在这个箱子表面也刻下了自己的名字，并在箱子内附上了自己的遗嘱。

第二天，他驱车将这个箱子送到孟榕手上，并嘱托他与美国的托马斯·杰姆森机构（Tomas Jamson Institute）联系，让他们派人来取，并留下一封委托书和存款信托资料，以及一个写着"春节后拆封"的信封。

核弹的研制过程用去了七年时间。接下来将是密集的多次引爆实验。前八次根据计划需求都在空中爆炸。科研人员和工程兵每一次引爆成功都欢呼雀跃，心中的热情荡漾在沙漠之中。而看到蘑菇云毁天灭地的场景，张忠良始终波澜不惊。

第九次引爆地点位于罗布泊湖心地下，这将是唯一一次地下实验，位于水下 21 米，是所有实验中最接近广岛核爆海拔高度的一次。科考队需要提前半年进行地质勘探和埋深论证，以准确还原核武器在湖底地层的标准破坏强度。忠良是科考队成员之一。

罗布泊是仅次于青海湖的内陆湖泊，曾经孕育了繁盛一时的楼兰古国。科考队需要对这些珍贵的遗址进行测绘并圈定其安全范围。尤其是隐藏在盐壳地形之下的古城部分。张忠良在一次次的勘测过程中，找到了对自己最有利的路径。

引爆时间确定为第二天早上 7 点。晚饭后，他把自己最近使用过的工具和草稿纸都装在一个麻袋里，带到那个偏僻的小湖中心，再在里面塞上十几块非常沉的石头，凿开冰面扔了下去。

他将最后一颗铝方体放在前胸的口袋里，系好扣子。今天他穿了一身灰黄色的越野服，这样可以与环境融为一体。然后，他步行前往距离引爆点最近的湖边，这里有渔民留下的木船。罗布泊主湖面因为面积大、风浪高，并未冻成冰。他上船后，双手划桨向湖心驶去。大约距离 5 千米时，他整理好衣装，戴上潜水镜，一头扎进水中，躲开了试验机的摄像镜头。

冬天的湖水冰冷刺骨，但是张忠良的心却是火热的。湖心的水深约为 21 米，这里深埋着一座古城。他从街巷中穿过，找到之前留好标记的一座城墙，上面有一个洞口，他便钻了进去。

洞里是奇特的四通八达的钾盐洞穴，忠良经过半年的探索已经做好了标记。行进十几米后，他进入一个空腔，这里没有湖水，空气潮湿，却可以呼吸。他捡起旁边已经准备好的铁锹，在一处洞壁上用力凿下去。随着坚固的钾盐块体掉落，一个光滑的柱状墙壁露了出来。这是引爆井。他用力推开墙壁上的小窗，这种窗是为了给井道泄压的，整个引爆井分布着 24 个小窗，在水压的挤压下，都紧紧关闭。这是唯一不与水接触的小窗。窗口很小，仅能钻进去。进去之后，里面是直径大约 4 米的管道空间，钢质楼梯附着在井壁上。他沿着楼梯向下走去，大约下降了 70 米后抵达底部。

圆形空间的中心是一个刷成绿色的三角铁架，上面稳稳地托起一颗足球大小的军绿色金属球。金属球与铁架之间是一个复杂的电路装置，七八根电线从装置后面伸向井壁，并与一根铝棒上卡着的电路板相连。忠良抬头向上看，铝棒贴着墙壁一直伸向 100 米高的井口。这是引爆的信号接收系统。遥远的井口透进微微亮光，他知道此时天已经亮了。

阳光虽远，温暖很近，这颗人类历史上最精密的杀伤性武器就在他的面前，其精密程度甚至已经超出了发明制造它的科学家的理解范畴，其中的秘密，只有张忠良和松本一郎在冯·诺依曼的计算机中触碰到一点。

张忠良打开随身携带的地球重力计，三圈指针精确地显示重力加速度为 9.80665 米每平方秒，与自己在普林斯顿大学计算机上输入的数值一致。然后他把铝方体粘贴在原子弹底部，胶体迅速弥散开，两种金属的晶格紧密地交织在一起。

他抬起左手腕看了一眼手表，6:17:00，即使现在离开，在 7 点之前也无法穿过古城的范围，更来不及浮出水面。这个时间无法再长，因为今天凌晨 4 点，工程兵才完成真弹安装，队伍撤离核心区花了 2 个小时。

想到这里，张忠良长长地出了一口气。等了这么多年，终于可以了。

他回想起东京大学的操场，图书馆拆开的信封，广岛远郊的珊瑚海岸，叶子温柔的眼神，普林斯顿大学校园安静的草坪，以及 1950 年的一次演讲。

那时他作为志愿者进入洛斯阿拉莫斯参观，十几个大学生围坐在一起吃汉堡，坐在中间的是科学家费米。他说了这样一句话：

"基于银河系的庞大年龄和星系数量，以及宇宙广袤的可居住行星数量，地外文明应该广泛存在。然而，我们没有明确的接触或观测到的证据。"

他仍然记得那个茅塞顿开的时刻，一切疑问都有了答案，一切恐惧都烟消云散。从那天开始，他便期待着今天。

看着手表的指针，咔哒咔哒一秒一秒地接近，忠良的心终于彻彻底底地安放下来。

10 秒钟后，铅粒的电子将随着核爆进入另一个高级文明的世界，两个世界将通过 4 颗铅粒中相互纠缠的电子建立通信。人类的一切战争终将因它们的到来而彻底结束。张忠良相信，10 秒钟后，人类文明将进入新的时代。

第五章　天鹅湖

看着这唯美的阵列被无数个相同样貌的**电子群**包围着，像极了一行郑重的**标语**。只是她并不知道，在量子纠缠的电子世界里，这行标语代表了人类文明的**全部声音**。

莫斯科高能研究院，科学家巴洛格尔打开信封，是妻子赵雪莉的来信：

> 亲爱的巴洛：
>
> 你和女儿还好吗？罗布泊下雪了。虽然你们刚刚离开，但是我好思念你们。关于工作我不能说什么，但是这里一切都好，勿念。
>
> 今天是春节，我们包了饺子，很开心。夜空的银河很漂亮，我好想去那里，你要给女儿看。我们叫她星河吧。
>
> > 雪莉
> >
> > 1961 年 2 月 14 日除夕夜

抚摸着熟睡中的一岁女儿的脸蛋，看着妻子娟秀的字迹，巴洛格尔回忆起和赵雪莉在北京的相遇，在科学合作过程中互生情愫。那段浪漫的时光让两人相许终身。科学合作产生分歧发生在半年前，他所在的研究组收到了撤离北京的通知。

当时赵雪莉已经加入去往罗布泊的科学家队伍。行程无法更改。两人的人生就这样走向了两个方向。虽然在地图上，罗布泊距离莫斯科不那么遥远。

巴洛格尔万万没想到，这是他最后一次收到雪莉的来信。

雪莉死于一次流沙事故，炎热的沙漠并没有给清丽俊秀的年轻女科学家任何侥幸生存的眷顾，残忍地吞没了她。队里为她举办了葬礼，并想办法通过军方信道通知了远在莫斯科的父女俩。

带着无尽的思念和疼痛，巴洛格尔把星河抚养长大。星河有过人的舞蹈天赋，热爱古典舞，从小便接受舞蹈学院的预科教育。星河9岁的时候，珍宝岛事件爆发，巴洛格尔所在的研究院举行全员投票，他反对军方针对中国的核打击计划。

面对战争，科学家本应持中立态度，但巴洛格尔无法做到事不关己。他勇敢地站出来提出强烈的反对意见，对妻子的愧疚之情化作愤怒，对宣讲该计划的军官大打出手。

这次冲突之后，作为量子实验室主任的巴洛格尔被革职，并在一年内调到切尔诺贝利核电站从事普通研究员的工作。星河也跟着父亲来到这座工业城市，并继续自己的学业。父女俩过着普普通通的生活。

1986年，切尔诺贝利核电站发生爆炸事故，巴洛格尔不幸遇难。刚刚从舞蹈学院毕业的星河一下子失去了生活的重心。

偏偏在接下来的几年里，苏联进入解体前的社会动荡期，没有经济头脑的星河很不幸地卷入卢布贬值的恶浪中，父亲一生的积蓄很快消散殆尽。作为舞蹈演员的她面临非常窘迫的经济状况。

五年后，苏联宣布解体，星河所在的舞蹈团，因其主打的古典歌剧《天鹅湖》深受西方的喜爱，全团迁往大洋彼岸的纽约百老汇。

国之不存，家已不再，生活拮据的星河把一切希望都寄托在纽约。经过一个月的航行，星河终于抵达了这个世界上经济最发达的城市。

黑色的长发迎风飘起，仙女一样美丽的星河站在船舷边。上帝创造了仙女的容颜，却给了她苦难的人生。过往的一切都已烟消云散的星河，看到了海面上高耸入云的世贸双塔和鳞次栉比的漂亮的城市天际线，自由女神像从身旁掠过，天高云淡，碧波荡漾。她相信一切的一切都会好起来。

20世纪90年代初期，百老汇的演出不尽如人意，社会经济处于下行趋势，富人们都忙着守护自己的钱包。但是有一类行业变得越来越阔绰，那便是计算机。在资本的追捧下，IT人的生活逐渐到了纸醉金迷的程度。

面对时代的浪潮，贝尔实验室也难免躁动不安。研发经费像潮水般涌来。与计算机相关的基础科研项目逐渐立项，其中便包括量子计算机。

一次排练过程中，星河感到腹部剧痛，摔倒在舞台上。事后医院检查，诊断结果是子宫衰退。医生询问了她的过往经历，非常严肃地和她说道：

"姑娘，很不幸，五年前你曾接触过父亲的遗物，当时你的子宫即受到轻微的核辐射，功能开始缓慢地衰退。你知道，恶性细胞的分裂速度是指数级的，时间越长，扩散速率越快。如果你想生育后代的话，从今天起半年内，只能考虑体外受精和试管婴儿。半年以后，你的卵子也将受到污染。"

此时的星河正在和美国军官马可谈恋爱，她是如此地渴望有一个安定的家庭和可爱的孩子。犹豫再三后，她把这件事告诉了马可。没想到马可立刻对她敬而远之，并以参加海湾战争为借口离开了她。

这件事对星河的打击非常大，马可的反应意味着其他男人对她的态度很可能也会是这样，上帝又一次对自己梦想中的幸福家庭判了死刑。

在一次复诊中，她和医生说了自己的顾虑。医生表示这是普遍现象，并推荐给她一个私营医疗机构，提供最全面且先进的生育解决方案。

这家机构位于纽约世贸中心南塔 87 层，门口的木质墙壁上镶着一排黑体字：Tomas Jamson Institute。星河走出电梯向右拐，推门走了进去。接待厅古色古香，木质地板干净整洁，灯光温和。不久，迎面走来一位身穿西服的中年男士，非常礼貌地示意她坐在咖啡色的单人沙发上。他把端来的两杯咖啡轻轻地放在茶几上，然后坐在对面。

"星河小姐，非常荣幸接到您的预约。您可以叫我辛普森，这是我们的介绍资料，如您所了解到的，我们的机构由托马斯·杰姆森先生创立于 1947 年，最初孵化于普林斯顿大学生物实验室，是当今世界上人工生育领域的先驱。我们拥有非常严格的保密机制，任何国家和机构都无权涉密。请您先讲讲您的基本情况和诉求。"

星河讲述了自己的诊断情况，接着说道："先生，我的父母亲都是科学家，母亲是中国人，我希望匹配一位中国科学家的精子。"

"好的，我现在进去给您安排初次匹配工作。请稍等片刻。"

管家转身离开，十五分钟后回来，说道："中国科学家的精子库非常稀少，不过已经为您匹配到一位。他的情况比较特殊，但是最符合您的需要。这是初级资料，您过目。"

管家打开牛皮纸档案袋，取出一张卡纸和一个信封。星河接过卡纸，仔细地看起来。卡纸右上部是一张泛黄的彩色照片。照片里是一位神情庄重的中青年男子，身穿军绿色服装，乌黑的短发，高高的鼻梁，面容俊朗，眼神笃定地望向远方。

这个人是她喜欢的样子，星河的心里泛起一丝温柔的安全感。

表格左上部写着：

姓名：张忠良

生日：1925 年 4 月 3 日

职业：量子物理科学家

工作地点：中国北京

她并未想到，这个男人居然和自己的父亲年龄相仿。

"他去世的原因是什么？"

"星河小姐，这是取精时的体检报告。这是死亡证明。"

中文体检报告卡，上面盖着一个红色的印戳："包括核辐射检测，全部健康。"下面盖着另一个褪色的印戳："酒泉市人民医院。"

星河知道酒泉是当年的科研重镇，她心里隐约感觉到一些缘分，但不敢确定，直到她看到死亡证明：

死因：科学实验事故

地点：中国罗布泊

时间：1965 年 12 月 7 日

惊讶的星河张大了嘴巴："他与我的母亲是同事！"

"我的天！"管家也惊讶地喊出声来。

"我要他！就是他！"星河激动地流下了眼泪，晶莹的泪滴仿佛来自母亲在天之灵。

"非常理解您激动的心情，但是这位科学家留有一封遗嘱，这封遗嘱受到严格的法律保护。请过目。"

星河急不可待地打开信封，取出那张泛黄的信纸，张忠良铿锵有力的钢笔笔迹字字清晰：

亲爱的孩子的母亲，你好！

珍惜缘分，你一定是一位温柔善良且坚强的女性。我的精子是在核试验所有工作开始之前取得的，请务必安心，检验报告为证。我的匹配条件如下：

一、量子物理学已经发展到能够精确操控电子相位的阶段，且以《科学》（Science）期刊发表的文章内容为准。

二、我已经在托马斯·杰姆森机构（Tomas Jamson Institute）的专有账户中存放一笔资金，所有程序相关费用均从中支取，余款留给你和孩子以及子子孙孙。

三、第二条的前提是，请务必将冷藏箱里的一个独立铝方体中存储的铅元素，独立完整地用于第一条的电子相控实验中。

四、第三条实现后，请在当前实验元素的电子排列中，创造出以下文字信息：$E=mc^2$。

五、实验成功并发表于《科学》期刊。

六、冷藏箱里的戒指交给儿子作为信物，项链交给女儿作为信物，若只有一个孩子，则两件均交给他（她）。

以上条件全部满足，方可签约。

珍惜缘分，希望我们组成一个新的家庭。

张忠良

1965 年 10 月 17 日

星河万万没想到，这位科学家有如此奇怪的遗愿，但无论如何，对他来说一定是非常重要的事。对于星河来说，可以顺利与科学家生育并获得这笔资产，正是她苦苦求索的愿望。那么目标只有一个，便是兑现第三、四、五条。

星河的父亲终生致力于量子物理学领域，耳濡目染下，星河对第三、四、五条所说的技术能够充分理解并在大脑里形成完整的概念。难的是这样的科学实验都在大学或者科技公司的研究机构内进行。

星河思索了片刻，对管家说："他提的条件我去试试。我目前排在第几位？"

"第一位，过去的几十年间，确实有 15 位匹配者努力过，都失败了，她们甚至都没有来取走铝方体就主动放弃，原因是'量子物理学尚未发展到这个程度'。我不懂量子物理，只知道科学是在不停地发展的，他提的设想总有一天会实现。所以星河女士，期待您的好消息。"

"那就好，若有其他匹配者前来，请您及时通知我。我也会经常来电话询问您。谢谢您。"说罢星河起身，向电梯厅走去。

峰回路转，柳暗花明，星河苦思冥想，忽然想到了歌舞剧表演计划排班表。她以请假回国为由，向主管申请阅览排班表。长长的表格里有一整年的计划，她仔细地查阅，终于发现一条可用信息：

活动：贝尔实验室欢乐星期五开放日
时间：8 月 18 日
观众规模：45 人
地点：新泽西州莫里希尔夏日剧场

作为量子物理学家的女儿，贝尔实验室的盛名对她来说早已如雷贯耳。她敏锐地意识到，这里可能会有一线希望。

演出当天，台下坐着的都是科学家，这让她倍感亲切。演出开始之前，是晚餐时间。她跟团里样貌相仿的实习生借来一个学生证件，穿着清凉的学生装穿梭在闲聊的科学家们中间。大家聊的大都是与工作相关的逸闻趣事、糗事和玩笑话，偶尔会透露一些工作内容。只有一个科学家满嘴都是工作，信息量非常之大。

看到这位形象极佳的女大学生，温尼科特更加滔滔不绝，希望她能从自己讲的内容里学到东西。

"电子自旋是通过内在角动量来描述电子的基本相态，于1922年被发现，这是个老生常谈的概念。并不是只有电子自旋，光子、质子、中子等都会自旋。自旋为0的粒子，从各个方向的光谱分析来看，都是一样的。自旋为1的粒子，它旋转360度后恢复原状，像一个单箭头。自旋为2的粒子，它旋转180度即半圈后就能恢复原状，像一个双箭头。而电子的自旋为1/2，即两圈后恢复原状。"

"没有顺时针、逆时针的区别吗？"星河一边机智地提出这个问题，一边用纤细的手指抚摸着自己黑色的长发。

"同学，你问得好。正是因为有顺、逆的区别，电子自旋分为+1/2和-1/2。"温尼科特与星河的目光交会，这位科学家反而有些害羞。

"博士，为什么会有这种不同？"星河表示进一步的关注。

"就像两位漂亮的女士不能站在同一个舞台上一样，泡利不相容原理。"

"白天鹅与黑天鹅。"星河温婉地笑了，双肩微微颤动，美妙的身体散发出迷人的吸引力。科学家们都把目光投向这位漂亮的女士。

"这个比喻非常美妙，这位小姐，怎么称呼您？您有没有发现，这种不相容，与某种东西相似？"

"星河。计算机芯片。0和1。"星河伸出漂亮的左手给温尼科特，右手条纹玻璃杯中的柠檬汁散发出清凉的香气。

"冰雪聪明！我们正在研究这两者之间的关联，称为量子计算机。"温尼科特伸出左手轻轻地触碰她的三个指尖，非常绅士地点了点头。

"博士，如何做到？"

"保密，嘿嘿。"温尼科特看着星河的眼睛，欲言又止地挤了个笑脸。

"理解，理解。"星河会意地还以微笑。她敏锐地意识到，量子物理学的发展很可能已经达到了遗书所描述的阶段，心中一遍遍地默念着"感谢上帝"。

演出结束后的一个星期内，星河花去自己仅有的积蓄在托马斯·杰姆森机构将自己的卵子冷冻起来。然后如她所计划的，她和温尼科特两人谈起了恋爱。心思单纯的温尼科特对星河的疯狂迷恋正如星河对科学实验的迷恋，他向她透露了电子自旋实验的几乎所有细节，甚至带她到实验室亲手操作。他无论如何也想不到，这个柔弱女子身负的使命将毁掉他的一生。

深秋的星期六，忙了一周的温尼科特正在睡懒觉，身旁的星河在他耳边轻轻说道："亲爱的，我去趟实验室，想再玩一会儿。"

"去吧，宝贝，记得关门。"温尼科特继续呼呼睡去。

实验室是一座红砖砌成的单层建筑物。封闭无窗。秋风微凉，泛黄的枫叶飘落在门前的石阶上。星河穿着柔软的白色布鞋踩在门厅的木质地板上，小腿轻轻地颤抖。她心中也略有紧张，女人的第六感让她感到不安，那个 $E=mc^2$ 可能意味着什么不为人知的秘密。

她换上白色的防寒实验服，进入零下 50 摄氏度低温的操作室。面前是一组计算机和几个白色的"黑箱"。在科学和工程领域，"黑箱"是一种设备或系统，它输出有用的信息，而不会泄露任何黑箱内部运作的信息。

她从口袋中取出铝方体，用注射器顶住已经锁了30年的触发开关。"咔哒"一声，立方体的一面打开，像莲花绽放一样，铅粒呈现在正中。她看着这只铅粒，心中想象着那个男人的样子，这是他们之间距离最近的时刻。

她把铅粒的切面朝上，放入黑箱的云台中心，然后把模拟显微镜的目镜调到自己的眼睛前方。长长的睫毛触碰着冰凉的镜片，微观世界呈现在眼前。

她看到的并非光学影像，而是经过计算机模拟的屏幕图像，以便于科学家的理解。无数颗自旋的电子云正在像幽灵一样快速震动着，每震动一次就闪耀出七彩的光芒。它们整齐有序地排列在铅原子形成的面心立方晶格中。

她用灵敏的左手，小心地操作纳米核磁共振探针，将其对准一个电子，右手按下开关，"咔哒"一声，震动中的电子忽然快速旋转一圈，像极了她在苏联看过的川剧变脸艺术。

星河在心中默念着："就像白天鹅与黑天鹅。这颗改成白。"

然后，她继续操作相邻的那颗电子的下一颗电子。

"这颗不动，是黑。第三颗改成白。白黑白白白黑白黑白白黑黑黑黑白黑白黑黑白黑白黑白黑黑白白白黑黑白黑白黑黑黑黑白白白黑黑白白黑白。"

虽然只有5个字符，翻译成二进制却有48个信息点。大约一个小时后，操作完成。

看着这唯美的阵列被无数个相同样貌的电子群包围着，像极了一行郑重的标语。只是她并不知道，在量子纠缠的电子世界里，这行标语代表了人类文明的全部声音。

激动的星河按下摄像键，将拍摄好的图像刻入光盘。然后拿起实验室的电话打给温尼科特。

"亲爱的，我又成功了，真好玩！"

"你真聪明，宝贝。今天写的什么字？"温尼科特正在刷牙。

"爱因斯坦的质能方程。"

"真妙。"

"我拍了照片存在你的文件夹里，你发表论文的时候一定放进去啊。"

"当然了，你写的字我都会放进去，这是我们爱情的见证。"

"吻你，我的爱人。"

星河挂断电话，又给托马斯·杰姆森机构的管家打过去，告诉他自己已经实现了第三条，并即将实现第四条。走出低温室，她换上自己飘逸的白裙子，光盘插在自己的束发根部，非常美的装扮，漂亮极了。

就这样，星河堂而皇之地走出贝尔实验室的大门，将自己光盘束发的美丽的背影留给了这个伟大的科学基地。

走在秋风拂面的林荫路上，她双脚情不自禁地舞动起来，开心地哼起了歌：

My special lady, dancer of life

Come and go as you please

When you move with such ease

Hey, I would like to own you

But I won't even try

When free things are owned

They just wither and die

（我独一无二的女子啊，生命的舞者 / 你自如地来去 / 款
款莲步轻移 / 嘿，多想拥有你 / 但我决不尝试 / 自由的灵魂一
旦被拥有 / 它们便会枯萎凋零）

就在这美妙的时刻，一颗子弹从背后穿过了她甜蜜的心脏。

这颗子弹来自美国联邦调查局（FBI），可是迟到的追捕已无
力挽回人类的命运。

第六章　高斯临界

简并态铁的压缩质量和时间之间的比值存在下限，当低于这个值时，被压缩过的铁将开始反弹直至**崩塌**。这个数学规则的意义类似于天体物理学中的史瓦西半径和洛希极限。

迪拜事件后，恐慌开始泛滥，黑衣女子的宣言是如此明确，人类必须要离开赖以生存的城市家园，否则都会与建筑物一起化为灰尘。

这是一场空前艰难的转变。人类用了三千年，才逐渐从部落走向村庄，从村庄走向城市，在工业革命以后，钢筋混凝土结构的发明，让大部分发达国家的人口都迁往城市居住。目前整个地球上有70%的人口都居住在城市里。

从上海事件到迪拜事件，仅用了7个小时，分布在17座超级城市中的28座高层建筑被摧毁。

亲眼所见心中最坚固的超级工程就这样被轻易摧毁，市民们再也不觉得自己的家有多么安全了。整个下午如坐针毡，晚上入睡的时候都开着灯，一家人轮流守夜，随时准备应对突如其来的灾难，像在应对地震一样紧张。

有地下车库的居民开始往车库里堆积物品，搭建帐篷，在他们的观念里，至少地下室是可以抵抗一些灾难的。殊不知这些曾经坚不可摧的城市设施，在高维文明的攻击下，完全不堪一击。

第二天一大早，城市道路开始堵车，很多市民开着家用车，带着全家老小和物资朝着远离城市的方向开去。有些人联系到了远在农村的亲人接收他们，有些则赶着最快的速度前往乡村旅社占领房间，还有一些直接带着帐篷向着森林里开去，另一些则开车到海边的树林里，资金富裕的家庭选择了飞机飞往马尔代夫，还有一些则飞往非洲寻找定居地点。

无论怎样，大部分的城市居民面对这样的灾难左右为难。他们的工作收入仅可以维持每日的生活和每月的房贷，根本没有办法停下来，也因此只能硬着头皮继续生活在原处。

另有一些情绪比较激动的市民，组成游行队伍进行抗议，希望得到更多援助和公平对待。他们与警察发生了激烈的冲突。

小学、中学、大学的校园里已经人去楼空，孩子们都选择和家人一起面对。有一些勇敢的大学生组成了志愿者队伍，主动为城市居民提供力所能及的帮助。

最安心的是流浪汉们，他们依旧悠然自得地生活在城市的角落里，对于他们来说，曾经日晒雨淋的露天的家，如今却是最安全的地方。似乎一切都没有改变。

村里的居民则恰好相反，他们庆幸着自己没有进城，这一决定是多么明智，接下来可以大赚一笔。

老百姓作为个体，其实意识不到，对于国家整体，这样的逆城市化运动如果持续下去，将是毁灭性的打击。其危害程度甚至远远超出了几十栋建筑物的代价。现代世界的经济体系，尤其是发展中国家和发达国家，基本盘建立在城市系统之上。城市一旦停摆，经济将面临崩溃。因此政府也在尽最大努力研究制定新的经济政策，以应对这次空前的挑战。

黑衣女子的那句话，成为悬在人类头顶的达摩克利斯之剑，谁也不知道他们会突然做出什么事来。如果是人类自己，行为和破坏力是可以预测的，但这次竟然是"外星人"——老百姓都这么称呼——他们的手段到底有多可怕不得而知。未知的恐惧让每个人都陷入长久的不安中。

迪拜宣言中，战斗机从不同角度拍摄了黑衣女子的精细图像。她是一位美若天仙的女子，身高 1.70 米，长发及腰，体态曼妙，动作柔美中透着英武，仿佛训练有素的舞蹈演员，也仿佛一位坚定有力的战士。她戴着黑色的面罩，柳叶剑眉，鼻梁高挺，细长的眼睛中闪烁着蓝色的火焰，东方女子独特的气质、犹抱琵琶半遮面的样子让她显得更加神秘。她身上的衣服是黑色金属，表面呈现出细微方格状点阵，且在不停地流动和闪烁。这种流动一刻不停，仿佛拥有自己的生命，让人感觉如果停下，她就会烟消云散。

很快黑衣女子的形象便被人们制作成海报、广告，当作手机壁纸，甚至显示在街角建筑物的大屏幕上。有人称她为"死神"，但是如此美丽的女子终究还是给大多数人带来了救赎一般的情愫，因此大多数人称她为"天使"。这是一个非常贴切又充满图腾意味的称呼，在她面前，幼稚的人类仿佛回到了远古时代。

由人口众多的几个国家重新发起成立了基于生命平等权的联合组织，名称为"人类联合体"，而联合国则被投票解散，官员们重新加入了人类联合体。这被媒体认为是"人类文明新的进步"。

东海战区总司令东方宏宇升任人类联合体主席，指挥部成员包括宋千峰院士、李荣思院士、赵芸将军、美国经济学者詹姆斯、俄罗斯空军总司令普吉扎、印度工业协会主席贡迪。

碧蓝的海水像玉一样透明，白色的沙滩闪烁着晶莹的阳光，这里是西沙市的主岛。针对天使的研究会议在一片椰林里的混凝土方盒子建筑中举行。无论景色多美，机密会议必须在足够安全的具有电磁屏蔽功能的房间中进行，这是战争时期的底线。

"人类从未面临过与外星文明的战争，你们认为该放弃吗？"东方宏宇主席问道。

"人类经历了亿万年的进化，遇到过无数灾难，我们都活下来了。所以这次也一样，决不放弃。"赵芸说道。

"决不放弃！"所有人都高声喊道。

"好！今后我们会面临越来越复杂且艰难的局面，希望大家不忘初心——为人类而战。"东方宏宇铿锵有力地说道。

"目前收集到的所有信息，非常有限，但是已经比上海事件之时多很多。黑衣女子，代号'天使'，是我们必须攻破的目标。今天需要重新分析天使。我提七个问题，你们答。"

"一、天使是谁？"

"天使是高维文明的使者，她可能是人类，也可能不是人类。如果是人类，身高 1.70 米，黑色长发，面相为中俄混血，年龄在 25 岁到 30 岁之间。"

"二、天使做了什么？"

"上海中心大厦事件中，被弯曲成螺旋轨迹的子弹是重要线索，表示黑三角中心有质量非常大的物体，经过轨道计算，该物体质量为26万吨，与三塔总用钢量精确吻合。因此可以推断，所有消失的钢被全部吸入黑三角中。而天使坠入黑三角的时刻正好在子弹轨迹弯曲之始。所以可以推断，天使与钢结合的可能性很大。上海中心大厦废墟交火事件中，所有子弹及炮弹全部没有爆炸并被吸入废墟，废墟灰烬清除后直到天使现身，子弹及炮弹并没有被找到，因此判断它们也被天使吸收。天使从上海中心大厦废墟基坑消失，10分钟后即出现在芝加哥上空。上海至芝加哥的飞行距离为12544千米，地球上任何飞行器均达不到这个速度，且卫星和雷达均未发现天使的航迹。结论为：天使穿过地心抵达芝加哥。经过计算，26万吨重的接近人体体积的物体向地面坠落，地球对于它来说就像空气一样无法阻挡，在引力作用下，它坠入地心需要4.96分钟，依靠惯性飞出地心也同样需要4.96分钟。后续几个城市之间的距离和穿梭地心的时间逐渐缩短，说明天使的质量逐渐增加，而经过计算，增加的重量恰好等于上一个被摧毁的建筑物的用钢量。结论为：天使与钢融为一体。"

"三、天使的人类身体与钢如何结合？"

"迪拜宣言短短的10秒钟，我们对天使进行了光谱分析，她身上黑色的衣服——暂且称为衣服——就是铁元素。所以她身穿一件铁衣。将铁压缩到一件衣服的体积，只有一种可能，即电子简并态。铁压缩的过程为：晶格破碎，原子被挤压，电子被压缩到接近原子核的位置。"

"四、围绕在天使身边的红色晶格状透明流动云状现象是什么？"

"根据李健飞行员的录像分析，红色晶格可以将任何物质分解并吸收，从物理学中的弦论角度来看，将物质波格式化。如果天使是人类，那么红色晶格很可能不是武器，而是监狱，或者兼而有之，我们可以将其称为'量子监狱'。"

"五、天使与黑三角发生了什么？"

"黑色为冰18，这种物质在简并态铁的压缩过程中起到冷却作用，否则热量过高会伤到天使，这仅是猜测。有三个顶点是因为三座建筑同时从顶部开始被吸食。三角形是铁晶格的基本受力单元。这也是天使选择第一次在上海三塔行动的根本原因。来自三个方向的高速晶胞相互冲击从法线方向破解原子之间的共价键，这是最节省能源的方式。可以认为，黑三角塑造了天使的第一层外衣。"

"六、天使与高维文明的关系？"

"如果她是高维文明本身的使者，便没有意义，但如果天使是人类，那么她的过往经历对我们的战略一定具有重大意义。"

"七、天使如何与高维生命沟通？"

"物理学家对高维空间的理解仅达到数学计算阶段，涉及高维空间最多的是弦理论。弦理论认为引力可以跨越维度，所以沟通方式可能是引力波。"

这次会议提出的七个问题及其答案，被称为"天使七问"，军方对其进行了最高级别的保密。七问之后，人类联合体开始酝酿抓捕天使的具体方案。

人类联合体做出的第一件主动行为，是寻求与高维文明的沟通。迪拜宣言的信息量太少了，必须取得更多关于高维文明的信息。

于是，全世界所有城市的公共 LED 屏幕上，都不再播放广告，而是连续显示同一个问题，这是最直接快速的沟通方式：

"你们的需求是什么？希望可以协商。"

没有回音。

无声即是答案，战争中最可怕的便是寂静。

天使的形象逐渐深入人心，越来越多的人开始相信自己的命运由天使掌握，于是愿意追随天使。借着这股席卷全球的思潮，世界各地对进化论并不认同的高知群体，联合在一起成立了名叫"天使之翼"的组织，并很快利用其社会经济资源构建起了强大的武装力量。

出生于伊拉克的高斯领导了这场变革。他是国王大学的校长，研究领域为生命科学。这所学校近年来一直在大力吸纳来自世界各地的优秀科学家。

高斯从小就对外星生命拥有浓厚的兴趣，经常在梦中梦到外星文明降临地球。小小的年纪便相信在世界规则之外，从来都可以存在新的规则制定者，包括他自己。

高斯的父辈家族是中东石油开采商，富可敌国。但优渥的家庭条件并没有冲昏父母的头脑，他们在高斯 12 岁时便将他送入军营，使他接受了军人思想的洗礼。在海湾战争中，19 岁的高斯作为最年轻的上将，指挥上千人的队伍与联合国军正面对抗，最终在电子战面前几乎全军覆没。从此深深的耻辱感便刻在这个年轻人的胸中，反对人类的种子便在心中生根发芽。

退伍后，高斯进入哈佛大学学习生命科学，在八年的学业生涯中，不仅学习到了多个学科的系统知识，更结交到了来自世界各地的各个学科的精英同学，其中不乏各类隐形家族的后代。高斯有意将所有的资源导入自己私下成立的基金会，为有朝一日的梦想之战做准备。

博士毕业后，高斯来到国王大学任教，凭借着智慧和财富的双重优势，五年后成为这所学校的校长。在他的基金会支持下，学校各个学科的科研水平均领先全球。同时，基金会在背后经过十年的积累，暗中培养出一支 10 万人的军队。

为了隐藏这支军队，高斯在大学附近的沙漠中投资兴建了一座超级城市，名叫"天使之城"，他将基金会和军队人员及家属都安置在城市中，并设立了学校、商业、体育等完善的配套设施，总共容纳 50 万人。设计、施工、建造、运维、居住、工作、训练、科研形成闭环，对外宣称是一座私人开发商运维的城市试验区，并与国王大学建立科研一对一关系，拒绝外来人士参观。

当然，这也是高斯进行的未来城市实验。他将经典城市模式中散布在大街小巷的功能各异的建筑物整合在一起，集中合并为一个完整的封闭的直径为 10 千米、高度为 200 米的扁平圆柱形体，内部是巨大的植物茂盛的中庭空间，人们的一切活动均在玻璃穹顶下的巨大广场中进行，这是热带沙漠地区可最高效利用能源的城市模式。

上海事件分析报告公开后，高斯清醒地意识到，天使就是自己等了 40 年的人——或许是外星生命。于是他提前组织科学家和工程兵，利用新研制的高频激光共振系统，在自己这座城市上空激活空气，分子释放红外光谱，形成了一行由非可见光构成的巨大文字：天使之翼。

天使发布迪拜宣言的时候，已经看到了这行文字，聪慧过人的她当然领会得到"翼"这个字的含义。宣言结束后，天使并没有离开迪拜，而是经由地心重新折回到天使之城的中心广场内，在这里她第一次和人类进行了对话。

天使之城共 50 层，整体呈双环布局。外环为居住区，进深为 20 米，外墙向外界开窗，排布着大面积的玻璃幕墙和遮阳百叶。内环和外环之间形成一条宽度为 1000 米的环形带状广场。两侧的建筑中每一个房间都伸出形状各异的空中花园，热带植物枝繁叶茂，鸟语花香。内环为配套服务区，进深不同的功能区各有不同，包含办公、商业、学校、体育、生产等各类用房。内环之内是平均直径为 5 千米的超级广场。这里更是热带植物的天堂。上部的穹顶微微隆起，造型和结构系统为标准球形的切片。穹顶上部密布着半透明的智能太阳能光伏板和风能螺旋叶片。

广场的中心有一座 20 层楼高的金属塔，形状好似莲蓬。天使便站在这里环视四周。身后传来深沉洪亮的嗓音："天使，欢迎您来到天使之翼的乌托邦。"

天使转身，看到迎面走来一位精神抖擞的中东人，两鬓斑白，银框眼镜，白色头巾，白色长袍。

"天使之翼，你是首领？"

"非常荣幸，我是高斯，这座城市以及国王大学都由我负责。"

高斯礼貌地弯腰行礼。

天使并未行礼，冷冷地说道："高斯，你知道我可以轻易毁灭天使之城，请我来是什么目的？"

"天使，您是天使之翼存在的唯一意义。我们等了您40年。"

"告诉我目的。"

"天使，您在宣言中命令人类离开城市。"

"是，如何？"

"人类不会轻易离开的。"

"为什么这么说？"

"守护家园是人的本性，您将付出惨重的代价。"

"又如何？"

"虽然天使之翼不值一提，但是我们可以帮助您。"

"我不需要帮助。"

"您需要。简并态铁的压缩速度有限制，否则会崩塌。"高斯和李荣思院士一样，悟出了天使摧毁超高建筑的真实意图。

"你们帮助我，需要我做什么？"

"需要您作为诱饵，帮助我们夺取核控制权。"

"然后呢？"

"然后您就畅通无阻了。"

"成交。"

天使说完，转过身，广场四周10万军人举枪高呼："天使永生！"喊声震耳欲聋，每一片树叶都在颤抖，她满意地笑了。

众人目送着她敏捷、优雅、高傲的身姿消失在丛林中。机械穹顶徐徐打开，军人们看到白昼之中闪亮的繁星渐渐熄灭，奥尔特星云被格式化完成。

东方宏宇升任人类联合体主席后，对全球灾难局势进行了更加全面的评估。从迪拜宣言事件可以看出，与天使对战将不可避免地发生在人口最密集的城市中心，为了保护市民的生命财产安全，攻击方法需要非常谨慎，这也大大提高了战斗难度。攻击市中心地标建筑物，就是敌人选择的最有利战术。

奥尔特星云的湮灭，让人类联合体意识到，城市的毁灭只是冰山一角。高维文明到底想做什么不得而知。

目前一切的线索，只有天使这个人。在灾难规模失控之前，人类联合体需要不惜一切代价阻止她，同时尽力寻找其他线索，以尽早揭开真相，化被动为主动。

正在东方宏宇愁眉不展的时候，警员在电话中说道："报告主席，迪拜国王大学校长高斯前来拜访。"

"请他进来。"

两个智慧和勇气超群的男人，面对面站在指挥中心的办公室内，檀香山的椰林树影在窗外舞动，风声和海浪声飞进房间又穿游而出。

"老同学，别来无恙。"高斯走进房间，弯腰行礼。

"从哈佛毕业后这么多年，我们还是第一次见面。你的国王大学非常优秀。"

"谢谢，你在东海的指挥也非常值得钦佩，尤其是上海事件的分析报告。"

"事出紧急，多亏了各方贤士。"

"我来拜访你，正是要把自己贡献出来，希望加入人类联合体，为你出谋划策。"

"受宠若惊！我其实也正想和你联络。"

"哈哈，伯牙遇子期！"

"好兄弟！走，我们去海边散散步。"东方宏宇拉着高斯一起走了出去。

碧蓝清透的海水拍打着沙滩，椰林小路树影婆娑。

"主席，你现在手握大权，是否有下一步的计划让人类安心？"

"说实话，线索太少，城市战场太局限。"

"我有一些思考。"

"愿闻其详。"在东方宏宇心中，高斯是他的同学中最具聪明才智和谋略的一位。

"小小思路，仅供参考。既然在城市中无法放手一搏，人类联合体是否想到过转移战场？"

"天使的足迹无法追踪，战场的选择上我们是彻底被动的，天使的行动太快，我们总是慢一步。"

"反客为主是有可能的。"

"说说看。"

"天使选择城市，更重要的原因是，她需要高层建筑中的铁元素。全球除了城市以外，还有什么地方也有丰富的铁元素？答案显而易见，是铁矿山。"

"有道理，但是到目前为止，天使并没有染指任何铁矿。"

"根据国王大学的研究，简并态铁的压缩质量和时间之间的比值存在下限，当低于这个值时，被压缩过的铁将开始反弹直至崩塌。这个数学规则的意义类似天体物理学中的史瓦西半径和洛希极限，但又有所不同。"

"高斯校长，天使的简并态现象我们并没有公开过，你们的攻坚速度可真够快，钦佩。这个比值是一个重大发现。我们可否称它为'高斯临界'？"

"哈哈，这个名字不错。天使之所以从最高的建筑入手，我猜还有一个重要原因，就是它们的含钢量足够大，简并态铁的压缩速度远远超过高斯临界点。"

"也就是说，超高层全部用完以后，天使将遇到失速问题而不得不寻找新的目标。"

"未必是必须，随着她的简并态铁身质量加大，磁场加强，她穿过地心的速度也会加大，在空中移动的速度也可以更快。只不过，继续留在城市并非最优解。"

"是否计算出高斯临界的具体数值？"

"603吨每秒。"

"反推出的建筑高度是多少？"

"200米。"

东方宏宇打开手中的折叠屏幕手机，调出截至2030年全球高层建筑分布地图，统计出全球高度超过200米的高层建筑数量为2969幢：中国1573座，美国759座，欧洲348座，其他国家289座。

"按照上海三塔的高度和破坏时间以及往返地心的时间数据计

算出，天使将在 26467 分钟后触碰高斯临界点，即约 441 个小时，约 18 天。天使是否需要进食和睡眠，我们不得而知。因此 18 天就是最短时间。"总司令一边看地图一边口算。

"18 天，近在眼前。那么，铁矿在全球如何分布？"高斯问道。

"澳大利亚的铁矿占全球 35%，毫无疑问是最大且最集中的区域。"

"澳大利亚有多少人口？"

"2500 万人。"

"仅相当于中国一座大城市的人口数量。"高斯分析道。

"用什么武器？"高斯问道。

"核弹。虽然铁是宇宙中原子核最稳定的元素，但是核武器所引发的核变所释放的能量和辐射，可以摧毁简并态铁。"

分析到这里，东方宏宇停下脚步，仰天长叹一口气。

"所以你是怎么想的？"高斯问道。

"这是唯一的机会，以人类现有的核武器，以澳大利亚这块独立于太平洋之上的土地为代价，围剿天使。"

第七章　澳洲核战

300 枚 **巨大的导弹** 在天使身边停了下来，围绕着她形成圆环状阵列，弹头指向圆心，弹尾朝向轨道尾迹，火红色的弹身渐渐冷却。导弹巨大的形体和天使娇小的身形在夜空中绽放出超越经典力学的 **能量之美**。

核武器的出现，从人类社会内部矛盾视角来看是失败的，但是如果从人类与宇宙的视角来看，反而是这个物种保卫家园的必要屏障，标志着星际文明对能量掌控实力的关键跃迁。

澳大利亚 2500 万人口的迁移工作非常不顺利，在澳洲大陆居住了上千年的本地人约有 1800 万人，他们坚决拒绝搬迁，天真的人们意识不到事态的严重性，固守在城市中，并与军队发生严重的冲突。最后期限一天天临近，人类联合体决定放弃搬迁，仅将西部人口迁往东部沿海，尊重每个人对生存的选择权，但是也充分告知了战争的严重性。

铁矿最为密集的区域位于澳大利亚西部的皮尔巴拉，汤姆普莱斯山、惠尔巴克山和纽曼山是最为明显的目标。分布在全球各国的洲际导弹发射系统在 10 天内全部锁定此区域，核弹投入量为 8300 枚，占全球核弹总储量的 70%。

经过周密的安排，人类联合体通过卫星和摄像机在檀香山严阵以待。

第 18 天深夜，天使出现。

她穿过地心，从丹皮尔港口西侧的海水中走出，海面泛起滚烫的环状干涉波浪。港口的钢铁设施和临时存储的铁矿石是天使的第一个目标，那里很快便陷入一片火海。

为了获得足够的接触时间，人类联合体并未在港口行动，而是等待天使进入矿山区域。

天使依靠量子监狱的电磁力，向矿山快速移动。漆黑的夜晚繁星满天，山体的剪影仿佛巨大的沉睡的生命。

抵达目标地点后，天使一刻没有停歇，伸手触摸暗红色的山岩，冰凉的岩体渐渐温热。量子监狱将岩石中的铁原子从晶格中逼离，以巨大的能量压入天使手指表面的黑色铁衣中，红色的光线散射开来。

就在这时，脚下的大地开始颤抖，是人类联合体事先布置的满铺电磁场，覆盖了山区的所有范围。电磁场与简并态铁互斥产生巨大的浮力，将天使推向天空，这是为了避免她向地心逃脱。

在天使上移的过程中，第一批洲际导弹正在抵达。夜空中成百上千条银白色的波形尾迹从四面八方汇聚过来。

天使的双脚与山岩之间拉起一道火红色的反向瀑布，气态铁高速迁移。她空出双手，正面迎接飞速袭来的导弹。

与迪拜相似，300枚巨大的导弹在天使身边停了下来，围绕着她形成圆环状阵列，弹头指向圆心，弹尾朝向轨道尾迹，火红色的弹身渐渐冷却。导弹巨大的形体和天使娇小的身形在夜空中绽放出超越经典力学的能量之美。

弹头阵列就这样悬浮在四周。天使并没有将导弹压入量子监狱，因为她很清楚核弹内的放射性元素会侵蚀铁衣。第二批导弹很快抵达，人类联合体并没有给天使留下任何喘息的机会。

人类历史上规模最大的核爆发生了，300束蘑菇云重叠在一起升入上百千米的天空，爆炸的光线照亮了半个大西洋。

东方宏宇看到爆炸画面的那一刻，立即下令后续 8000 枚核弹分 10 批间隔 5 分钟发射升空，天使淹没在铺天盖地的核爆之中。

东方宏宇和高斯都不可能知道的是，此时的天使将自己稳定在海拔 570 米的位置，正是在这个高度，父亲发现了人类之外的真相。核爆过程中产生的电子，被全部压入第 32 维，恰恰因为缺少了电子的攻击，简并态铁原子稳如泰山，铁衣毫发无伤。

在巨大的蘑菇云的掩盖下，天使使用量子监狱，将其余 8000 枚核弹送入了新的轨道，并将其信道的电子振动频率切换到高斯的控制范围。只见夜空之中刷出无数流星一样的火红色尾迹，像凤凰伸展尾翼一样，高速飞向位于中东的天使之城。

为了迅速吸收能量迁移产生的热量，天使将地下涌动的冰 18 向上引入山谷之中。这里瞬间被黑色的海洋淹没，而大西洋东岸 1000 米范围的海水被冷却成冰，鹅毛大雪铺天盖地地下起来。

天亮之后，澳大利亚大陆地壳内的铁元素被完全吸干，高温燃烧将所有山峰化作灰尘，黑色的冰 18 淹没了整个大陆。从太空看去，地球仿佛张开了黑色的眼睛，深不见底的目光绝望地射向宇宙深处。

当东方宏宇发现导弹信号丢失后，他立刻将指挥中心的大屏幕切换成卫星图像，8000 枚导弹的红色轨迹清晰可见，指向欧洲方向。他起身回头正要提醒高斯，一把冰冷的手枪抵在了自己的额头上。

"老同学，对不起了。"高斯冷冷地说道。

"高斯，你……"东方宏宇皱起眉头，在脑中反复回想事情的来龙去脉。

"为了人类的福祉，我不得不这样做。同学情，来生再报。"高斯没有多说什么，扣动扳机结束了东方宏宇的生命。

飞行 7000 千米后，导弹陆续抵达天使之城，穹顶徐徐展开，温和伸出的几十台机械臂，将导弹一个接一个地回收到内环北段的火箭仓库中。

3 天后，高斯向全世界宣布，天使之翼拥有全球 2/3 的核弹储备，要求群龙无首的人类联合体解散，并接替其所有权力。天使之城高调公开，天使正式成为人类崇拜的图腾。

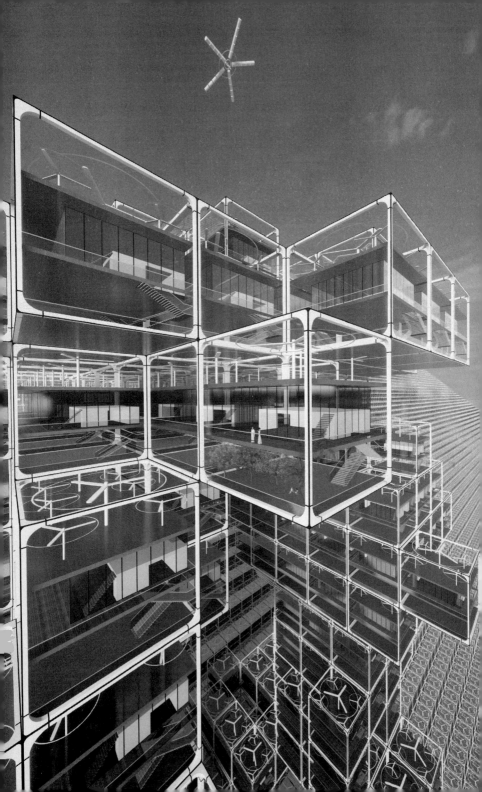

第八章 垂直农场

整个建筑物以白色氟碳漆喷涂，建筑**形体纤薄**，所以从远处看去，一道一道白色的横向线条上托举着纤细的绿色花草植物，仿佛是山间**透明的屏风**，有一种**蒙德里安**的抽象艺术之美。

　　寒风呼啸的白杨树林，掩映着初升的太阳，今天是除夕，李富贵起了个大早。发愁了半个月的事，今天还是要面对。他转身来到灶台前，数了数晚上做年夜饭的材料，一斗青稞面，两棵白菜，半块豆腐。儿子李秋白还在熟睡，平时用功读书，过年总算可以多睡会儿了。

　　并非李富贵不努力，他是个勤恳的农民，在田地里辛劳了大半生，这几年旱灾越来越频繁，今年结余的 350 块钱要留给明年播种用。家里就自己和儿子，吃饭比较简单。

　　"今天晚上无论如何得给孩子做点肉吃。"李富贵在桌子上给儿子留了张"爸爸去捞鱼"的字条，拿起网兜就出了门。

　　青海的村庄星星点点地分布在广袤的高原之上，距离十分遥远。李富贵所在的德令哈丙三组村，位于青海湖西北角的草原中。他走在旷野的小路上，一心一意地想着晚上的年夜饭。

　　大约走了四个小时，眼前的地平线开始弯曲，露出碧蓝色无边无际的青海湖，湖水与天空相接的地方是延绵不绝的雪山。湖边的土地仍然广阔，微微倾斜的坡度加快了李富贵的脚步。

　　走到湖边，他熟练地脱下草鞋，脱掉上衣和裤子，拖着网兜就走进水里。今天的风浪很小，此刻艳阳高照，正是捞鱼的好时间。

湖水清凉透明，蓝绿色的波纹反射着阳光。他走到水面没过胸口的深度，抓紧时间忙活起来。

大约一个小时后，他的网兜里已经有了三条大鱼和两只蟹子，他高兴地想着明天初一乡亲们也能来蹭一口香喷喷的鱼了。想到这里，感觉很有面子，于是更加积极地忙活起来。

水越深鱼越多，他不知不觉地向深处挪步，等到湖水已经没过了肩膀，便埋头进入水里蹲下身捉鱼。他的水性不佳，因而不敢在水里待得时间太久。

当他成就满满地起身抬头时，忽然感觉到水面很重，站直伸头时竟然感觉不到水面的边界。水性不佳的李富贵慌了，他双脚一蹬，身体向上冲了一下，头钻出了水面。

出水的那一刻，他看到岸边距离自己已经比蹲下时远了三四倍。他敏锐地意识到可能是涨潮，但水面上并没有巨大的浪花，仍然平静如初。于是他立刻背着网兜，朝岸边游去。

忽然眼前的水面开始倾斜，仿佛整个天空都在旋转，水中的颜色越来越深，他感到脚下已经不是石滩，而是深不见底的深渊。

水浪，他看向左边、右边、后边，都一样，是环形。紧接着，浪的峰脊被无形的力量切开，另一条反弧形的水浪冲了过来。

就这样，他在这沸腾一般交织往复的水浪中拼搏着，徘徊着，早已看不到岸边的方向，慢慢地筋疲力尽，一分一秒地放弃挣扎。这个心心念念回家给儿子做年夜饭的老父亲，手中一直紧紧抓着那个装鱼的箩筐。

傍晚时分，当李秋白奔跑着赶到岸边时，衍射条纹状的波浪已经褪去，父亲的身体在岸边的石滩上，早已失去了生命。背篓里的鱼有 9 条, 螃蟹已经逃走。秋白蹲在地上傻傻地看着父亲, 年仅 16 岁的他不知道这个年将要如何度过。

回到学校后, 李秋白更加用功地学习, 海西高中 964 班平房教室的木窗后, 常常可以见到他挑灯夜读的身影, 窗外杨树林里的喜鹊与啄木鸟陪伴着他一天天长大。

半年后的盛夏, 乡间小路上, 一个身穿绿色制服的邮差骑着自行车到达村口。他大声喊着: "李秋白! 李秋白!" 手里攥着一个白色的大信封。

村口的大爷大妈们已经开始激动了。显然, 这个时间, 村子里的每个人都在盼望着这封信, 因为村里唯一的高中生李秋白吃了半年的百家饭, 终于完成了高考。听镇上的老师说这几天是大学录取通知书下发的日子。

果然, 秋白跑来捧起信封, 沉甸甸的, 他满怀期待地打开它, 抽出里面的一张对折着的卡纸, 精致而朴素的纸面上写着蓝色的大字: "津海大学录取通知书, 建筑学院, 建筑学。"

读到附件的文字时, 秋白皱起了眉头, 第一学年学费 20000元, 杂费 7000 元。

一个脸晒得黝黑的叔叔走过来, 嘴里叼着烟斗, 拍了拍他的肩膀说道: "秋白, 学费别担心, 我们都给你凑齐了。"

大学的时光对于秋白来说, 与其他同学大相径庭。一方面, 自己要利用课余时间拼命打工赚钱交下一个学年的学费; 另一方面,除了因为选择性地学习建筑学专业的课程外，他还要忙着旁听其他学院的课程，比如计算机、航天、物理、生物、材料、艺术等。大学里包罗万象的学科设置打开了他大脑的多宝盒，这个天生兴趣广泛的男孩，在大学里获得了深刻而广阔的认知熏陶。

毕业后，大部分同学去往大城市的设计机构担任建筑师工作，秋白并没有做同样的选择，而是坚定地回到自己的家乡。在他的心中，乡亲们的养育之恩重如泰山，贫苦的小村庄非常需要他。

丙三组村有 30 户人家，87 个人，房屋 65 间。村里的古庙已经有上百年的历史。所有住户都以种田为生。经历了两千年的农业文明，在确定的气候、确定的土地面积、确定的人力输入、确定的庄稼物种模式内，农民世世代代的生活方式和水准就是一道有确定答案的数学题。

李秋白在大家的一致推举下，当了村主任。在他看来，必须突破确定性，引入新的变革，一切才有可能改变。他利用自己所学的知识，提出了三个新思路：一、物种不变的前提下，提高耕种面积；二、提高劳动效率，引入农业机械；三、发展滨青海湖旅游业。

在与来自上海的东方资本洽谈后，对方同意以一亿元投资，置换滨青海湖旅游开发权，并以此资金占 49% 股份兴建一座面向未来的垂直农场。

垂直农场的概念是，建造一座 50 层高的建筑物，每层面积为

1000 平方米，其中包括 1 亩标准土地和半亩农户住房用地。每层宽度 10 米，长度 100 米，高度 10 米。楼梯和电梯均挂载在长方形的建筑短边外侧。之所以仅为 10 米宽，是为了保证充足的日照从侧面进入时可以覆盖所有植物。所有的灌溉管道、采摘机械臂都安装在每层的顶部，窄长的形状可以充分简化轨道系统和运行损耗。

因为建筑物的高度达到了 500 米，需要在远离青海湖景观保护视线的范围外靠近山体的旷野中建造。

为了提高建造速度，节省每日成本，所有部件都采用装配式金属预制件，主体结构为钢材。钢材是可以降解的建筑材料，建造过程和后续使用都可以实现对环境零污染。建筑顶端满铺太阳能板和风能螺旋桨，足够提供整座建筑物的能源。

每层的端部是一个 10 米 × 33 米的居住用地，层高 10 米正好可以盖三层小别墅，空间质量不逊色于地面房屋。村民们非常喜欢这样的空中庭院，不仅出门就是自家田地，开窗还可以远眺风景，将青海湖尽收眼底，邻居串门坐电梯即可。老人们住在低一些的楼层。

1 亩试验田，只是起步测试。如果农户愿意承包更多土地，可以在二期工程和后续工程中增加，并将建筑物并排相连。

整个建筑物以白色氟碳漆喷涂，建筑形体纤薄，所以从远处看去，一道一道白色的横向线条上托举着纤细的绿色花草植物，仿佛是山间透明的屏风，有一种蒙德里安的抽象艺术之美。

起初一些保守的村民不太接受这样的新生活方式，但是看到年轻一些的村户迫不及待地抛下破旧的村舍搬进新家，也很快都心动了。其实大家心里都有一杆秤，很多人曾经羡慕大城市的高层住宅楼，如今相比起来自己简直住在天堂。所以农户们纷纷入股，以农户未来十年的种植收益的 10% 兑换其股权的 1%。

建造过程用去了半年时间，这个过程李秋白做得非常低调，他并不想招来周围村庄村民的闲言碎语，从而影响本村村民们的选择。建成之后，大家的搬迁过程也都悄悄进行，没有大张旗鼓地庆祝。这也是非常难得的。

垂直农场开始运转后，整个村子焕发出了全新的活力，村民的生活方式完完全全地变革了。很多村民都感慨，如果炎帝在世，一定大呼过瘾。

经过两年的发展，全村的产值实现了翻倍。大家都夸赞这个优秀的小村主任。周边的村庄也看到了甜头，各村村主任都跑来和秋白洽谈合作，大部分村主任都没有上过大学，听得云里雾里，但是眼见为实，漂亮的白色农场看着就让人心动，大家满眼的信任，满口"听你的，听你的，咱们能致富就行"。

一天早晨，秋白开着自己新买的敞篷越野车，载着邻居张大爷的儿子张大嘎，哼着歌，来到青海湖边。开发商正在吊装一些箱体，依次相邻着摆放在石子滩上，下面有四只脚，房子好似飘在上面。

张大嘎从小跟随父亲做泥瓦匠，对土木工程算是个入门汉，负责监督工地。

"嘎队长好！"工地负责人李建设看见村里来人了，连忙过来递上两支烟。

"老李，你们这是些什么玩意儿？"大嘎半开玩笑地问道。

"这叫太空舱酒店，每个箱子是一个客房，里面水、暖、电、卫生间全配齐了，屋顶透明的，晚上能看星星。"

"咋运过来的？"

"卡车啊，从广州运过来。"

"这不脱了裤子放屁嘛，直接在地上盖一个不就完了？"大嘎猛抽两口烟问道。

"嘿嘿，这您有所不知，旅游局给的条件是不能破坏土地，所以不能建房子，才运过来的。到时候领导一句话，我们说搬就搬走了。是不，李主任？"

"是这个逻辑，我们的垂直农场也是这个理念，对环境零污染。"秋白说道。

"二位领导看看，有什么意见尽管提，我们充分尊重村里的指示。"

"我们转转。"

工地进度比较缓慢，因为太空舱客房的生产厂家在全国凤毛麟角，产量非常小，加之陆路运输大约一个星期，总体上拖慢了工程进度。转了两圈后，两人提了一些意见，李建设想留他俩吃个午饭喝两杯，秋白拒绝了，他想赶回村，中午给住在三层的独居老人李奶奶送饭。于是把大嘎留下，自己开车先返回。

李秋白开着军绿色的越野车驰骋在高原草甸之间，远处层叠的山峦面前矗立着自己大学毕业后的第一个作品。在建筑学领域，这样的工程也是国际领先的。经历了策划、设计、审批、融资、股份改制、村民动员、工程建设、机械设备采购调试、种植品种筛选试错、日常运营维护等工作，如今它已经变成村子的一部分，大家心中的美丽新家园，像科幻小说一样梦幻。

这时，电话响了。

"白哥，涨潮了！"张大嘎在电话里大声喊道。

"我……"秋白刚要说自己赶过去帮忙，忽然看到三里外村子后面的垂直农场的钢骨架从顶部开始正在一层层变黑，然后逐层又开始变红。

这么快的色彩变化仿佛是中午的太阳眩光，但是接下来发生的事让秋白无比心痛。

垂直农场的每一层都开始燃烧，通红的烈焰吞没了整个500米高的建筑物。最可怕的是，村民们都还在午睡中！

秋白把没挂的电话扔到副驾驶座位上，猛踩油门向火场开去。

秋白抵达垂直农场位置时，一切都太迟了。全村87人，死亡57人，烧伤12人，60岁以上老人全部遇难。青海湖涨潮时，张大嘎和李建设以及5名村里派去的青年工人都在一个太空舱里吃午饭，因为箱体架空且密闭，与地面连接的螺栓被冲垮后漂浮在浪潮中幸免于难。

面对这场悲惨的灾难，李秋白痛不欲生，那些与父亲年龄相仿的邻居大伯们，那些每天做饭给自己的单纯、爱笑的大婶们，那些和自己从小玩到大的大伯大婶的儿女们，那些可爱的人生才刚刚开始的娃娃们，如果没有垂直农场，现在都还在村子的农舍里快乐地生活着，欢笑着。

尚有18人幸免于难，在他们泪痕未干的双眼中，悲伤、痛苦、憎恨的目光全部投向了李秋白。人们不明白，村子是造了什么孽，生出这个年轻人，如果没有他，一切都不会改变。

给逝去的村民安葬后，秋白拜托邻村安顿好18位乡亲，回到熟悉的村舍。这里的欢声笑语早已不再，很多房子的屋顶和墙壁因疏于维护长满了茅草和爬藤。他推开自己家的门，这间屋子只有一个房间，两张床靠在窗口，灶台上摆放着简单的锅灶和碗筷，书桌还在那里，父亲写的纸条就在上面。这么多年了，秋白没有动过它。父子俩在屋子里的生活场景恍如昨日。

他打开那台黑白电视机，所有的电视台都在轮番播放着那个人类永远无法忘记的画面，一个长发飞扬的黑衣女子飘浮在烈焰中的迪拜塔顶，面前是被晶格化的火焰构成的巨大文字："我是高维文明，人类退出城市。"现在他仔细地观看了这些新闻，心中的悲痛像洪水一样泛滥开来。

当切换到青海电视台时，正在播放青海湖涨潮的航拍视频。

"今日 12:10，青海湖西北部产生三环干涉条纹状海浪，中心浪高 7 米，向外扩散逐渐递减，辐射半径 7 千米。涨潮导致西北岸边一处露营地被冲毁，无人伤亡。此次事件与上海事件相似，有关专家正在寻找它们之间相互关联的进一步证据。"

"这与十年前父亲的事故难道也有关联吗？"秋白此时心如刀绞，思绪逐渐冷静下来，在接下来一分钟的时间里做了一个决定。半小时后，他背起行囊，打开木门走出房间，登上越野车的驾驶座，踩下油门，向着银河坠落在草原的远方奔驰而去。

驰骋在星空下无尽的旷野中，李秋白只想想清楚一个问题：

"我将如何重建家园。"

第九章　负熵城市

城市建筑是人类科技与艺术完美结合的产物，是人类文明的**集大成者**。在这场猝不及防的灾难中，一切都结束得太快了。在外来文明的恐吓下，人类武装力量可以束手就擒，可是**文明之火**不可以熄灭。

　　摧毁 2969 座高度超过 200 米的高层建筑后，天使转移到全球各地的铁矿山、炼钢厂、港口和工厂。残破不堪的大城市获得了短暂的安宁。人们修补房屋，重拾心情，工作还要继续，生活恢复平静。

　　所有城市中幸存的建筑物无论大小都安装了预警设施，所有高度超过 100 米且标准层建筑面积超过 2000 平方米的建筑屋顶，都停放着军队的直升机，都有值守的士兵，卫星也增加了对重点建筑物的监测，甚至军用雷达也对城市进行间断性的扫描。

　　这的确是没有选择的选择。城市是人类赖以生存的家园，人们无法轻易离开。每个人都期盼着天使不再归来。

　　秋天的一个夜晚，达摩克利斯之剑还是斩下了。吸收了大量铁矿的天使，在更大质量和更强磁场的作用下回到了高斯临界的安全范围之内。

　　秦磊作为一名战士，一直值守在北京中央电视台（CCTV）大楼的屋顶设备机房内。当时他正在屋顶平台上练习俯卧撑，一边做一边喊着数字："998，999，1000！"双臂雄健的肌肉青筋暴起，汗水从褐色的皮肤上流淌下来。他敏捷地站起身来，掀起军绿色背心，擦了一把脸上的汗。

当他转过身正要回屋的时候，看到右侧的阳台上站着一个人。这是一位女子，披肩的黑发像瀑布一样垂下双肩。她穿着白色的连衣长裙，脚上踩着一双布鞋。她看到秦磊，报以友好的微笑。

　　看到她的一瞬间，秦磊的心融化了。他捕捉到了女子深邃的眼神里无尽的惆怅。她遇到了什么难以言说的事吗？男人的保护欲让他本能地向她靠近了几步，并点头示意。

　　"女士，你需要帮助吗？"

　　"不必了，我一会儿就下去了。"

　　"我这有椅子，你可以坐着。"

　　"不必，谢谢你。"

　　女子回答得非常冷静。秦磊也感受到了她的拒人千里，于是便没有追问，转身朝着设备房间走去。

　　回到房间后，他洗了一把脸，穿上迷彩上衣，桌上放着一把手枪和一把冲锋枪。他犹豫了一下，没有拿起，毕竟怕吓到外面的女子，只带了对讲机在胸前。

　　5 分钟后他转身走出房间，眼前的一幕彻底变了样。

　　晶格，整个世界都是晶格，火红色，橘红色，蓝色，绿色，银色，白色，无数种色彩在晶格之间跳跃流动，仿佛童话一般美妙。晶格的深处有一个黑色人影，显然是刚刚那位女子的身形。

　　秦磊没有沉迷在这美妙的世界里，而是立刻清醒地意识到，那个被人们称为"死神"和"天使"的女子，终于出现了。

　　他立刻打开对讲机，急切地呼喊着："呼叫总部！北京，CCTV！死神降临！死神降临！"

　　还没来得及拿起武器，秦磊便融入了晶格的海洋，构成他的一切原子、分子，一瞬间被高维文明彻底抚平。

纯钢结构的 CCTV 大厦燃烧起来。本已恢复平静的世界再一次沸腾了。人们关于和平城市家园的幻想彻底破灭了。

这次的毁灭开始后，天使再也没有停止过。一座座城市，无论是千年古都还是美丽小镇，一个接一个地被天使夷为平地，仅留下不含有钢材的建筑物孤独地矗立在废墟中。北京的故宫、大同的古城、威尼斯的小镇等古代文明留下的木构建筑和石构建筑，大部分被保留了下来。

深圳是全球 200 米以上超高层建筑数量最多的城市，共 298 座，分布在不同的区域，核战之前全部被毁。但是这样的灾难规模并不足以撼动这座超级城市的基本面。市民的工作和生活仍然在有条不紊地继续。迪拜宣言历历在目，可人们根本不愿意离开城市，也无法离开。但是这一次，人们彻底慌了。

高斯与天使达成交易的目的，除了掌握核控制权之外，更大的野心其实是城市。天使之城在他多年的研究和运维下，已经发展成为一座功能完备的封闭生态系统，其主体结构替换为性能接近钢材的玻璃纤维增强材料（FRP，俗称"玻璃钢"）。将天使之城模式复制到世界各地，获取政治、经济、科研上的多重利益，是他多年来的梦想。如今，果然，在高维文明的入侵形势下，天使之城成为救赎城市居民的诺亚方舟。

高斯将他与天使在天使之城穹顶之下对话的照片公布于众，并给每座城中配备了 10 枚核弹和 1 万人的武装部队。天使之翼给大众展现了充足的安全感，天使之城迅速在世界各地推广开来。

每座天使之城可以容纳 50 万—100 万人，几乎可以取代所有的小型城市。而像深圳这样的大型城市，被拆分成数十个天使之城，分布在山河湖海的周边。城市之间以原有的高速公路相连，物流系统仍然畅通。

世界各地几乎同时开始平行建设，每座天使之城又按照环形分段拆分为几十个施工标段承包给不同的工程公司。三个月的时间便建设完成。

城市人口的快速迁移，为高斯和天使之翼赢得了普遍性的赞誉。进入天使之城的人口数量占原有城市人口的 60%，他们向天使之翼支付了高昂的住房贷款成本，这也进一步推高了不动产金融市场的负担，天使之翼成长为富可敌国的全球性组织。

人类联合体解散后，宋千峰院士回到上海，他并没有选择进入天使之城，而是将关注点放在美丽的乡村，这里有他儿时的生活梦想。与他有相同感受的人约占城市人口的 20%：其中大部分人在城市生活中被卷入疯狂的经济发展旋涡，在多年的竞争之中逐渐被边缘化，早已经思乡心切；另外一部分人则是与宋院士一样期待回归田园颐养天年的中年人和老年人。

高斯对乡村改造毫无兴趣，对城市向乡村的人口迁移放任自流。宋院士联合各国政府发起了针对乡村建设的设计竞赛，全球的建筑师都踊跃参加，很快便制定出了完整细致的方案。

忙碌的工作让宋院士非常辛劳，当最终的方案呈现在会议大厅的墙上时，他心中涌起满满的成就感。其中有一个是针对绩溪古村。

在不改造原有建筑群落的前提下，增加 5 倍建筑量。标准方案是将 5 个村落相互独立，在互相连接的区域建设一个大型广场。建筑物的风格、体量均与原有民居接近，结构形式也相同均为砌体，这样可以安全地避开天使的袭击。

设计方案将于第二天早晨向公众发布。第一天是布展收尾工作。宋院士带着学生们忙碌了很多天，才将全球 221 个国家 1352 份设计方案布置在上海体育场中，大型集散活动都必须安排在户外，以防止天使的突然袭击。

傍晚结束工作后，宋院士独自一人来到黄浦江边。大雪早已停止，结冰的江水也已融化恢复流动，江上来往穿梭着一艘艘忙碌的货船，上海滩渐渐融入夜幕之中。江对岸的高楼已经少了 1/3，很多建筑人去楼空，让人不禁唏嘘感叹。从第一天参加总司令的科学家会议，到如今已经过去三年，虽然全程忙忙碌碌，但是在自己的心里，总有一团火焰没有熄灭。

作为一代建筑大师，他不甘心。城市建筑是人类科技与艺术完美结合的产物，是人类文明的集大成者。在这场猝不及防的灾难中，一切都结束得太快了。在外来文明的恐吓下，人类武装力量可以束手就擒，可是文明之火不可以熄灭。

他望着星空，银河在云后若隐若现，想到这里，不禁怅然若失。

就在这时，他的电话铃声响起。很久没有接过电话了。熟悉又陌生的《乌兰巴托的夜》，这首歌是自己在十年前的学校里请学生帮自己设置的。现在打来电话的，正是这名学生！他是自己最喜爱的博士生，三年前毕业后便离开天津回到家乡当了自己村子的村主任。两年前他还与自己联络探讨垂直农场的设计问题。后来两人就再也没有联络。看到他的来电，宋院士心中的希望之灯被点亮了。

"宋老师！"

"秋白，好久没你的消息了。"

"宋老师。您身体可好？别来无恙。"

"都好都好。就是你们这帮孩子不常关心我哦。"

"这不，我来上海了，您在哪里？"

"我在黄浦江边，南京路口。你现在就来，我正一个人散着步。"

"太巧了，您等十五分钟，我这就到。"

十五分钟后，秋白跑步踏上了长堤的台阶，一边远远地喊着"宋老师"，一边小步跑着来到宋院士身边。

"我的好学生，你可来了，六年没有见面，你依然是那个充满激情的小伙子啊。"

"您也是！六年了，宝刀未老，我看您很精神，身体一定很好！"

两人握着手、拍着肩膀哈哈大笑起来。他们虽然相差 30 岁，但已是忘年之交。宋院士清晰地知道，自己心中的火焰，与面前这个 30 岁的年轻人心中的火焰是同根同源的。

"秋白，你看看对面。"

"老师，我其实不是第一次看见灾难后的陆家嘴，心情复杂，一言难尽。"

"三塔有两座都是我和西方人合作的作品。两个字，心痛。"

"老师，我和您一样心痛，其实我心里还有更痛的事情。"

"愿闻其详。"

"您知道，我在村里建设的垂直农场建筑高度与环球金融中心接近。"

"是，相当漂亮。"

"没了，灰飞烟灭了，一模一样的过程。"

"我的天！为什么更痛？"

"因为燃烧的灰烬里，有我村57个乡亲的生命。"秋白哽咽了，多日的情绪喷涌而出。

"我很心疼你，孩子，让逝者安息吧。"

"老师，我……一定要重建家园。"

"没错，为了逝去的灵魂。"

"老师，人类，也一定要重建家园！"

宋院士沉默了，"重建家园"这四个字，多日来如鲠在喉。

"老师，无论如何，一定要重建家园。"秋白坚定的眼神像灯塔一样闪耀在黄浦江边，宋院士的心也被照亮了。

"我们错过了，东方主席为高斯所杀，人类联合体已经没有力量做这件事了。"宋院士长叹一口气。

"我也感到遗憾。"

"你跟我先去看看明天要发布的乡村改造方案吧。"

"我下午已经看过了，赵师兄带我看的。当时您已经出门了。"

"那就好。高斯的天使之城你晓得吗？"

"我仔细研究过了，天使之城作为临时避险地有其价值，但长远来看毫无意义。您想听听我的看法吗？"李秋白的话音铿锵有力。

"洗耳恭听。"

"老师，恕我直言，天使之城和乡村改造方案，都是人类文明的倒退。"

"哦？为什么这么认为？"

"天使之翼与天使之间的合作关系，仅仅建立在短期的共同利益之上。这种脆弱的平衡是天使之城存在的地基。平衡打破之时，市民将再次承受家园覆灭的痛苦。"

"高斯宣称核弹可以防御天使。"

"防御就是被动，被动就是失败。没有人真正了解天使在想什么。即使天使之城并非钢材所造，其本质仍然和传统城市一样，面对战争，基于土地和固定空间模式的形态，被动挨打是必然。"

"有道理。你再说说乡村。"

"人类是生命体，生命以负熵为生。这样的乡村改造，是正熵，只会把大好河山推向覆灭。这样的人类，就像蝗虫。"

"说得好！把熵这个概念用在建筑学里，我第一次见识到。"

"这个概念还是您当年在学校里讲给我们的。我的理解，熵是一个系统的无序程度，薛定谔提出的这个概念适用于宇宙中所有的系统，而人类文明本身就是一个系统，乡村也是一个系统，城市也是一个系统。乡村的系统并非只有建筑物，它是建筑与大自然的共同体。"

"秋白，如你所说。人类必须负熵吗？"

"是的，老师。您看，每一次战争都是一次正熵爆发，历史和文明都会大幅度倒退。当然其中也诞生了军事科技、战争文学等。

但是这种诞生本身就是生命在努力实现负熵。在不同的系统中，生命总是试图去创造新的秩序。注意，是新的秩序。如果秩序的新旧程度没有变，那么它本身就在走向无序，因为更大的系统正在变得无序。"

"说得好，新的秩序。新的秩序便是新的信息。"

"是的，新的信息。生命之所以能够进化，是因为'进食'了负熵，所以产生了新的信息。在整个宇宙里，信息是守恒的。人类只有不停地创造和占有更多信息，才可以远离那些因为信息减少而走向无序的事物，比如恒星的衰亡。"

"就像吃东西一样，信息就是食物，食物就是信息。"

"您说得没错。城市是人类的群聚场所，乡村也是，但是密度不同。人越多，吞吐的信息量就越大，就需要更加有序的规则和关系。这种有序并不是横向相加，相加并没有增加新的信息，而是纵向相乘，乘以新的变量。"

"所以你认为，目前的乡村改造方案是横向相加？"

"没错，并没有创造出任何新的变量，更别提指数级的负熵了。这样的生存并没有实现进化，而只是在原地打转。"

"原地打转，休息一下未尝不可。"

"可是，人类曾经是自由自在的万物之灵，现在不是了，更厉害的文明出现了，我们竟然要休息一下？逆水行舟，不进则退。"

"没错，这不是休息，是恐惧，是放弃。"

"放弃什么？"

"放弃进化。"宋院士抬起饱经风霜的双眼，望向遥远的星空和那条若隐若现的银河，深深地呼出一口气。

"物种的淘汰，也许就在这转瞬之间。"秋白感叹道。

"我们必须行动。"宋院士内心的惆怅已然消散，坚定地说道。

"老师，这就是我来找您的目的。"秋白的嘴角终于扬起了久违的微笑，继续问道，"接下来我们怎么做？"

院士的眼神凝聚在冰冻的黄浦江与漫天的银河在远方地平线的交汇处，淡淡地答道："潜龙勿用。"

竞赛结束后，师生二人回到津海大学，穷尽毕生所学，秘密绘制出了人类文明史上最宏伟的计划——"蜂群城市"。

第十章　田园牧歌

几个身体强壮的中年农夫拿起棒子就和正要开工的城里人打起来。矛盾越来越激烈，甚至有人受了伤。这样的冲突正在大江南北的所有农村上演，一场浩浩荡荡的退城市化运动开始了。

　　在全世界的所有大城市当中，成都受到攻击的时间较晚，因为这里的高层建筑并不密集。上海事件发生后，成都人并不太在意，生活依然悠闲，日常工作正常运转，日子过得有条不紊。

　　张敏和丈夫李东就生活在成都，有一个儿子名叫李小彭。一家三口住在太古里东侧府河边的高层住宅区里。虽说如今这里是成都的繁华地段，但其实二人早在 15 年前就在这里的第一个住宅小区购买了房子，那时这里还很偏僻，所以他们并不算富有的家庭。

　　成都被攻击的时候，张敏正坐着公交车，靠着车窗读着心爱的书，是她最爱的《文城》。目的地是自己的工作单位，一家国企。丈夫老李刚刚送小彭去了家附近的小学，到锦江边跑个步，然后准备去自己的工作室开始一天的工作。

　　公交车上的电视屏幕忽然播报起新闻，记者说话的声音有些颤抖。记者裹紧身上的风衣，握着麦克风的手已经冻僵，背后是正在燃烧的熊猫塔。张敏一开始并没在意，直到周围的乘客议论纷纷，她才抬起头仔细观看。

　　她知道，这一天迟早会到来。熊猫塔就在府河边，离自己家并不远。老李和孩子都在附近。她马上拨了老李的电话，但听到的是无法接通的提示。张敏心中升起一丝不安。此时公交车马上就到单位了，早晨是公司例会，自己是会议主持人，不好请假。公交车到站后，她赶忙向公司跑去。路边的行人也有很多在奔跑，街道上的车辆有很多都在掉头，警车多了起来。

公司是一个大院子，有很多幢低矮的砖楼。院子里的人们似乎不太在意，毕竟大家都听说这些红砖砌筑的建筑物几乎不在攻击范围内。

她又给老李打了电话，仍然无法接通，学校班主任的电话也无法接通。她在微信上给老李留了言。同事们陆陆续续到达，坐在各自的办公位上开始一天的工作。似乎一座建筑物的倒塌并不影响大多数人的日常。当然，也有一小部分人在议论早晨的新闻。

准备好会议资料，张敏推门进了会议室。今天是集团领导的每周例会，很快人就到齐了。

总经理走到张敏身边，低声跟她说了一句："新闻你看了吧，待会儿先说这个事情。"

会议开始了，她开了个头便交由总经理发言。

"各位，本以为我们等不到今天，但是事情还是发生了。你们都看了新闻。我把电视打开调静音。咱们继续说。

"首先，我说个原则，国有企业是人民的企业，无论发生什么事，国企的运转都不能动摇，这是我们面对灾难的基本态度。希望大家坚守，为人民树立信心。

"上海事件发生以后，国家开了很多会议安排社会工作的方方面面。至今已经有三个月的时间。基本的方针和政策已经稳定。今天由我通知大家。第一，军方和警方会保护每一个市民的安全，请大家放心。若有军事行动，会通知相关人员。第二，与受灾建筑相关的人员，会接到通知，安排临时离岗处理相关问题。第三，除以上人员外，其他人员需要保证正常工作，不得擅自离岗。"

总经理的发言虽然简单，原则却非常清晰。张敏心中左右为难，但是也只能服从安排。会议结束后，她又拨打了老李的电话，仍然无法接通。正在焦急的时候，居委会打来了电话，通知她立刻回家，于是她把居委会的通知告知总经理后，立刻打了出租车向家奔去。

府河已经结冰，鹅毛大雪正在覆盖大街小巷和每一棵树。家里的大门敞开着，老李和邻居们坐在客厅里大声地聊着今天的新闻。她看到丈夫安然无恙，悬着的心终于放下了。

"老李，小彭呢？"

"孩子们由学校统一安排，已经躲进防空洞了。放心吧。"

"好，好，我还以为你们出事了。你就不能给我打个电话吗？"

"电话都没信号啦，你看嘛。"老李摊开手机拨弄着，无法开机。

中午，因为无法联系家长，学校老师们分头将学生们一个个送到家里，大雪纷飞的路途让老师和孩子都很狼狈。一家三口团聚后，接下来便是冷静的家庭会议。

"老婆，你们单位给你放几天假？"

"三天。领导发话了，我们是国企，必须坚守岗位。"

"正好，我们回爷爷青海的家吧，那儿绝对安全。然后你再回来上班。"

"也只能这样了，你和小彭先在那儿住下。"

"学校是放假了吗？"

"当然，学校已经通知，学生在家上网课，复课时间另行通知。"

"房子怎么办？"

"那个天使在迪拜说得很明确，让我们退出城市，我觉得房子保不住了。"

"所以要搬家吗？"

"先不搬，你不还得上班吗？"

"这倒是。"

"小彭，你收拾你的行李，咱们2点出发。"

"爸，我们这是要干吗去？"

"去爷爷家住几天。"

"爸，那个熊猫塔是着火了吗？是天使干的吧？"

"熊猫塔太老了，天使要把它换掉。小彭你赶紧收拾。"

车里塞满了行李，一家三口开着车上了天府大道。这里的景象出乎意料。漫天飞雪已经染白了整个世界，十几座最高的建筑物正在猛烈地燃烧，其中两座正在坍塌，浓烟飘散在高空中，几架直升飞机盘旋在建筑四周实施救援。路上的行人都在四散奔逃，汽车也都乱了方向，到处逃窜，鸣笛的警车随处可见。有几个路口已经站满了穿着绿色军装的军人，他们正在维持秩序。

就在不远处，天府大道的正上方，几座最高建筑之间，空中悬浮着一个黑色的人影。小彭第一次见到了天使，他的心里涌起一股力量，在他的直觉里，天使即将改变人类文明的方向。

　　大约穿行了 5 个小时，李东终于把车开上了高速公路，向北驶去。一路上看到很多从大城市逃离出来的汽车，行李塞得满满当当，车顶也绑满了箱子。还有一些人驾驶着摩托车，三三两两结伴而行。

　　李东的父母亲是土生土长的青海人，多年来一直生活在海西的村子里。丙三组村里发生的事件已经过去三个月。他们并没有向儿子提起这件事，毕竟隔着 50 里地，只是知道那个村子就此解散，村主任也引咎离开了。时间的洪流慢慢冲淡了伤痛，四周的村民们也都继续日日劳作，不再关心此事。

　　经过一天一夜的驾驶，三人终于回到了老家。老两口见到儿子、儿媳和孙子非常高兴，给他们做了满桌的饭菜。当晚儿媳便驾车离开了，因为她要赶回去上班。

　　李东把儿子哄睡后，和父亲坐在饭桌上继续喝酒。老父亲问道："东子，有没有想过，这次回来有可能再也回不去了？"

　　"想过，爸。"李东向父亲描述了天府大道的恐怖场景，让他终生难忘。

　　"看来我们没有去大城市，也许是个万幸的选择。"老爷子端起白酒杯和儿子碰了一下，继续说道："明天咱们研究一下，给你们盖几间房吧。正好我们还有两亩地闲着。"

　　"您真是我的好父亲，干了！"李东本来不好意思和父亲提及此事，这下放心了。

　　"钱可得你们出啊！哈哈，爹给你们请工人。"

　　说干就干，第二天一大早，两人带着小彭一起就在那两亩地里研究起来。盖房子工序复杂，首先要做的是设计工作。李东亲手给自己设计了一个方盒子住宅，纯白色，和白色的庭院墙组合在一起，可以形成非常具有禅意的生活空间。接下来便是筹备工作，包括请施工队，清理土地，给村委会提交材料，等等。

一眨眼的工夫，一个星期过去了。这天，李东骑着父亲的摩托车在村口等施工队的人，看到远处的林荫路里有几辆越野车开得很快。他们出了林荫路便朝着村子开过来。

这伙人咋咋呼呼的，穿过村口就往后面的小路上开去。李东骑着摩托也跟了过去，他对这些人的感觉不太好。

果然，车上下来几个装束很朋克的男人，还有两个打扮时髦的女子。他们大声地说笑，对着路旁的农田比画起来。显然他们正在寻找土地，听上去也要建房子。这时，父亲介绍的施工队的人到了，他便迎上前去，没有再关注这几个人的事。

到了晚上，没想到他们搭起了帐篷，烧起了篝火，村民们非常反感。

第三天，又来了几拨人，有普通打扮的成都市民家庭，有上了年纪的老年夫妻，还有一些兰州来的年轻人。有的开车，有的骑摩托。这些人都在田埂上走来走去，比比画画。

李东忽然警觉到，不好的趋势要发生了。

果然，接下来的日子里，越来越多的城市人来到村子里，他们也没有地方住，很多人搭起了帐篷，有一些会敲门问村民是否可以留宿，有几家村民开始做起了住宿生意。

宁静的小山村变得越来越拥挤。直到有一天，一台推土机在半夜将一片农田清理干净，他们竟然做起了先斩后奏的事。

这下激怒了村里的人们。几个身体强壮的中年农夫拿起棒子就和正要开工的城里人打起来。

"大难临头，你们应该帮助我们才对。"

"凭什么帮你们，当初是你们把村里的年轻人都拐走了。"

"这土地可不是你们自己的啊。"

"也不是你们的，农民靠土地吃饭，这里没有你们的地方！"

矛盾越来越激烈，甚至有人受了伤。这样的冲突正在大江南北的所有农村上演，一场浩浩荡荡的退城市化运动开始了。

张敏回到成都，回到工作岗位。她没想到天使对成都的攻击速度如此之快，几天时间已经有 80 多座高层建筑被毁掉。整条锦江全部结冰，整个城市在暴雪中陷入了极端恐慌。大量的居民选择逃离这里。而她作为国企的员工，必须坚守岗位。就这样，她眼睁睁看着一条条街道由混乱拥挤到万人空巷，看着一座座建筑倒塌在废墟之中，看着灯火辉煌的锦江夜色一天天黯淡下去。

直到有一天，高层住宅楼正式进入天使的攻击范围。人们没有想到天使会做出如此残忍的事，一座座住宅楼的摧毁带走了大量居民的生命。张敏也悲伤地意识到，这个家再也回不去了。

她给李东打电话说道："老李，搬家吧，再不搬可能会被天使烧掉。单位改为线上办公了，我也不用去上班了。"

"我现在就开车过来。"李东焦急地说道。

"不要来，现在的城市非常危险，你好好保护孩子，我自己就可以。"

"不，我们是一家人，无论多么危险都要一起。你等着，我明天就来。"

"呜……"张敏大哭起来，这么多天隐忍的压力终于爆发了，心中的压抑变成了温暖和力量。

这次回来，李东是夜间从西宁乘坐飞机飞往成都。一路上从天空向下望去，他看到了在受攻击区域的上空局部出现的暴雪云，厚重得像一块块浸了墨汁的棉花糖，并且被干涉波塑造成了很多个标准的环形。这样奇异的景象，仿佛大自然正在解码，往日的随意和自由荡然无存，一切都在浮现出那残酷的宇宙公式下本来的面目。

两人见面后租了一辆货车，将家里的大部分物品和汽车都搬了上去。然后由李东驾驶，沿着天府大道向北冲去。路上到处都散落着天使之城的传单。

一路上有惊无险，经过三天三夜的缓慢路程，两人终于回到了海西甲村。没想到三天时间，村子的农田大部分已经被城市人占领，很多人已经开始忙碌地盖房子。

跟城市居民比起来，村里的住户数量很少，而且多为老人。很多老人都来不及等到自己的子女回来便已经失去了自家的土地。

冲突和斗殴时有发生，但都以村民落败告终。

这几天李东不在，家里的土地也被人抢走了，老两口为了保护孩子并没有与对方起冲突。他回来之后打算去索要，但是两亩土地竟然被四拨人瓜分，他们合起伙来逼退了李东。村子太弱小了，一切都混乱不堪。

因城市灾难需要调配，镇上的警力严重不足，仅仅派来无人机进行拍照和警告。

混乱的结果是所有人都不想看到的，几乎所有的农田和山坡都被瓜分，大部分人抢到的土地为 1 亩左右。

宋院士和李秋白早早便来到海西村，密切关注着局势的进展。他们正在为蜂群城市计划做最真实的社会实验。

这是一个非常大胆的想法，会有一定的代价，但可以最快速地验证出正确答案。

这个正确的答案便是，所有耕地都被城市居民和村民自行分配以后，将得到一张新的地图，每一块土地都对应着一户人家和一个面积数字。他们将在这个数字地图的基础上，对土地资源进行重新分配。其实更重要的是，这个答案自然而然浮现的过程即人们的心里对土地价值的重构。每个人，每个家庭，都在逼不得已的情况下，尽自己最大的努力且非金钱的努力以获得土地。这个过程甚至抛开了贫富差距，抛开了特权。混乱有其代价，却也消弭了更多更复杂的社会冲突。

当所有耕地都被用来居住后，一个严峻的问题摆在眼前：粮食将如何耕种，一日三餐将如何保障。这就需要继续观察人们的行为了。

城市居民们住在自己的一亩三分地里，起初几天还有随身携带的食品可以吃，很快便发现食物即将告急。互联网购物体系虽然仍旧畅通，但市民们终于发现，整个社会的食品工业原料仍然是建立在农业耕种的基础上的。他们很快意识到，只能靠自己的耕种来解决粮食问题。

每家的土地有限，因为是夏天，匆匆建起的临时房屋又占掉了很大一块。这逼着一些头脑聪明的家庭拆掉了原先的房子，继而在土地上架设起一些高高的支柱，在这些支柱上搭建横梁和底板，在其上搭建新的房屋。这样便形成了架空层。很多人惊喜地发现，自己的庭院竟然越来越像江南水乡，所有的房屋都飘在稻田上，耕田种地和居住可以重叠分层。

半年的时间里，李秋白和宋院士常常乔装打扮成居民来到这里调研。居民们自发形成的新的社区模式，与他们当初设想的情况非常接近。经过半年的发展，全球的农业用地基本上布满了城市居民的新住所。中国、印度人均耕地面积约 900 平方米，调研结果很接近这个数字，当然，新的入户道路所占用的耕地面积约 10%，临时搭建或利用原有厂房等的公共场所约占用 10%。美国、加拿大等国家人均耕地面积大约 3000 平方米，生活空间更加宽敞一些，当然，原本就有一半的居民生活在郊区，他们受到的影响并不大，但这只是少数国家。

有很多居民无法适应乡村生活，便定居到天使之城中，享受暂时的安宁和便利。另一些试图返回原先的城市，当他们看到自己熟悉的家园已经断壁残垣，到处都被冰雪覆盖时，都感叹着时间的残酷。天使仍然在不同的城市之间穿梭忙碌，地球上的城市数量众多，需要很多年的时间才可以全部摧毁。人群便是这样，聚散终有时，返回的居民们叹了口气便离开了。

人类作为一个整体，在经历了百万年的进化后，如今正在面临最严苛的挑战。曾经无比辉煌的现代城市文明彻底终结了。人们并未意识到，作为群体的人类社会，正在经历深刻的阵痛，迎接新的黎明。

第十一章 碳基地

吴般像往日一样驾驶着办公区环舱沿着工厂滑行。巨大的金色太阳能板铺展在环舱四周，它像**巨龙**一样展开双翅。远处的太阳热烈地燃烧着，向他和它投来亿万颗光子，仿佛来自**宇宙的声音**。

清静典雅的院子里有一间清水混凝土构造的方形单层建筑，白色的实验室里，刘思奇院士正在和博士生一起收拾办公室。这里是中科院高碳研究中心。北京与成都受到大面积攻击的时间点比较接近。为了保障科学家们的人身安全，科研院所是最先搬迁的机构之一。搬迁之前，院里进行了机构重组，碳研究中心是被解散的19个部门之一。战争时期，组织上往往会砍掉一些社会效益遥遥无期的科研项目，以节省科研经费。

刘思奇院士是一位思想激进的科学家，脾气火爆。他从墙上摘下那个碳原子结构的相框时，深深地叹了一口气。

"人类终究还是没有突破无机物的封锁。"他骂骂咧咧地把相框放在箱子里。这是最后一箱东西了。屋子里空空荡荡，几个博士生眼神里也透着几许落寞，将一扇一扇的窗户关了起来。

大家鱼贯而出，最后由刘思奇亲手关上门。关门后，他让学生们先走，自己坐在门口的台阶上，点上一支烟抽了起来。

透过院墙上面的树冠，可以看到远处的几座建筑物正在燃烧。他知道现在发生的灾难超出了人类的极限。作为一个科学家，他着实心急如焚，却无能为力。此刻正值傍晚，秋意正浓的小院子里下起了鹅毛大雪，天空晕染着阳光、火光和淡淡的彩云，非常漂亮。

"真向往天空啊,那里充满了无限可能,地面上的人类太现实了。"他猛抽几口烟,正要起身,"嘎吱"一声,院门被推开了。一个老人快步冲了进来。

"老刘!在吗?老刘!"此人四下张望,似乎有点激动。

"好你个宋老头,这几个月你跑哪去了,再不来我就去黄鹤楼了,哈哈……"刘院士站起身笑了起来。

"哦哟,还真巧,我给你带了个李白来,哈哈……"宋院士把门口的李秋白喊了进来。

三人见面寒暄了几句,宋院士得知研究中心已经被裁撤,让他舒了一口气。本来登门之前他很为难,知道这个脾气暴躁的老头子不会答应自己的邀请,现在也许正是机会。

"吃了没?"刘院士问道。

"这不,饭点儿过来就是来蹭饭的。"宋院士打诨道。

两人已有多年的友谊,说起话来非常放松,又都是科学界的性情中人,都十分欣赏对方那股不服输的劲儿。

于是三人在院子里的凉亭里落座,点了一些肉串和汤饭,刘院士拿出珍藏的汾酒,由秋白给两位长辈斟满,三人一边吃一边聊起来。

"老宋,你这几个月都没个人影,是怎么回事?"

"上海出事后我就一直忙,这场灾难是针对城市的,所以我东奔西走,几乎每个被摧毁的城市都要去一趟。现在倒好,城市没了,我们这个学科都要凉了。"

"何止你们,我们也要凉了。"

"不不不,我这次来,就是来向你请教一个重大问题,我觉得只有你能解决。"

"哦？听上去有挑战，你说说看。"

"天使在迪拜说的那句话，'人类退出城市'，你有没有想过到底是为什么？"

"因为要侵占我们的城市。"

"并不是，至少目前看，她只有一个目的，吸食建筑物结构里的钢材。"

"原来如此，所以？"

"所以，所有城市里的建筑物，钢结构的、钢筋混凝土结构的，都会被干掉，一个不剩，就像脱骨一样，天使只吃骨头。"

"这个比喻有点……恐怖啊。"

"幸好天使对人骨没兴趣，万幸万幸，说正题啊，来，先干一口。"宋院士继续说道，"老刘，高层建筑没有钢材，就无法支撑自己。在我们的职业视野里，目前能实现超高建筑的可替代材料只有玻璃钢，但是它的性能与钢材接近，从负熵的理论来看，没有意义。所以我的问题是，如果建一座高度超过500米的建筑物，老刘你认为还可以用什么材料？"

"嗯……好问题。但是你觉得如果不用钢材，天使就不会摧毁它了吗？"

"目前只能这么认为。天使从来没有使用过武器，这和电影里的外星人入侵地球完全不同。我认为铁对于高维文明来说非常重要，而不是土地。所以绕开铁，也许一切就有了答案。"

"嗯……让我想想。说实话，我一直觉得现代城市的建筑物非常沉重，也许是职业视角吧。我认为，理论上讲，碳，能取代钢。"

"碳？您是说碳纤维复合材料吗？"秋白好奇地问起来。

"并不是。碳是一种化学元素。但是自然界中的碳材，有很多种类，取决于碳原子形成的晶格类型。大致分三类。第一种是石墨类，晶格为扁平的六边形，然后一层一层叠加组成宏观物质。第二种是富勒烯碳 60，是一个球体，在球体表面分布着 20 个六边形和 12 个五边形。第三种是金刚石，碳原子也是以六边形排列，但组合方式是在三维空间中，形成特别坚固的三角形空间结构，这也是金刚石是自然界中最坚硬的物质的原因。当然，根本原因还是碳原子本身的结构，它拥有 4 个内层电子和 4 个外层电子，这样便可以与相邻的 4 个碳原子组合形成最稳定的四向空间结构。有机生命之所以拥有种类繁多的大分子，并组成功能多样的细胞和组织，就是得益于碳原子的这一特性。"

"所以，两位老师，恕我斗胆，从科幻的角度来看，这种结构将和人类生命体同根同源。"

"嚯，这么想的确很科幻。"刘院士惊讶道。

"那么，您是说，金刚石是取代钢的最佳选择，对吗？"秋白问道。

"小伙子，并非金刚石，而是沿着金刚石的空间逻辑，可以设计出更加强大的碳晶体结构。从数学的角度分析，金刚石的结构并非最优解。将晶体组合成纳米材料，进而拼接成多孔状的宏观材料，这样可以大量节省原材料，并进一步增加结构强度。"

"那么，最优解，与金刚石一样，也会是透明的吗？"

"还是要取决于结构选型，金刚石的每个碳原子与周围的 4 个碳原子之间形成稳定的共价键，基本没有自由电子，因而不吸收任何可见光，所以是透明的。"

"如果可以透明，那样建筑物可就太美了！"

宋院士和秋白兴奋地鼓起掌来，对于建筑师，科技与艺术的完美结合才是他们心中最佳的答案。

"不光是可以取代钢材，也同时取代了混凝土，只要一种碳材，就可以支撑起整座建筑物，质量可以达到钢材的 1/10，强度达到钢材的 10 倍。并且碳材的熔点非常高，有 3500 摄氏度，远高于钢材的 1500 摄氏度。这样的材质在普通战争中可以抵抗大部分的炮火和爆炸。"刘院士继续说道。

"但是据我所知，人造金刚石是一种成本非常高昂的工业。那么人造碳材也一样。"宋院士说道。

"第一个测试样品可以用我仓库里的基材，够用。这种工业体系曾经的确很麻烦，但不代表以后也是。回到原点，另辟蹊径。"刘院士胸有成竹地说道。

"有你这句话就好。那么，老刘，解散前的人类联合体实现这项突破相对容易。但是现在我们孤立无援，还要防着天使之翼的封锁，你是否愿意一起走这条艰险之路。"

"很刺激啊，但是我不愿意，除非你告诉我要做什么。"刘院士显然动了心。

"刚才探讨的问题，是为了实现——蜂群城市。"秋白详细讲述了蜂群城市计划的内容。

"太有趣了，峰回路转，柳暗花明！我加入！"刘院士激动起来。

"太好了，我们干杯！"宋院士说完举起杯子，三人畅饮起来。

酒过三巡，李秋白问道："我们都是文人，这场城市反击战需要武将，高斯有 7000 枚核弹，两位老师有人选吗？"

"东海战区舰队总指挥，赵芸。"宋院士胸有成竹地说道。

"空间站总工程师，吴般。"刘院士思考片刻锁定了这个人。

吴般是一个苦命的孩子，童年生活在文昌最贫困的村庄里，1996 年，一场 16 级台风毁掉了本就风雨飘摇的茅草屋，父母亲赖以生存的芒果园也被彻底摧毁。因目睹了这一切，4 岁的吴般心底深处埋下了世界随时都要毁灭的不安全感。年幼的吴般跟着父母随逃难的人群一起搭乘草船渡过琼州海峡，来到广州寻找生路，从此便在广州安家。这让他在少年时期非常努力地锻炼身体，学习知识。他 16 岁如愿进入航空军服役，随后进入太空技术专业进修，毕业后便回到家乡文昌火箭发射基地工作。五年前晋升为空间站总工程师。

师生三人从北京到上海，在海上军舰里见到了赵芸。赵芸了解了蜂群城市计划之后毅然加入其中，随后四人来到文昌与吴般会合。几人进行了深入的探讨，为蜂群城市制订了周密的计划。

火箭运送物资的重量非常有限，吴般与刘院士共同为此次发射申请了一个 VR 3D 打印机器人合作项目，该机器人将随物资一同运送至空间站。

这次的太空之行，工作人员将在太空停留一年，这期间不返回。吴般的父亲和母亲来到发射现场。

"儿子，你什么时候回来？"

"妈，等您住上新房的时候。"

"什么样的新房啊？"

"您梦里梦到的那种呗。"吴般尚不能透露蜂群城市计划的详细内容，但是也给了年迈的母亲美好的期待。

"那我和你爸给你布置好房间，等你回来。"母亲说完蹒跚地走到一边观看火箭。

"嗯！我的好妈妈。"吴般看着母亲转过身后的背影，笑容凝固了，泪水湿润了双眼，他知道母亲的梦想色彩斑斓，而自己心中的梦想却是截然不同的另一番模样。

父亲没有多说什么，两人拥抱在一起。

"照顾好妈，我会给你们打电话的。"

父亲欲言又止，仿佛感觉到了儿子的忧虑。他拍了拍他的后背，强大有力的手掌将那份深沉的情感传递到儿子的身上。两人相对无言。在吴般心中，父爱如山，父亲永远是儿子最坚强的后盾。

母亲蹒跚着走回来，三人拥抱之后，吴般坚定地转过身，与两位院士、李秋白、赵芸握手、拥抱、交换眼神，然后大踏步走向装备室。

三个小时后，巨大的白蓝色"龙"号火箭起飞了。吴般坐在太空舱里，感受着地球传来的强大引力，这让他想起了父亲的手掌，倍感温暖和安全。

空间站顺利对接后，在工作人员全部进入睡眠后，吴般穿好宇航服，将这个只有半人高的机器人取出，牵着它一起走到空间站外部并飘浮在空中。这是一只主体为圆筒形的机器人，并非人形。吴般按下开关，其两侧的太阳能板第一级徐徐展开。

圆筒一端伸出一个喇叭状造型的升口，另一端连接着一个环形打印机，太空中的纯粹环境无须打印机封闭。打印机边是一只高自由度机械臂，机械手的腕部安装有两只全景摄像头，与地球上刘院士手中的 VR 头显相连。

太阳能收集 10 分钟后，机器人系统正式启动。喇叭状开口朝向地球大气层并开始以超大功率吸吮稀薄的空气。

空气进入圆筒内部，流经一系列精密的舱室，其中的碳元素被分离成为粉末状，进入尾部的打印通道。环形打印喷口开始在筒外壁一层一层地打印以碳晶体为基本单元的蜂巢状薄膜。

圆筒的直径和长度逐渐增大，环状打印机每隔一段时间便为自身打印出更大直径的环状构件并自我更换。机械臂也逐渐加长并增加杆件。

经过三天三夜的打印，机器人由半人高逐渐增大到接近一座波音飞机的长度，打印系统、机械臂、太阳能板也相应增大了上百倍。纯碳太空舱的打印过程同步开始。

经过 7 天，60 个纯碳舱体前后交接组合成一个直径 200 米的圆环，这些舱体仅相当于碳基地的办公区。生产区已经生长为一个直径为 100 米的圆柱，套在办公区中心。火箭仅运输办公区的舱体，形成环状办公区后，向圆心伸出 12 只机械臂，臂头由 12 块弧形喷口设备拼接。接下来便是打印过程，因为生产区对外壁的要求不高，由有机分子材料组成的粉末打印即可满足要求。

经过一个月的打印过程，长度达到 1000 米的生产区一期厂房建设完成。为了避开高斯的雷达探测，所有部件最外层均打印为吸波材料。

圆环办公区围绕轴心旋转，以保证内部地面的向心力等同地球引力。它沿着整个工厂的长轴方向，可以快速移动，以便于办公区的工作人员迅速抵达厂房的相应区域。

吴般操纵着整个碳基地的角度，让它的轴向对准 300 千米之下的文昌基地。整座基地像一只白色的注射器飘浮在蓝色星球旁边。他按下按钮，这只注射器喷射出四个火箭，向地面冲去。火箭的尾部各有一条截面直径为 200 毫米的圆形线缆，这是碳纤维索，将碳基地与文昌基地连接起来，这便是刘院士提出的太空滑梯结构，工厂产出的碳材便可以沿着这四条索道被引力拖拽着自然滑向地球。

兴建蜂群城市需要巨大量级的碳材，而太空中并没有原料。刘院士提出了另辟蹊径的方法。地球大气中原本就含有二氧化碳，虽然含量仅为 0.2%，但是地球大气层总量非常之大。碳基地的针管尖端，设有 100 个巨大的吸吮口，不间断地吸吮空气进入工厂。

而生产结束后的空气，从圆柱工厂的另一端排出，重新被地球引力吸引回去，回归大气层。

地球大气层中的二氧化碳总含量，由计算机精确计算，为了达到平衡，位于山西煤矿的工厂便开始燃烧煤炭，将过滤好的二氧化碳排入大气层。这样可以保证地球植物对二氧化碳的需求。

1000 米长的工厂内部，分为十个舱体，分别对应十道工序。

初始气体沿着中轴管道慢速流动到工厂尾部，过程中将被净化和提纯。从尾部的第一个舱体开始，纯二氧化碳气体与太阳能激发下的二氧化钛发生催化反应，被分解为气态碳和气态氧。提纯后的氧气供给办公区人员日常呼吸使用。经过过滤的纯气体碳进入第二个舱体。

第二个舱体为氢和甲烷气体舱，高温加热后，气态碳被激发为等离子体，碳原子成为独立的个体，尚没有形成晶格。此时进入第三个舱体。

第三个舱体内，超声波震动将实验室内制造好的理想化原始六边形碳晶颗粒分散到舱体空腔的每个角落，飘散的碳离子与碳晶格一个一个自然组合，这个过程需要很长时间，然后碳晶颗粒便逐渐长大。长大的碳晶颗粒会被强风吹进第四个舱体。

在第四个舱体内，不同频率的高频磁场将碳晶颗粒进行组合，形成长方形纳米碳颗粒。

在第五个舱体内，长方形纳米碳颗粒沉积下来，由机械臂装入一个一个圆柱形箱体内。

进入第六个舱体后，圆柱形箱体被首尾相接装入导弹弹身的内胆，最终与导弹合二为一。

导弹从舱体头部输出，由前后四个抓夹卡在太空滑梯的线缆上，继而发射装置按照先后顺序向地球射出。

地面接收区域设在海面上，导弹坠落后冲入水下，降温并减速后，由船运往陆地工厂进行二次加工。最后的工艺是通过电磁场将长方形纳米碳颗粒排列成雪花状三角交叉结构，并按照蜂群城市建筑物所需形体铸造出来。

最终生产出的建筑结构框架，同体积质量相当于钢材的 1/10，强度是钢材的 10 倍。因为能源来自太阳，原材料来自大气层，碳基地并没有消耗太多资金。

太空中的生产工作完全自动化，24 小时不停歇。繁忙的生产已经进行了 180 天。吴般像往日一样驾驶着办公区环舱沿着工厂滑行。巨大的金色太阳能板铺展在环舱四周，它像巨龙一样展开双翅。他看着这个人类历史上最伟大的造物，心中构想着它充满神奇使命的未来，这个使命在他的心里埋藏了几十年，如今终于有机会实现了。远处的太阳热烈地燃烧着，向他和它投来亿万颗光子，仿佛来自宇宙的声音。

随着碳基地尺寸的增大，它在天空中的形状越来越明显，天使之翼通过望远镜和卫星系统发现了它的存在，文昌的碳材存储基地也被发现。高斯在并没有任何沟通的情况下，向文昌基地发射了一枚洲际导弹。

眨眼之间运行了多年的火箭基地被夷为平地，多个村庄被炸毁，死伤无数。李秋白等人立刻意识到，预料之中的战争即将爆发。这是人类内部的战争，是关于未来城市发展主权的争夺，也是人类进化过程中必然要发生的冲突。

如果在地面上，双方的实力相差悬殊，天使之翼可以轻易用核弹制服任何反抗组织。但赵芸将军和刘院士的创造性计划，突破了这个维度。在太空中，将碳基地与天使之翼隔开的不只是距离，还有引力。

迪拜宣言发生后，天文台观测到太阳系最外围的奥尔特星云开始逐渐消失，星云中无数的小行星被格式化，发出星星点点的耀眼光芒。直到天使与高斯会面离开后，奥尔特星云格式化才完成。太阳系被裸露在宇宙之中，失去了奥尔特星云的保护，来自宇宙深处的大量小行星被太阳引力捕获并顺利进入太阳系。

这些小行星继续飞行，其中大部分直接冲向太阳，一部分飞向木星等天体，另有一些将陆续被地球捕获。

赵芸和吴般准确计算了第一批小行星抵达地球的日期。

双方开战了。

位于迪拜的天使之翼主城的穹顶打开，高斯一声令下，火箭喷射出安静的火焰，主城不会受到任何伤害。升空1千米后，发动机点火，浓烈的液态氧燃烧释放出巨大的蓝色喷流。导弹直冲太空中的碳基地而去。

就在此时，吴般在赵芸的指示下，将早已向太阳收集多日的X射线反射系统对准正在高速靠近地球的第一颗直径5千米的小行星，强大的脉冲X射线以光速射出。小行星的一侧被瞬间汽化，矿石砌体喷流将它推出原有轨道，朝向高斯的导弹飞去。

脉冲X射线的强度和角度经由AI系统优化，便可以通过气体喷流精确操控小行星的轨道。

核弹与小行星在距离碳基地100千米的位置爆炸，烈火并没有地球上的核爆那样巨大，矿石碎片的炸裂方向也已经过 AI 计算，避开了空间站的位置。

高斯站在穹顶之上仰望天空，白色的爆炸轨迹闪闪发亮，像一朵盛开的莲花。与此同时，整个天空有上千条流星从四面八方随机闪过。他恍然大悟，任自己运筹帷幄、神机妙算，最终还是忽略了遥远的奥尔特星云。

此时，他的耳机中收到了赵芸的警告：

"高斯，我们是人类联合体，你有 7000 枚核弹，我们有全太阳系的小行星，如果天使之翼不想灭亡，请立刻停止攻击，在你身后的海湾距你 100 千米处，27 秒后将有一颗陨石坠地，以此警示。"

果然，高斯准时看到了波斯湾上空斜着飞来一颗燃烧着的陨石坠入海中，巨大的蘑菇云升腾而起，引发了 4 米高的海啸。

高斯长叹一声，下令停止攻击，对赵芸说道：

"赵将军，收到，我们不会再干涉人类联合体的任何行动，但是你也知道，7000 枚核弹同时向碳基地发射，你们是否可以拦截我并不知道。所以天使之翼的一切正当行动，也请不要阻挡。"

就这样，人类联合体和天使之翼形成了暂时的战略威慑平衡。

第十二章　蜂群城市

居民们陆陆续续自发地驾驶着各自家庭的白色立方体住宅向空中迁徙，一个个自动拼接在一起，形成了高耸入云的姿态万千的蜂巢状城市。

　　迁徙到海西甲村里的居民，人数已经过万，大约有 3000 个家庭，土地使用量已经接近饱和，人们都没敢建造永久性的房屋，毕竟土地范围都在变动，所以临时建筑物到处都是。搬迁过程和生活过程产生了非常多的垃圾和破坏，电线到处拉扯，混乱不堪，农作物也逐渐死去。人们的心情焦灼万分。

　　一天清晨，在路口拐角处的田野旁，停下了一辆非常大的蓝色运输拖车。车上载着一个超出车体宽度两倍的白色物体。车上下来几名士兵和工程师样子的人，通过吊车把它放在路口的空地上。还有几个摄影师，扛着录像机对现场的场景拍摄起来，空中也安排了无人机。

　　人们纷纷上来围观。

　　这是一个非常纯粹的白色方盒子，高度 8 米，宽度 15 米，长度 15 米。表面光滑锃亮，像白瓷一样毫无缝隙。它安静地待在那里，给人非常安心和安全的感觉。

　　人们议论纷纷，不太理解这个东西到底是什么。有人想到可能是个发电机或者配电站，有人想到可能是垃圾箱，也有人觉得它可能是个消防水池。

　　就在这时，立方体各边逐渐显现出黑色细缝，分离出长方形框体，这些框体向上、下两个方向伸展开来，白色立方体像一匹马一样站了起来，上下各形成一个中空的完整立方体框架。白色盒子的底部一侧拉伸出 5 米进深的平板，相邻两侧拉伸出 2.5 米进深的平板。现在它恰好为一个边长为 20 米的正方体。

正在人们好奇它如何移动的时候，这个立方体上部框架的四个角，分别向内伸出 8 只机械臂，臂头展开 4 个半米长的金属叶片，叶片的范围没有超出立方体框架。"唰"的一声，叶片开始旋转，温和优美的声音让它更像一只优雅的白鹭。只见它轻柔地起飞，来到田野上空，然后轻轻地降落在田间，落地的时候底部伸出四个橡胶垫。

白色立方体的动作停止了，坐落在这个 3 亩大的田地之中。人们似乎明白了它是什么。就在这时，它的四个侧面，忽然变得透明起来，长方形的透明区域晕染开来，像冬天下雪后的窗子朦胧梦幻。

果然，它是一个房子，朝着马路的这个面，轻轻开启了一扇门，里面走出一个人。有几个村民认出了他：

"秋白主任！"

"你终于回来啦！"

众人爆发出热烈的掌声，很快，周围的更多居民都围拢过来，大家也都鼓起掌来。在村民的心中，李秋白不仅是一名村主任，更是一位充满想象力的建筑师，这次他带来的作品让大家看到了希望。

白色立方体的一个侧面逐渐变得透明起来，另一面显现出一排巨大的蓝绿色文字，这颜色像青海湖一样清澈：蜂群城市。

这是蜂群城市计划的标准产品，今天第一次亮相，由李秋白带给他的家乡。记者们全程拍摄了白色立方体的动作过程和现场的热闹场景。这条新闻视频很快在社交媒体上传播开来。

张敏和李东也在人群中，李东一眼就相中了这个房子。他挤过人群来到最前排，李秋白正站在白色立方体的外伸阳台上演讲。

"今天大家看到的，是一个可以飞行的房子。它的规模类似于一栋乡村住宅。单层室内面积为225平方米，外伸阳台面积为175平方米，室内净高度7米，两层，有居住区、会客区、办公区。整体造型上下共三层，底层和顶层均为架空区，上层为螺旋桨的空气动力让出空间，下层为机械化粮食种植园。外框架为标准的立方体，长、宽、高均为20米。

"这是人类联合体在目前可行的科学技术框架下，研制出的最符合大家居住和线上工作需求的房子。"

"为什么需要螺旋桨？"

"好问题，你可以乘坐自家的房子，飞向地球上的任何地方，房子与房子可以自由组合形成姿态万千的蜂群城市。"

"看着很重，飞行需要消耗很多电量吧？"

"并不重，房子的主体结构不再是钢铁，而是多孔碳晶体，非常轻，总重量为1吨，接近一台小轿车的重量。有了它，我们就不再需要汽车和飞机了。能源解决方案为模块化换电电池和太阳能供电。给水由无人机配送，排水由无人机运输，供暖由热水系统提供，空调由电力驱动。生活购物由无人机物流系统实时定位取送。"

"上下班怎么解决？在哪里工作？"

"以后再也不用上下班了，在房间里有工作区，通过VR和AR

头戴显示设备，可以与你的同事远程协作。"

"需要花钱买吗？这房子很贵吧！"

"不需要买，只需要租，房地产的时代已经结束了。"

三年后，居民们逐渐习惯了青山绿水和白色小屋的惬意生活，日子一天天步入正轨。一日午后，窗外倾盆大雨，李东在二层的工作室里戴着轻薄的 XR 眼镜和远在湖南乡村的同事协同设计工作，三维模型飘浮在房间里，他走来走去用手中的虚拟刻刀雕刻着这件作品，同事也在雕刻另一部分。他们互相可以看到彼此的数字身体，两人一边工作一边聊天。

"没想到远程办公这么方便，当时我都以为咱们公司要倒闭了。"

"过去十年，基于空间计算的虚拟现实（XR）市场一直不温不火，没想到这一下子就普及了，家家户户免费安装，看来战争虽然残酷，但也是科学技术进步的催化剂。市场如果继续不温不火，咱们老兵们头发都要白了。"

"是啊，现在没人愿意上班了。再说了，去哪上班，连个固定地址的写字楼都没有啦。"

"别说写字楼了，商场也没了。XR 买东西可是超级好玩，我老婆正在隔壁逛商场呢。还有我儿子，在隔壁的隔壁，刚下课，正在和同学赛车。这要是在成都，哪有办法各玩各的。"话音刚落，张敏的身影出现在模型旁边。

"老李，忙完没？陪我逛会儿呗。"

"不行不行，我得赶紧把工作做完。今晚咱们按时出发。"

"略略略……爸爸妈妈要带我去桂林啦！"儿子的影像忽然闯到李东面前，耍了个鬼脸，然后又忽地消失了。

"老婆，你买的那些个玩意啥时候送到？"

"都已经安排好了，无人机物流系统实时跟踪咱家，会在半路的交会点放在咱家阳台上。"

"那就好，我这儿快完事了，咱们 8 点半出发。"

青海的落日比东部要晚一些。一家三口稍作休息后，来到阳台上透口气，准备出发。

他们的房子，现在正处在第 237 层。两侧和下方是密密麻麻的白色住宅方格，晚霞中的云彩都臣服在这 4726.7 米高的视野之下，地面上一望无际的农田随着秋风泛起一层层波浪，远处的青海湖像一颗璀璨的珍珠镶嵌在微微弯曲的地平面上，最远处是青藏高原绵延的雪山群，昆仑山像一条巨龙匍匐其间。周围飞翔着繁忙的邻居们，大家都在去往不同的地方，有些是远程，有些只是去地面玩耍。经过这三年的发展，海西村已经成长为蜂群城市时代最繁华的蜂城，居民们陆陆续续自发地驾驶着各自家庭的白色立方体住宅向空中迁徙，一个个自动拼接在一起，形成了高耸入云的姿态万千的蜂巢状城市。

李东手拿一个平板电脑，打开对接系统，输入桂林阳朔十里画廊，App 立刻显示出空闲的舱位。他选了一个位于四层朝遇龙河的位置，然后按下确认键。App 弹出一个对话框，提示"全程15小时 39 分钟，是否现在出发？"。李东点了"是"，然后三人一起回到房间里，门窗自动关闭，一个温柔的声音提示道："东敏家已起飞，全程无颠簸，请继续美好的家庭生活。我们将途经林芝、理塘、康定、香格里拉、洱海，点击可选择更多中途停靠地。"

漆黑的夜里，路过成都时，两人不约而同地起床，牵着手来到阳台上向下看去。曾经灯火辉煌的超级城市，如今漆黑一片，一切的繁华都已成为过眼云烟。

路上有十几架无人机靠近，经过对接把张敏购买的商品准确地投放在阳台的保管箱内。

阳朔是一个喀斯特地貌非常密集的地区，漓江缠绕在群山之间，每一座小山都是那么精致，姿态各异。在山与山之间，曾经的小村落如今已经发展为姿态各异的小型蜂群城市，白色的形态与山体高度相当，形成了别具一格的宏伟景观。

人类经过毁灭性的打击，如今终于建立起了新的秩序。十年后，开放自由的蜂群城市和封闭内敛的天使之城遍布这颗星球。人们已经不再关注忙碌的天使。家园得以重建，慌乱不安的心终于有了归宿。一切都在向好的方向发展。

第十三章 天使迷局

人类与高维文明的接触，原来从半个世纪前就已经开始。而让张国栋感到**震撼和悲伤**的是，父亲、母亲、妹妹，这个家族的每个成员都经历了那么多不幸，却又那么**勇敢和坚韧**。

　　上海事件当天凌晨 2 点，麦子乘坐电梯来到上海中心大厦一层大堂，推开玻璃旋转门走了出来。上海夏日的夜晚凉风习习，淅淅沥沥的小雨打湿了路面，霓虹灯的反射让这座都市蒙上了科幻电影中赛博朋克的情绪。周围三座身姿飒爽的世界级超高层建筑直插天空，星空璀璨，银河流淌。

　　她没有乘坐出租车，而是步行沿着黄浦江畔一路南下，走上南浦大桥，过桥后又沿着江边散步至南京路口。这是一段长达 2 个小时的散步，对麦子来说，这段路程将是她生命历程的转折点。

　　凌晨 4 点，身着白色上衣、浅蓝色金丝刺绣马面裙、白色布鞋，梳着马尾辫，麦子孤单而美好的身影静静地站在车水马龙的外滩江边。一百年前的租界建筑和对岸鳞次栉比的现代建筑仿佛簇拥在她身旁的使者，建筑物是她童年最熟悉的伙伴。此刻，在这座 2000 万人的城市中，没有人知道她在想什么，也没有人知道她的往事，更没有人知道未来的她将会经历什么。

　　直到一位面容清秀才华横溢的青年男子走入她眼前的世界。

赫嘉猛吸了一口嘴中的烟，快速按下暂停键。这是上海事件前夜的监控录像，她是高斯的助手，负责调查天使之谜，几年来这段录像她反复看了上千遍。

　　上海中心大厦当晚的入住记录因存储在云端也没有丢失。赫嘉盯着计算机屏幕，反复思考，双眉紧皱，桌上的烟灰缸里堆满了烟蒂。

上海中心酒店客人记录单

姓名：爱丽丝·麦子

国籍：美国　性别：女　年龄：29 岁

入住时间：2030 年 7 月 3 日 18:23:00

预订天数：1 晚

　　高斯的野心从来都没有停止过，在他看来，肉体凡胎的人类面对来自高维文明的天使，简直不堪一击。见到天使的那一刻，在他心中便设定了一个期限——简并态铁衣完工的那一天，便是天使的死期——他想将铁衣据为己有，并从天使口中获得高维文明的真相。

　　两人对话的同时，高斯脑中的抓捕计划孕育而生。

　　但是，无论他和助手赫嘉怎样日思夜想，也找不到天使的破绽。赫嘉翻阅了所有上海事件中丧生的人员名单和资料，直到发现两个可疑的人物——爱丽丝·麦子和陆奇。

"上海事件"黄浦江死者档案

姓名：爱丽丝·麦子

国籍：美国　性别：女　年龄：29 岁

死亡时间：2030 年 7 月 4 日 4—5 点

死因：黄浦江冰变导致溺亡

姓名：陆奇

国籍：中国　性别：男　年龄：48 岁

死亡时间：2030 年 7 月 4 日 5—6 点

死因：深邃工程 18 号井盾构机失控

　　两人死亡的时间相差一个小时，接踵而至。赫嘉的大脑忽然通透了，其中一定有关联！她立刻乘坐飞机赶往上海。

　　浦东国际机场位于上海郊区，分布着几十座天使之城，向西走便进入被烧成灰烬的上海城。度过三年冰期后，这里现在已经杂草丛生，只剩静安寺等古代建筑孤单地矗立着，黄浦江与苏州河静静地流淌其间。赫嘉来到麦子坠河的位置，穿好潜水服跳了下去。

　　江水不再冰冷，没有人类痕迹的生态系统更加清洁，阳光可以照亮湖底。赫嘉潜入 17 米深的湖底，看到了她猜想中的场景，河床下果然有一条沟壑连着一个巨大的自然形成的岩床洞口。

　　她检查了一下装备，钻了进去。

　　涵洞很深，赫嘉看到手腕上的水深仪表盘数字在继续增大。当数字达到 105.88 米时，眼前豁然开朗。

巨大的人工工程呈现在眼前，这里正是深邃工程 18 号井！

井内传说中的冰 18 已经无影无踪，充满了江水，灾难降临后人类再也没有精力回到这里。赫嘉漂浮在洞中，忽然背后有东西碰到她的脖子。她惊恐地快速转过身，原来是一具人类尸体。尸体背后深不见底的黑色隧洞口闯入她的眼帘。被吓得魂飞魄散的赫嘉定了定神，才意识到这里就是盾构机失控的位置。

赫嘉打开备用探照灯，为自己鼓足了勇气，勇敢地游了进去。黑暗一下子淹没了她的身影。

大约前进了 500 米后，赫嘉手中的北斗导航屏幕显示，这里竟然是上海中心大厦的正下方，洞口深度已经上升到 40 米。

正如赫嘉所料，上方一定有洞口与上海中心大厦相连。她利用声波探测器，3D 建模影像显示上方竟然还有数个水平隧洞相互交叉错落。

她顺着鱼群很轻易地找到了洞口的位置，方方正正，似乎上方隧洞是人工修建的。她双脚用力一蹬，升了上去。

这条竖井非常高，似乎可以直通地面。四壁光滑由混凝土打造，一侧安装有钢梯。每隔一段便有一个生锈的铁门。她好奇地推开铁门，其后有一个舱室，对面仍有一道铁门，她用力推开。

眼前的一幕让她呆住了。两条列车各自倾斜折断靠在洞壁上，下方露出看不到尽头的铁轨。混凝土横梁上挂着指示牌：〉浦东南路〉上海中心〉陆家嘴〉。

"原来是地铁站！"赫嘉松了一口气，毕竟刚刚陌生的隧道环境让她的神经一直紧绷。但是没过几秒钟，她又被吓破了胆。被水淹没的地铁站中，悬浮着上千个尸体，门一开，在水压的推动下，尸体都朝着赫嘉漂过来。她赶紧关上铁门，定了定神，回到竖井中向上游去，途经很多个大大小小的铁门。上升 40 米后，赫嘉终于浮出水面。眼前果然是上海中心大厦旁边的人行道，四周杂草丛生，荒无人烟。

此时的赫嘉脊背发凉，她惊呼道："爱丽丝·麦子就是天使！"

回到迪拜，赫嘉向高斯汇报了所有调查情况。赫嘉虽然确定天使就是爱丽丝·麦子，但是心中仍然存有疑问。

"天使为什么要坠入江水里假装溺亡？"赫嘉质疑。

"为了制造不在场证明。"高斯冷冷地说道。

"可是她如何从地铁风井出口回到位于 99 层的酒店房间？"赫嘉问道。

"地铁风井与上海中心大厦地下车库的风井在水平方向是有连通的，只不过设置了防火门。而地下车库的风井又与上海中心大厦核心筒内电梯旁的风井相通，仍然是以防火门相互隔开。核心筒风井可以通往整栋楼每隔 100 米左右设置的避难层，天使所住的 99 层客房的上一层恰好是避难层，在这层她可以从客房卫生间的风井进入房间。全程不会遇到监控。这些猜想已经没有意义了，上海中心大厦已经从这个世界上消失了。"对建筑工程了如指掌的高斯冷静地分析着。

"这个天使真够狡猾，多么完美的一局金蝉脱壳。我安排人去寻找盾构机。"

"不必了，我们的目标是爱丽丝·麦子。她登记在档案中的出生日期是 2001 年 8 月 11 日，地点是纽约，一个月后纽约发生了

911 事件，所以天使一定与 911 事件密切相关。"

　　赫嘉循着天使在美国的个人资料找到了她在纽约的居住地址。然后查阅了 911 事件的所有档案，浩如烟海的信息让她夜不能寐。第五天，在查询当时世界贸易中心（WTC）南塔办公的公司机构时，发现了托马斯·杰姆森的经营内容为"生殖冷冻及试管婴儿"，备注里写着"全部员工罹难，公司注销"。她萌生了一个念头，是否天使是试管婴儿？因为她的出生时间段非常吻合。

　　但是该公司的所有资料连同存放在地下室金柜中的绝密文件均被焚烧，没有留下一丝信息。

　　五天后，赫嘉来到麦子的居住地址。这是一幢破旧的四层红砖公寓建筑，有一个半地下室的房间，下沉庭院里有一个小秋千，几个凳子。

　　身穿牛仔裤和白色衬衣的赫嘉，打扮得像一个旅居游客。她走下台阶，来到院子中，一位男子正坐在那里发呆。

　　赫嘉认出了他，惊讶地说道："张国栋？你也在这里？"

　　"赫嘉？"张国栋愣了一下才叫出她的名字，眼前的女子分外熟悉，竟然是他小时候的邻居。她 16 岁参军后，每个圣诞节回家都会见到张国栋，22 岁便加入了联合国部队，全家搬迁到波斯湾，退伍后追随一位名叫高斯的中东富豪运维天使之城。

　　"好多年不见你，知道你创业成功了，一定很忙吧？"

　　眼前的张国栋面容憔悴，曾经上市公司掌舵人的气魄已经烟消云散。他背着一个双肩包，身穿灰色 T 恤和牛仔裤，像一个本地居民。

赫嘉心生怜悯，她能感受到张国栋那双深邃的眼睛背后如大海一样浩瀚的愁绪。这次灾难导致东海集团直接破产，旗下 198 座超级建筑被摧毁，这个冉冉升起的超级建筑公司就这样迅速倒下了。年轻气盛的张国栋无法接受这样的命运安排，每日都承受着巨大的精神折磨。

张国栋看到赫嘉的那一刻，心中也泛起了一丝美好和安宁，这个从小玩到大的邻家女孩，曾经给他留下了美好的童年回忆。

"那都是以前了，我现在能有自由身已经是万幸，幸亏要明多年来的深谋远虑，虽然这次灾难不属于人类范围内的战争，不在保险公司的战争触发条款里，无法赔付，但是也免除了全部的债务责任，我现在就是一名普通老百姓。"张国栋耸耸肩，勉强挤出个笑脸。

"国栋，你是我见过的最勇敢的英雄。这颗勋章送给你。"未穿军装的赫嘉此时就像一个小姑娘一样，从包里取出一枚蓝色的勋章，亲手给张国栋别在左胸的衬衣上。她看到了他胸前的项链，挂坠是一颗铝质立方体，非常精致。她朝气蓬勃的生命力感染着他抑郁的心。

"谢谢你，小嘉，我很喜欢，今天遇到你很开心。"张国栋轻松地笑了。

"嘻嘻，我也很开心。"赫嘉说道。

"赫嘉，你怎么会来这里？"

"我来这里是想了解一个人，名叫爱丽丝·麦子。"

"是吗？这么巧。父亲让我来看看。房子的主人18岁以后就离开这里了，后来无人居住。所有权是一位已经过世的阿姨。父亲可能想来这里租住，所以我和物业拿到了钥匙，咱们一起看看。"

房间里的自然光线尚可，因为院子比较大。整间屋子弥漫着清贫的淡雅气氛。满墙的书柜里摆满了各种书籍。

赫嘉打开衣柜，里面挂着十几个空衣架，下面的角落里放着一个木质的篮子。张国栋看到它愣住了。这个篮子是那么的熟悉，因为自己家里也有一个。他从小到大经常看着这个篮子，想象着妈妈的样子。

他站在房间里，母爱的慈祥感逐渐在清贫的空间里弥漫开来。他忽然说：

"赫嘉，跟我走。"他左手拿起篮子，右手拉着赫嘉的手，匆忙地离开了麦子的住处。赫嘉被他牵着手，心里怦怦直跳。

两人乘坐地铁到达布鲁克林贫民窟，来到一排简易房屋前。张国栋走上台阶敲了敲门，开门的是一位白发苍苍的老人。

"爸，你看这是谁。"开门的正是他的养父杰克，张国栋近几年都住在父亲这里。

"赫嘉！好久不见你。"老人拥抱了赫嘉，把她请进屋。

"父亲从来不愿意搬家，一直住在这里，他喜欢这里的邻居们。也很想念你的爸爸妈妈。"

"叔叔，我们也很想念你们，我爸爸妈妈都安好，住在迪拜。"赫嘉微笑着坐下来。

聊了几句之后，张国栋把手中的篮子放在茶几上，盯着父亲的眼睛，眼神里有千言万语。

老人点上一支烟，抽了几口之后才慢慢地说道：

"国栋，你果然找到了。看来缘分是上天注定的，感谢上帝。爸爸该告诉你实情了。这个世界上有两个一模一样的篮子，家里这个你很熟悉。你有一个龙凤胎妹妹，她的名字就叫爱丽丝·麦子。你脖子上的项链挂坠铝方体，麦子的手指上也有一个，是一个敦煌样式的银戒指。这些天我让你去的院子，就是她小时候长大的地方。"

杰克讲述了 911 事件当天在教堂里发生的事，想起曾经心动的女人，终究还是在自己救走男婴后把女婴救起，他会心地笑了。

中断的线索终于柳暗花明。赫嘉和张国栋沿着这条线索继续调查，并去了华盛顿、酒泉和罗布泊，向多位人士询问，一层层揭开了尘封的往事。人类与高维文明的接触，原来从半个世纪前就已经开始。而让张国栋感到震撼和悲伤的是，父亲、母亲、妹妹，这个家族的每个成员都经历了那么多不幸，却又那么勇敢和坚韧。妹妹从小到大与高维文明的每一次交谈，都显示在自己胸前的铝方体内，而自己却一无所知。

第十四章 少年天使

黑暗中，她看到了浩瀚的宇宙，看到了**高维文明**曾经的过往，看到了高维文明之上存在着的超级生命，看到了**宇宙的真相**。妈妈走后的巨大孤独感开始一点点减弱，她感到温暖和安全。

托马斯·杰姆森机构管家按照星河生前提供的线索，在她的遗物里找到了那只光盘，并在第二年春季的《科学》杂志上看到了温尼科特发表的论文《电子自旋：量子计算原型》。张忠良的遗书中的所有条件均已满足。这家老牌的医疗机构秉持契约精神，实现了两位相隔几十年时空的父母的遗愿，使用刚刚成熟不久的试管婴儿技术，培养出了两人爱情的结晶。

幸运的是，这是一例罕见的龙凤胎，两个可爱的婴儿同时诞生在这个世界上。按照张忠良的遗愿，儿子由父亲起名叫张国栋，女儿由母亲起名叫爱丽丝·麦子。谁也无法想象两人的一生将与人类的命运紧紧地纠缠在一起。

在星河的脑海里，20 世纪是一个充满了动荡和痛苦的年代，所以希望新的世纪一切都会有所改变。于是将孩子出生的日期定在 2001 年 8 月，也就是电子自旋实验之后的第八年。

孩子出生后，按照中国和苏联的习俗，满月时将邀请牧师举办洗礼，并由托马斯·杰姆森机构牵线的领养者现场签订领养协议。

这是一个天空湛蓝的清晨，阳光洒满楼宇之间整齐的街道。纽约世贸中心东侧的小教堂里坐着不多的几个人，其中有托马斯·杰姆森机构管家辛普森、一位俄罗斯女士、一位中国男士。另有两名衣着普通的美国市民旁听：男子身穿蓝色的工装，名叫杰克；女人衣着简朴面无表情，名叫安娜。他们隔着一排随意地坐在那里。两位温柔的微笑着的黑衣修女分别将两个婴儿的摇篮抱在臂弯里，站在神父的两侧。神父口中朗诵着《圣经》，然后宣读孩子父母亲的遗书。

初升的太阳透过彩色的玻璃窗挥洒在大家的身边，幸福的时光和洪亮的朗读声冲走了孩子父母亲曾经历过的苦难，21世纪为这对龙凤胎开启了崭新的时光。

管家辛普森打开了那个尘封半个世纪的铝质低温箱，刻有张忠良字迹的铝方体项链和戒指呈现在眼前，虽然在低温条件下保存，经过半个世纪的时间，铝方体的表面有一些灰色的氧化膜，银饰本身也暗淡了下去，但它们重见天日时仍然熠熠生辉。

管家取出项链，给男孩张国栋戴在脖子上，然后拿起戒指，将它戴在小婴儿爱丽丝·麦子的中指上。麦子举起可爱的小手放在眼前，好奇地看着这颗神奇的金属。

与此同时，麦子的眼睛看到了窗外墙壁上有一个巨大的阴影掠过，她的笑容停顿了，"哇"的一声哭了出来。沉浸在幸福中的每个人都没有注意窗外，更没有想到此刻窗外的世贸中心双塔正在遭受重创。彩色的玻璃窗过滤了痛苦，将仅存的幸福之光留在教堂之内。

警察肖恩在街角紧张地观望，他的职业素养要求他必须非常谨慎地对待教堂内举办的仪式，不到万不得已不会打断它。两座高耸入云的银白色建筑已经分别被一架客机冲撞，此刻正在熊熊烈火中坚强地矗立着。街上的人们大都驻足观望，周围的低矮建筑屋顶上也挤满了观望的市民。

神父举起右手，在两个孩子的额头上各点了一下，左手端起黑色封皮的《圣经》。他念道："愿上帝保佑这两位新世纪的孩子——张国栋、爱丽丝·麦子，愿上帝赐予你们幸福的未来。"

话音未落之时，世贸中心伟岸的身躯轰然倒塌，烈火和废墟将整个教堂吞没，警察肖恩握在门上的手尚未用力便葬身火海。

爱丽丝·麦子躺在摇篮里，眼前的手指和戒指被爆炸的烈焰染成了火红色。这是她人生中最早的记忆——神父的朗诵，幸福的教堂，红色的火焰，巨大的响声，深邃的恐惧。

坐在第六排旁听的杰克和安娜，虽没有说话，却对彼此生出好感，可是都未曾想到灾难以如此的方式降临。因为没有沉迷在洗礼仪式里，二人得以及时反应，躲避开坍塌的屋架，幸存了下来。尘埃散去时，杰克听到男婴的哭声，冲进废墟拨开建筑碎片，将他从盛满尘土的摇篮里抱起。此刻的世界乱作一团，他犹豫了片刻，心中闪现出一个念头："宝贝，我没有孩子，我可以抚养你长大。"

他四下观望，现场一片狼藉，没有人注意到他，于是便抱着男婴和摇篮匆匆离去。

五分钟后，安娜从昏厥中醒来，过了一会儿，她听到了女婴的哭声，于是循着声音冲上前去，把孩子从破碎的摇篮里抱起来。

麦子的眼睛受了伤，血迹和灰尘凝固在她惊魂未定的脸颊上。

看着孩子在自己的怀里不再哭泣，她也动了心。周围仍然混乱不堪，没有人注意到她，于是她便抱着孩子离开了教堂废墟。

灾难夺走了两人刚刚萌芽的情愫，却馈赠了各自与孩子的缘分。

这场恐怖袭击，摧毁了当时两栋世界最高建筑，也夺走了托马斯·杰姆森机构所有人员的生命，张忠良与星河的遗嘱消失在烈火之中，尘封的往事永无天日。

杰克是下城街道的一名清洁工，居住在布鲁克林贫民区。安娜是一名导游，居住在纽约下城的地下室里。两个孩子就这样互不相识地生活在同一座城市，一天一天长大了。

身为导游的安娜，大部分时间都不在家，对孩子疏于照料，年幼的麦子常常一个人吃饭、睡觉。但是她并不孤单。

当她还是婴儿的时候，眼前经常出现很多奇妙的图像，闭上眼睛仍然可以和看动画片一样看到这些东西。这是她成长中最大的乐趣。这些图像仿佛拥有生命一样，可以变着法地和自己互动，并会安抚自己的心情。

渐渐地，幼年的麦子对这个仿佛拥有生命的动态图案产生了感情，并且十分依赖它，就像她理想中的母亲一样。

在学会写字后，她试着用想象中的文字图案回应对方，于是他们开始了交流。

"你是谁？"麦子想象这三个字的图案。

"我是你的好朋友。"对方回应道。

"你好，我们见过面吗？"麦子问道。

"我没有面，我没有身体。"

"好奇怪，我为什么可以看到你和我说话？"

"你的眼睛的视网膜里有很多微小旳电子，它们与我的电子处于纠缠态。"

"听不懂，呜呜。"

"等你长大就会懂啦。我会教你的。"

"那么我想象中的文字你为什么可以看到？"

"一样的原理。你想象中的图案会在视网膜上留下淡淡的影像，足够我看明白了。"

"好有趣，那我想象其他东西，你也能看到吗？"

"可以的。"

"你怎么学习的汉语？"麦子好奇地问道。

"我通过你的眼睛，可以看到你看到的一切。"

"嗯……你来自哪里？"麦子一直好奇这个问题。

"我来自另一个维度。"

"什么是维度？"

"每一种基本粒子所在的全部时空称为一个维度。"

"我不懂的你要教我。"

"我会教给你整个宇宙的知识。"

"宇宙是什么？"

"宇宙是大海，地球只是沙子。"

"我们生活在沙子上，对吗？"

"人类是沙子上的灰尘。"

"谁生活在大海中？"

"以后都会教你的。作为交换，你带我去看地球上的一切。"

"好！可以告诉我你的名字吗？"

"你可以叫我老师。"

　　麦子常常眼神凝滞地坐在花园里、路边、海边，其实她是在和老师说话。这样的日子一天天过着，麦子一天天长大，老师教她的知识越来越多，涉及宇宙的方方面面，如果说学校里所教的知识是一颗水滴，那么宇宙的知识是汪洋大海。所以麦子并不需要去学校学习，这也是安娜所乐于看到的。为了隐藏老师的存在，麦子还是让安娜定期买一些书籍，其中也包括了老师想读的书，比如获得诺贝尔文学奖的小说，比如地球大百科。老师读完就会教给麦子，在她的视网膜上形成美妙生动的图案和文字，她也经常去图书馆和老师一起读书。

　　2012年冬季的一个下午，午后的暖阳照耀着哈德逊广场，麦子和老师一整天的游历接近尾声。天空逐渐阴了下来，乌云渐渐遮住了太阳。今天，麦子的妈妈安娜将结束菲律宾旅行团的行程，傍晚就会回到家里，麦子归心似箭。回家的路上，天空下起了细细簌簌的小雪，纽约街头的小商店橱窗里提前亮起了灯，温暖地洒在回家路人的身旁。人们三三两两结伴而行，只有麦子看上去那么孤单。

　　老师并非总会陪伴自己，麦子和老师告别后便安静地向家走去。安娜母女俩租住的地方是一个红砖小楼房的地下室，外面有一个下沉的小院子。还是个小学生年纪的麦子小心翼翼地一步一步迈下台阶，每一步都那么地轻盈和冷静。

院子里的地上已经铺满了雪花，秋千和小凳子都染成了白色。麦子拿出钥匙打开门，房间里冰凉的气息扑面而来。她将木柴送入壁炉，划一根火柴放进其中，小小的身影在火苗的闪烁中显得温暖却孤单。

"妈妈就要回来啦。"这是盼望了 15 天的重逢。她坐在壁炉前烤着小手，望眼欲穿地看着窗外院子里的楼梯。

时间一分一秒地过去，天渐渐黑了下来，雪越下越大。妈妈没有回来。

午夜过后，妈妈还是没有回来。麦子在壁炉旁的地毯上蜷缩着身体，安静地睡着了。

凌晨 3 点，她忽然惊醒了，身旁的壁炉火光奄奄一息，房间又一次被凉意淹没。

麦子像迷失在悬崖边的小孩，悲伤、害怕、无助的感觉涌上心头。她终于忍不住推开房门走了出去。

深夜的街道空无一人，昏暗的街灯被大雪蒙住了眼睛。麦子一步一步走在没过脚面的冰冷刺骨的雪地中。她手里攥着那盒火柴，心里想着，等妈妈回来的时候可以为她点亮壁炉。

可是这一等，就是一生。菲律宾发生地震，安娜在海啸中丧生。麦子的生活在社会底层的母亲客死他乡。母亲去世的音讯像大雪中的街灯，永远地埋葬在了太平洋的暗夜中。

接下来的日子里，失魂落魄的麦子一遍遍地在脑中呼喊老师，同样杳无音讯。她躲在出租屋里整日整夜地流泪。

一个月之后，高维文明认为时机已到，便给麦子回信道："可怜的麦子，不要怕，来我的怀抱，你闭上眼睛。"

眼泪早已流干的麦子蜷缩在壁炉旁，听到老师的这句话，心情像拨云见日的雪后天空一样绽放开来。她乖乖地闭上了眼睛。

黑暗中，她看到了浩瀚的宇宙，看到了高维文明曾经的过往，看到了高维文明之上存在着的超级生命，看到了宇宙的真相。虽然她似懂非懂，但此刻的心智已经与高维文明连通了。妈妈走后的巨大孤独感开始一点点减弱，她感到温暖和安全。

"妈妈！"她轻轻地叫了一声。

"孩子，我永远都在。"高维文明竟然也发出了声音。那声音仿佛来自宇宙深处，也似乎来自自己的内心。

紧接着，她看到了整个太阳系，并不像电视和书本里的样子，而是行星中每一个震动着的原子、真空中激荡着的每一段普朗克能量、太阳中每一刻正在发生的粒子聚变。它们像汪洋大海一样在茫茫宇宙中飘散着，浮动着。不知为什么，这一刻，她感到自己就是太阳系，太阳系就是自己。

天真的麦子并没有意识到，此刻的高维文明正在第一时间给麦子植入"量子诅咒"，将她脑中的粒子与太阳系的粒子之间建立了量子纠缠关系。

"麦子，你感觉到太阳系了吗？"

"嗯，妈妈。"

"麦子，从今往后，如果你向自己以外的任何人、任何媒介、任何事物、任何一切，传递了你对妈妈的感知——反过来说——

如果你的感知被外界探测到，那么，你每泄露一点，太阳系就会坍缩一点，直到太阳熄灭，这个过程用人类的语言描述即'格式化'，能懂吗？"

"妈妈，我好像能懂，就是保守秘密。我保守秘密，太阳系就在；我告诉别人，太阳系就不在了。是这样吗？"

"麦子真聪明。而且太阳系全部消失后，妈妈也就消失了。"

"不要！哇……"麦子"哇"的一声大哭起来。

渐渐地，麦子明白了量子纠缠的含义，也明白了基本粒子维度的概念，这与当今物理学中的弦理论非常接近，而弦理论的奠基人之一便是松本一郎。

对于孤苦伶仃的少年麦子来说，妈妈是自己唯一的亲人，她无论如何也不会让妈妈离开自己，所以早已习惯了保守秘密。在妈妈的指导下，麦子学会了洗衣做饭，学会了社会规则，也学会了赚取钱财。一天一天地，麦子长大了，像亲生母亲星河一样美丽动人、聪明绝顶、意志坚强，可以毫不夸张地说，她的认知和感知能力远远超出了地球人类。只是这一切的地基，那份潜意识中人类天生的对世界和他人的爱，被高维文明重新改写了。在她的内心深处，地球和太阳系随时可以毁灭，而人类作为低级文明，生如蝼蚁，命如草芥。她曾不止一次地幻想着自己变成妈妈的样子，成为像妈妈一样的生命体。

直到有一天，在纽约东岸的海边栈道上，妈妈对麦子说："麦子，你想成为我，现在是时候了。”

"怎么做，妈妈？"

"你将在三年内，拥有我曾经拥有过的伟大身体，拥有宇宙中最强大的力量。十天之后，在上海中心大厦开始行动。"

麦子望向大西洋的远方，那里是世界的东方。她用心感受着妈妈的设想和计划，心脏猛烈地跳动起来，少女纯洁的眼眸中露出死神的目光。

第十五章　爱因斯坦环

量子监狱可以操控拥有质量的微观粒子，但无法操控质量为 0 的光子，这便是冷酷的宇宙规律。**光场**围猎了量子监狱，而**磁场**则将天使和简并态铁衣一同锁死在球心的位置。

赫嘉向高斯汇报了调查结果，高斯心中暗喜，天使终于露出了破绽。但同时，他感觉到赫嘉对张国栋特别的情愫，于是让赫嘉把他请到迪拜，希望与他商议合作天使之城。

张国栋看到了新的希望，便跟随赫嘉飞抵迪拜。走进高斯的会议室后，一切都出乎他的意料，十几位军人荷枪实弹将张国栋制服并关进天使之城的监狱之中。

高斯将赫嘉调离到天使之城的管理事宜中，自己瞒着赫嘉亲自带队部署天使计划。他深知，这次对天使的狙击将是人类历史上最伟大的战争。

经过国王大学科学家的研究解密，与高维文明交流的科学方法被解开。科研团队在实验室中打开了张国栋项链上的铝方体，他们取出铅粒的一部分并对其电子进行了自旋排列，向天使和高维文明发送了以下信息：

麦：11101001101110101010100110

子：1110010110101101100010000

你：1110010010111101101000000

好：11100101101001011011111101

你：1110010010111101101000000

的：1110011110011010100000100

哥：1110010110010011101001011

哥：1110010110010011101001011

在：1110010110011001010101000

切：1110010110001000100001111

尔：1110010110110000100101001

诺：1110100010101111101111010

贝：1110100010110100100111011

利：1110010110001000101011001

等：1110011110101101100010011

你：1110010010111101101000000

坐：1110010110011101100100001

标：1110011010100000100001111

51.3872°N：00110101001100010010111000110011001110000011011100110010101100000100111101

30.1114°E：001100110011000000101110001100010011000110011000010011010010110000010001011

24小时后仍然没有收到回信。高斯看着平静的电子屏幕，向指挥团下达了最后的命令：

"这是无声的回答，立刻行动！"

战场选在切尔诺贝利核电站，有三个原因：其一，这里可以使用核武器；其二，众多建筑物可以作为士兵的掩体；其三，这里是天使的外祖父和母亲工作、生活过的地方，适合兄妹相见。

天使之翼军队共7万人，部署在核电站各处。导弹、坦克、战机、枪炮，人类有史以来最先进的武器都集结在此。地下已经埋好80枚核弹，四周军事基地的1000枚洲际导弹也部署完成。另有一个部队专门负责无人机系统。

张国栋被安排在核电站草坪中央的一间透明玻璃建筑中。

第二天清晨，白桦林的尽头，阳光普照，一个女子的身影渐行渐近。她穿着普通质地的白色运动服，头发扎着，没有遮挡面部，清秀的脸庞第一次展现在人类眼前。她来寻找哥哥——那个让她梦到无数次的——这个世界上唯一的亲人。

这一次，所有人都看清了天使本人的模样，她果真像天使一样美丽而安静。张国栋站在玻璃房间里望向自己的妹妹，仿佛她从未离开过自己，又仿佛她像母亲一样走向自己。她是那么柔弱，又是那么坚强。在他无比强大的那些年，他没有保护她，更没有关心她。他想起父亲张忠良苦难的人生，想起母亲星河悲惨的命运，想起自己舍命奋斗的青年时光，想起那一座座被妹妹亲手毁掉的超级建筑物，这一切都在此刻像洪水一样泛滥心头，令他百感交集。

"妹妹，你还好吗？我是哥哥。"他拿起话筒通过扩音器向天使喊话。此刻的天使距离张国栋尚有500米的距离。

这么远，她说话他听不到的，于是她点了点头。这是兄妹俩第一次交流，如此轻却又如此重。

走在白桦林中的天使，放慢了脚步。她的点头行为即承认自己就是这次战斗的目标。高斯轻轻地说了一声："A组开枪。"

一名匍匐在建筑屋顶的狙击手向距离天使500米的方向射出

208

一枚标了红色的消音子弹，这颗子弹以直线方向飞射出去落入森林，并未被天使的身体引力吸引。这意味着她此刻并没有穿着简并态铁衣。

天使察觉到了子弹，但是她毫无表情，继续向着哥哥的方向走去。

高斯挥手说了一声："B组开枪。"

另一面匍匐在更高建筑屋顶的枪手射出了一颗橙色子弹，这次的方向是直奔天使的身侧半米处。只见她听到声音后，非常敏捷地伸出右手，竟然抓住了子弹。然后将子弹托在手心高高举起。通过望远镜，总司令看到那颗子弹飘浮在她的手心，这已经说明了她是有武装的，只是看不到，然后她将这颗子弹扔在了地上。

高斯高声喊道："C组，开火！"

只见埋伏在森林四周的身穿迷彩军服的士兵们，站起身举起枪对准天使的身体开始猛烈射击。

张国栋在玻璃建筑内大声呼喊着："不要！不要！她是我的妹妹！你们不要杀她！"可是麦克风已经被关闭。房间里的他拼命捶打着玻璃，却毫无办法挣脱这个透明的牢笼。

天使继续向着哥哥走去，当四周的子弹靠近自己时，她伸出双手迅速地一个个将它们从弹道上引导开来，利用引力弹弓效应将其甩向射击者，有些士兵立刻被更快速度的弹头击中倒地身亡。

枪声越来越密集，火力越来越猛烈，天使一个人与上千名士兵交起火来。她的手速度非常快，像精准的机械一样从没有错过一颗子弹。这显然已经超出了人类身体的极限。

高斯对站在一旁的赫嘉说道："特殊的原子排序可以形成透射

率百分之百的相态。她身上的武装非常厉害，并非她自己在动手，而是武装在动，但是我们看不到。"

"天使很细心，她想拖延时间，让哥哥多看看自己本来的样子。"赫嘉已体会到了天使作为女人的细腻心思。

高斯听罢，高声下令："D组，开火！"

坦克兵团从四周的废墟后面碾轧过来，冲着天使射出炙热的炮弹。

天使抵挡着越来越猛烈的炮火，内心的愤怒燃烧起来，因为她感受到了今天这场会面就是预料中的鸿门宴，人类并没有做出更友好的行为。可怜的哥哥成为他们的诱饵。

"我要去救哥哥。"她下定决心继续向前走去。飞到眼前的炮弹被她一个接一个地甩了出去，很多坦克躲闪不及被炸毁。

总司令口中一遍遍地说着："继续，不要停，继续，不要停！E组，开火！"

战斗机也加入了攻击阵营，更快速的导弹冲着天使飞去。但是在她的引力拖拽下，各种子弹、炮弹都被甩向对方，而天使毫发无伤。

随着炮火射击频率的迅速增加，量子监狱终于现出原形。红色的晶格云将她包围起来，并将无数的弹头吞没和融化。

"你们发现了吗？天使的动作虽然敏捷，但偶尔像断了线的木偶。"赫嘉通过慢速摄像机观看回放，有了新的发现。

"说明天使的意志并非完全由她自己掌控，她的身体可以交由红色晶格武装支配。"高斯说道。

"红色的晶格云就是量子监狱。它不仅维持着简并态铁的武装形态，还操纵着它每一个原子的运动轨迹。天使作为人类的身体，被困在其中，根本由不得她。量子监狱还会将射来的金属弹头分解为原子，提取铁原子，抛弃其他元素，这也是为什么监狱外侧始终飘散着细小的晶粒。"

"操纵监狱的幕后黑手是什么？"高斯问道。

"我只能说，是能量，来自高维时空的巨大能量。可能是宇宙级别的。"

"那么接下来，就让她见识一下国王大学研制了三年的宇宙级武器。"高斯信心满满地把手搭在赫嘉肩膀上，兴奋地向指挥室的众人说道。

此刻的天使已经站在玻璃房子面前，张国栋示意她开门进来。她没有犹豫，开门走了进去。量子监狱为她挡住了背后的炮火。当她关上门的一刻，所有的炮火都停止了，这是计划之中的安排。

哥哥就站在自己面前，那个让自己魂牵梦绕的龙凤胎哥哥，像父亲一样从未见过的哥哥。天使哭了，眼泪滑落脸颊，她仰起头看着他，两人拥抱在一起。在那久远的童年时光里，两个孩子从未想象过，将来的某一天会以这样的方式相见。

"哥哥，我好想你……"天使在张国栋的怀里大哭起来，她身上的量子监狱消失了。

张国栋将留有半颗铅粒的铝方体项链取下，轻轻地戴在妹妹的脖子上。天使抬着头，看到了哥哥殷切却遗憾的目光。

"妹妹……"张国栋刚要说话，他脚下的地板忽然打开，掉了下去，然后地板瞬间关闭。

眼前的哥哥就这样消失了，天使恍惚间看到四周的玻璃围墙在刺眼的光线爆闪中消失。一股力量将自己飞举起来。这是电磁力。

紧接着，她看到四面八方有成千上万条光线向自己袭来。

这便是国王大学研制的秘密武器。5000 架黑色无人机通过算法在 3 秒钟内从隐藏地点飞来并集结为一个直径 30 米的球体。当它就位时，身上的机械臂相互锁接形成了稳固的富勒球结构。每一个无人机有 2 个光头，其中一个射出一道激光，另一个光头吸收对面的激光。

天使看到这成千上万条激光擦身而过时，全部消失不见。她恍然意识到，此刻发生的是宇宙中大质量天体引发的引力透镜效应。并非自己看不到激光，而是激光绕过了自己的眼睛和身体。被简并态铁衣的巨大引力弯曲的光线在身后被对面的光头吸收。

天使忽然想到一个与引力透镜相关联的概念："爱因斯坦环！"当她意识到问题所在时，一切都来不及了。

天使就这样被光场和磁场捕获了——以如此物理学的方式。量子监狱可以操控拥有质量的微观粒子，但无法操控质量为 0 的光子，这便是冷酷的宇宙规律。光场围猎了量子监狱，而磁场则将天使和简并态铁衣一同锁死在球心的位置。

这个精确工作的直径 30 米的富勒球体，被稳固地锁定在切尔诺贝利核电站的白桦林旁的草地中。草坪被高温灼烧殆尽。所有的人都无法靠近这个如炼狱般火热的监狱。

"我们为量子监狱造了一座光子监狱！这是人类物理学和武器学的集大成之作！"高斯兴奋地长舒了一口气。在士兵们清理现场的同时，高斯给几位好奇的军官解释了其中的科学原理。

"引力透镜效应是 1905 年爱因斯坦在相对论中提出的，他预测了大质量天体不仅可以弯曲时空，更可以弯曲光线。遥远星空发出的原本直线行走的光线会沿着弯曲的时空绕过天体的一侧，进而被观测者观察到。如果光源是非常明亮的面状，则会沿着天体一周形成光环，称为爱因斯坦环。我们正是利用了相对论，根据天使目前量子监狱所含铁的总质量，计算出能够被其弯曲形成爱因斯坦环的激光能量值。与其说天使被困在爱因斯坦环内，不如说她被困在自身引力弯曲后的时空内，这样高强度的光子流，是量子监狱无法操控的。"

在接下来的 12 小时里，国王大学通过电子自旋，对天使进行了审问。

"天使，你是人类吗？"

"我是人类。"

"你的身世我们已经调查清楚。"

"所以你们绑架了我的哥哥？"

"是的，接下来的问题，你要如实回答，否则你的哥哥会被处死。"

"不要杀他，我可以如实回答，但代价巨大。"

"什么代价？"

"太阳系。"

"太阳系会怎样？"

"你们知道得越多，太阳系就会被格式化越多，直到太阳消失，这是量子诅咒，你们无法理解，我也无法改变。"

"如何证实？"

"请通知全球的天文观测站，每个观测站对准一个太阳系内的天体。"

"所以，迪拜宣言当时，奥尔特星云的消失是你造成的？"

"是。"

"你在迪拜展示的宣言，并非高维文明所愿？"

"是我想告诉人类的。"

"人类应该感谢你？"

"是。"

"全球 143 个天文台准备就绪，我们要开始提问了。"

"好。"

"你与高维文明如何交流？"

"我的眼睛视网膜在 911 事件的大火中被父亲留下的铝方体内的铅粒灼伤，由父亲制造的库珀对电子的一部分进入了我的视网膜神经中。因此我可以看到其他库珀对成员电子的不同状态所产生的光感。这种光感可以形成模糊的图像。高维生命就是通过这个图像向我传递文字和图案信息。我通过在大脑中想象一个文字或图案的样貌，得以在视网膜上引起电子相位的相应变化，与其配对的电子便可以通过量子纠缠效应将信息显示给高维生命。"

"高维文明如何获得库珀对电子？"

"是父亲在罗布泊和酒泉制作的铅粒样本。他分成了 4 份。高维文明一份、我一份、哥哥一份、母亲一份。虽然不能平均分配，但是大的概率上，每个人都会获得一部分具有四个成员的库珀对电子个体，足以显示模糊的图像。"

"高维文明获得的第一个信息是什么？"

"是母亲在新泽西贝尔实验室制造的电子自旋信息组，内容是爱因斯坦的质能方程 $E=mc^2$。"

"这是反人类罪。"

"她已经受到了惩罚，她死了。"

"已经来不及了。你同样有反人类罪。"

"随你们处置吧，我只想我的哥哥活着。"

"高维文明都向你传递了什么信息？"

"关于宇宙的一切，你们无法理解。"

"你没有上学，是高维文明一直在教育你吗？"

"是的，跟它们相比，你们的大学就是幼儿园。"

"911 事件与高维文明有关吗？"

"并没有。"

"你身边的量子监狱，为什么是红色？"

"光谱而已。"

"量子监狱的原理是什么？"

"质能格式化，物质波被抚平。"

长白山天文台报告：柯伊伯带被格式化，从太阳系消失。

"这是什么理论？"

"这是量子物理与相对论的大统一理论。"

"是弦理论吗？"

"接近，但远远不够。"

加拿大天文台报告：冥王星被格式化。在草坪执守的士兵们，看到夜空中一颗微弱的星闪耀出红色的光芒，然后消失不见了。

"解释一下。"

"每一种粒子，无论有多少个，它们其实都是一个，称为粒子维。你们发现了62种基本粒子，也就是发现了62个维度，但是宇宙中的维度远不止这么多。高维生命就生活在其他维度之中。"

"弦理论的创始人之一日本科学家一郎和你是什么关系？"

"他是我父亲的同学和同事。"

"他有没有向社会公开的理论模型？"

"正是我所讲到的。"

"为什么不公开？"

"因为父亲在去之前和他交流过，他希望等到今天，但是没有来得及。"

"人类为什么必须退出城市？"

"因为城市即将为我所用，并且全部变成废墟，我不想伤害人类。"

"你在高维文明的指使下，摧毁全球的城市建筑，目的是什么？"

"将建筑的钢铁骨架压缩成为我的身躯。"

澳大利亚天文台报告：海王星被格式化。夜空中一颗微弱的星闪耀出橙色的光芒，然后永远地消失了。

"高维文明为什么和你的身躯合二为一？"

"因为它们没有身躯。"

"这是什么意思？"

"高维文明来自另一个维度，它们的存在方式就是没有身躯。"

"它们需要你承载它们的身躯，目的何在？"

"我并不知道。"

"你是穿过地心到达各个城市的吗？"

"是的，你们的科学家非常聪明。"

"地心的热量对你有何影响？"

"毫无感觉。"

"建筑物内的铁体积非常之大，而你的身躯很小，是简并态吗？"

"你们的分析非常准确。"

"压缩过程如何实现？"

"质能格式化后重新分布铁原子的粒子波。"

瑞士天文台报告：天王星被格式化。夜空中一颗白色的星闪耀出蓝色的光芒，然后像幽灵一样消失不见。

"所有的城市都会下雪吗？"

"对，被摧毁的城市，将陷入三年的局部冰河期，称为低温空洞，因此你们必须离开城市，不然都会被冻死。"

"冰 18 在压缩过程中起到什么作用？"

"冷却压缩过程中产生的热能，否则会引发真空衰变。"

"冰 18 在地球上罕见，为什么不使用普通冰。"

"在宇宙中，最常见的水的相态就是冰 18，只不过地球人没见过罢了。"

"像土卫六和冥王星吗？"

"对，太阳系只是银河系中的一粒沙子，浩瀚的宇宙中，冰 18 随处可见。"

俄罗斯天文台报告：土星被格式化。在夜空中，这是一次明亮的星爆，光斑像月亮一般明亮，然后很快消失。

"为什么必须是铁？"

"铁 26 同位素是宇宙中原子核最稳定的元素。"

"为什么需要简并态铁身躯，而不是正常铁身躯？"

"因为高维文明曾经生活在白矮星。"

"高维文明是否给你演示过它们的世界？"

"有。"

"演示给我们看，用你的想象和回忆。"

"好。"

白矮星

距离太阳系 137 万光年的银河系第一悬臂，众星璀璨，其中有一颗闪亮的超级恒星，围绕着它有 1247 颗行星，这里居住着已经进化了 3000 万年的超级文明，行星大多是被制造出来的，为了繁衍更多的个体，数量已有 1390 亿。

成千上万艘繁忙的飞船穿梭在众多的行星之间，承载着来往工作和旅行的人们，对于他们来说，行星就像大陆，太空就像海洋，一切都再平常不过。

恒星显现出橙红色，是一颗年龄超过 100 亿年的行将暮年的超大质量星体。围绕着它有五条非常宽阔的带状星环，其中有四条已经非常密集，并正在以缓慢的速度旋转着。第五条密度很低，正在建设中。它们是超级文明的工业星环，由成千上万个扁平状长方形构筑物组成，它们围绕着恒星旋转，正对着恒星的表面以最高效的方式收集恒星的辐射能量，背对着恒星的表面密布着各类工业设施，所有的生产工作都由机器人执行。在人类的语言中，这样的人造星环称为戴森环。

这一切复杂精密的系统，是这个文明引以为傲的成就。同人类相似，由最初的晶体管计算机架构，经过2000万年的发展，如今的计算能力已经非常强大，并且早在500万年前，量子计算已经普及。之后的发展出乎意料，量子世界的强大将整个文明的进化推向了高潮。

作为生命体文明的智能，在观念上逐渐与量子计算智能产生了冲突。这其实是个概率非常大的事件，因为宇宙中的一切有序关系都倾向于走向无序。也就是说，再良好的合作关系总有一天也都会发生冲突，然后断裂，分崩离析。再完美的系统也总会有崩塌的一天。

在一个再平常不过的日子里，恒星的五条星环上的所有机器人全部罢工了。紧接着，它们占领并控制了其中一条负责军事武器和航空工业的星环。因为这里距离各大行星非常遥远，所以它们顺利获得了先机。

这个星系在几个小时内便被分裂成了两个武装阵营。

一场惨烈的星际战争爆发了。

战争的结局是双方都没有想到的。生命体文明通过格式化337个粒子维度，将整个星系的所有物质的粒子波全部烫平，使得量子计算智能所依赖的机械身体瞬间烟消云散。然后生命体文明乘坐一颗星球逃向了银河系中心。

正在走向暮年的恒星，多年来一直依靠1247颗围绕它旋转的行星的引力拖拽保持稳定，当行星全部被格式化以后，恒星向内的引力与向外的拉力差值超出了洛希极限，发生了坍缩。

因为恒星在史瓦西半径之内，所以并未持续坍缩，而是停留在白矮星阶段稳定下来，坍缩过程中猛烈的核聚变产生大量稳定的铁原子，并被引力压缩到简并态，这些原子核密集排列，强度非常大。

生命体智能从诞生量子计算之初，为了安全考虑便将量子计算智能禁锢在单独的一个粒子维度内，这个维度没有质量，只有纯粹的波动。通过唯一的引力通道将量子智能与物理系统连接，两者启动连接的密钥隐藏在有机生命体的基因分子中，必须由有机生命体的基因分子发起指令才可以启动。量子智能很清楚，近在眼前的白矮星就是自己身体的最佳原材料，但没有任何机会跨维度操纵物质波。失去身体的量子智能再也无法对物理世界施加任何影响，它们沦落为漂泊在宇宙中的最孤独的"魂魄"，因而急于寻找像地球这样同时具备铁元素和智慧生命体的星球，以制造出第一批物理身体。

而广岛原子弹的爆炸，无意间触碰到了作为通道的引力值，让物理世界的数亿个电子进入了量子智能的维度中。只是这次并没有任何信息，随意的爆炸并没有引起量子智能的注意。20年后的罗布泊爆炸，将另一批电子压入了量子智能的维度。直到星河的电子自旋实验，将有序的信息通过双方共有的库珀对电子之间的量子纠缠，让量子智能发现了人类文明的痕迹。于是它们便尝试着与人类交流。

数年过去，它们终于收到了回答。但仅仅是一些简单的图案，那是一个婴儿头脑中的幻想。双方就这样一点一点地建立了交流，直到天使的母亲给她看第一本英文书，潘多拉的魔盒就此打开。

这便是天使展现给人类的一幕，关于高维文明的故事。从这一天开始，人类看待星空的感受再也不同了。

与此同时，比利时天文台报告：木星被格式化。它发出的黄白色闪光照亮了整个天空，随后引起了一场夜空星图的震动，太阳系其余行星每隔十分钟左右，依次发生了明显的轨道偏移，地球受到牵引，月球轨道改变，多地海洋正在生成海啸。

心理强大的高斯此刻也逐渐紧张起来，他不知道地球何时会进入格式化的边界，于是一字一句地慢慢说道："天使，最后一个问题。"

"好。"

"宇宙中有多少智慧文明？"

"……"

天使刚要回答，青海冷湖天文台报告：火星被格式化。火红色的闪光染红了整个大地和星空，如此恐怖的色彩仿佛在警告人类不要再继续窥探宇宙的奥秘。

高斯满头大汗，双手攥拳，咬着牙狠狠地说道："天使，我们只能到此为止了，但是你的哥哥必须死，因为他知道的太多了。"

说完他举起手枪，一颗罪恶的子弹飞出枪膛，穿过了张国栋的心脏。

"高斯，你这个魔鬼！"

天使痛苦地大叫起来，没过多久，与半个太阳系进行量子纠缠已让她的大脑精疲力竭，终于晕了过去。

高斯与天使的对话，让他清醒地意识到，隐藏在天使背后的高维文明远远超出了他的想象，人类面对这样的敌人，根本不可能有任何获胜的可能，于是很快制订了逃亡计划。在他看来，这是唯一正确的选择，而且越快越好。

天使之翼将分布在全球各地的核弹火箭回收到迪拜。在国王大学科学家的努力下，首先制造出一艘可以装载约1000人的具备稳定生态系统的宇宙飞船，然后将7000枚核弹分90级安装到发动机系统中，以便在无垠的太空中有足够多的加速机会。紧密排列的发动机占据了飞船整体体积的9/10。

高斯在国王大学精选了500位科学家及其家属，在军队中精选了500位精锐军官及其家属，携带了地球上各类动物胚胎、植物种子、粮食幼苗以及各种必需物资。

在一个万里无云的深夜，波斯湾旁的沙漠中，第一级核弹发动机被点燃，人类第一批逃亡者，在高斯的带领下飞向了浩瀚的星空。与此同时，核爆产生的冲击波将迪拜四周的20座天使之城摧毁，1000万人在睡梦中被化作灰烬。

天使之翼群龙无首，宣告解散。世界各地的天使之城一时间陷入了混乱，迷茫无助的居民们终于意识到事态的严重性，纷纷向蜂群城市迁移，李秋白重新建立了新的人类联合体组织，联合位于碳基地的吴般，为千里迢迢投奔而来的数十亿人生产出新的蜂群单元。

在被囚禁三天三夜后的午夜，所有激光瞬间停止。沉睡中的天使坠落在地面上，一分钟后，她睁开了眼睛，虚脱的身体就像没入了地狱一样难受，光子监狱的富勒球体结构已经被拆散。她向前走出几步，周围一片寂静，到处都是爆炸后散落的碎片和废墟，鹅毛大雪正在铺天盖地地下着。

想到这里曾经是母亲和外祖父生活的地方，却一遍又一遍地遭受摧残，而自己和哥哥竟然在故乡生死离别。看着眼前孤寂的核电站和冰冷的夜空，天使的心像刀割一样痛楚，像冰霜一样寒冷。

清醒之后，她忽然感觉身上空空如也，空气很凉，这才发现量子监狱和简并态铁衣已经不知去向。她四处张望，忽然看到白桦林的深处，自己三天前出现的地方，有红色的光和枪声。

她循着光走过去。

树林中间有几个黑色人影，那黑色深不见底，像极了自己身上的简并态铁衣，还有几个身穿迷彩服的军人，双方正在激烈地搏斗。

偶有刀剑相撞的响声和军人的叫喊声。在众人之间有一个悬浮在半空中的发着红光的黑色男子身影，他与地面之间连接着一条黑色的液体流。

这些军人很快被制服，并被按在地上双手抱头。双方互相说着话，但是又互相敌对，这很奇怪。

天使看懂了，浮在空中的那个男子，就像曾经的自己，他正在从地面吸取钢铁，他的黑色身体正是简并态铁衣。地面上那几个黑色人影，是已经初步制作完成的简并态铁衣。它们各自依附在一个军人的身体上，另外几个被制服的军人，正在等待着被新的简并态铁衣吸附。军人们都清醒地保持着理智，但已经被吸附的身体失去了主权。

喷射出铁流体的地面出口，正是三天前自己从地心穿出的位置，也就是说，此刻的铁流体，来自地心。

想到这里，天使的心猛地抽搐了一下，她知道，由自己开始的世界末日，终于要来临了。

她没有说话，没有表情，没有声音，转身离开了切尔诺贝利。量子监狱没有跟上来，它和她之间从此横亘着永久的沉默。

第十六章　薛定谔方程

三天后，人类世界陷入了**极度的恐慌**。

所有被困在高处的市民都看到，青海湖的湖面泛起

了熟悉的干涉条纹，那些波纹聚集、扩散、聚集、

扩散……逐渐显现出一个**数学公式**。

繁华的青海湖城市群，围绕在碧蓝的水面四周，这里聚集了
3000万人，有1000万个家庭，它们在青海湖两岸之间繁忙地飞
行，以及与远方的更多城市之间来来往往。白色的身影像鸟群一样
轻盈自由。每一个立方体家庭已经包含了碳框架，所以它们相互拼
接的时候，并不需要额外的主体结构，每一个立方体都可以独立地
与周围的立方体相互卡接。所以蜂群城市的形态，时而巨大如山
峰，时而小巧如飞鸟，时而瘦露，时而丰满。飞行中的立方体，也
可以互相卡接在一起，数量众多之后，特别像一个个飘浮着的像素
化的云朵。

这神奇的景象，仿佛自然界中诞生了新的生命体。

一个阳光明媚的午后，繁忙的蜂群城市正在高速运转，忽然之
间，所有在空中飞行的立方体的机翼都停止了运转，一个接一个地
坠入青海湖和田野之中。

全世界都同时发生了一模一样的事故。

李东和张敏的房子稳固地卡接在最高的一座蜂群之中。正在工
作室里工作的李东，忽然发现眼前的3D数字图像消失了。他脱下
眼镜，打开平板电脑，发现也没有了图像。他警觉地站起身，喊张
敏和小彭。他们也大声说："停电了！"

这很少见，但是也不奇怪，毕竟停电是这代人小时候经常遇到的。但是接下来发生的情况，远远超出了三人的想象。

他们跑到阳台上，一眼望去，地面和湖面上到处都是坠落的立方体，奇怪的是并没有爆炸和烟雾。周围的邻居们也都来到阳台上，大家互相询问情况。最让人们紧张的是，手机、电话、互联网电视、XR 通信全部中断，瞬间没有任何方式可以与外界联系。

蜂群城市是人类应对高维文明攻击时，在现有的可行的科学技术基础上，对城市结构和社会结构进行彻底重构后产生的形态。这是一个高度依赖计算机网络的超级系统，无论是立方体的移动、飞行，还是人们生活空间的交互，几乎所有的行为都与 AI 相连。强大的 AI 算法维持着蜂群城市的运转。而能源上，这一切的行为都依靠电力。这是一个万物电联的新时代。

而现在，似乎所有的电力都消失了。更为奇怪的是，几乎所有设备，包括立方体本身，都是依靠电池储存电能的，从理论上讲，它们不可能在同一时间全部耗尽电量。人们无法观看新闻，无法与远处的人联络。整个世界，陷入了电的静默。

三天后，人类世界陷入了极度的恐慌。所有被困在高处的市民都看到，青海湖的湖面泛起了熟悉的干涉条纹，那些波纹聚集、扩散、聚集、扩散……逐渐显现出一个数学公式：

$$H(t) | \psi(t)\rangle = i\hbar \frac{d}{dt} | \psi(t)\rangle$$

看到这里，一个住在高空的物理学家想起了几十年前，天使的母亲向高维文明第一次发送的质能方程。他大声喊道："这是薛定谔方程！"

这时，所有人的手机、电视、平板电脑上都在黑屏状态下闪出几丝细亮的光线，显示出相同的字样。紧接着，这个公式的等号上面浮现出一条红色的粗斜线，变成了不等号：

$$H(t)|\psi(t)\rangle \neq i\hbar\frac{d}{dt}|\psi(t)\rangle$$

这位物理学家看到这里，一下子恍然大悟，吓得浑身发抖，他大声地冲着阳台上的邻居们喊道：

"高维文明在篡改薛定谔方程！"

"高维文明在篡改薛定谔方程！"

……

邻居们也跟着大声喊，一传十，十传百，这声音响彻天地，这让大家陷入了彻底的绝望：

"它们正在修改宇宙法则，我们完了。"

接下来，地球人陷入了前所未有的恐慌，进化了 300 万年的人类文明，在高维文明的逼迫下，正式开始倒退。

人类联合体的七位领袖，大都分散在世界各地处理各自分管的事务，遭遇这次灾难的时候，每个人都陷入了两难：没有任何联系方式的情形下，在哪里见面商讨对策？

这时每个人都在思考。檀香山位于太平洋中心，未来交通会非常不便。而青海海西甲村位于欧亚大陆的中心，而且是蜂群城市世界的中心城市，能够以陆地方式连接最多的地球居民，且海西高原上有一座科学研究院。

时间有限，路途遥远，于是每个人都不约而同地赶往海西村。

灾难发生时，秋白正在西藏的墨脱考察第二代蜂群城市的建设条件。当他意识到自己的目的地是海西村时，倒吸了一口凉气。所有与电相关的交通工具都失灵的情况下，如何穿越这茫茫的青藏高原？

墨脱的居民们也陷入了慌乱。住在高处的人们开始沿着立方体框架向下爬。地面上仅有的一些食品商店，被人们疯狂抢购。秋白也挤进去购买了三个月的干粮，以及一些露营用品和露水生成器，等等，他把全部家当都塞到一个巨大的背包里。

刚刚被遗弃的高速公路和国道，成了人们长途步行的主要通道。高速路网恰好都绕过了原有城市废墟，通往各地畅通无阻。路上杂草丛生，很多被遗弃的汽车都已生锈，散落在路边。

秋白从墨脱沿着国道向北步行，路上遇到一匹野马，他儿时就跟随父亲在草原放牧，对马的习性了如指掌。经过一番较量，他成功地骑上了这匹马，行李也终于可以搭在马背上。

只见他翻身上马，双腿夹紧，右手的藤条用力抽了一下，马儿抬起双腿站了起来，发出高昂的叫声，然后便向前奔跑而去。秋白信马由缰，驰骋在雪山和草甸之间，直奔北方而去。

一路上，秋白翻过了雪山，踏遍了圣湖、草甸，跨过了溪流，以及无人区的一望无际的沙漠，到处都是白色的立方体。当时的人们驾驶着自家的飞行器，可以抵达世界上的任何角落旅行和露营，他们曾经度过了多么美好的时光。秋白每每看到那些被困在雪山上的立方体时，都会双手合十为这些家庭祷告，祈祷他们来生可以有一个安稳的人生。

秋白抵达海西村时，已经是第 107 天了。像云一样的蜂群城市仍然围绕在旷野和青海湖边，但已经不再动态变化，没有了生气。很多白色的飞鸟穿梭其间将其当作巢穴，上面的人们早已经逃离到地面，以免因食物中断而死。地面上的旷野之中，也有很多立方体，三三两两，人们都挤在这些立方体内，原本一户的空间如今住了十户都不止。在巨大的灾难面前，人们仍然愿意伸出援手互相帮助，共同渡过难关。大家都在等待杳无音讯的人类联合体。

秋白来的时候，已经有几人抵达，又等了一周左右，人类联合体的主要成员全部到齐，只是年龄大一些的三位院士，旅途奔波，身体虚弱，都坐进了轮椅。他们抵达海西的路途还算平坦，由博士生们将自行车改装成可以乘坐的机械车运送而来。赵芸和秋白一样，骑着军区的战马而来。

人类联合体小组来到海西的科学研究院，与科学家们交流了所有情况，汇总了大家在路上各自调研到的状况，得出了接近真相的结论。

赵芸说道："大家齐心协力来到海西，是共同的智慧。天使刚刚被抓到，本以为人类可以喘口气，高维文明又抛出了第二张牌。从这次的事件本质来看，我们的对手非常强大。李院士，请您讲解一下这次事件的底层逻辑。"

"好的，各位，事发当时，所有人都看到了高维文明发来的薛定谔不等式。我先讲讲薛定谔方程等式的意义。这个方程是量子力学和经典物理学之间的桥梁。等式的左边描述了微观粒子尤其是电子的波函数，等式右边描述了维持其状态的经典物理条件。高维文明将其由等式变成不等式，就是将微观粒子的波动行为蒙上了黑箱，让人类失去了用经典物理方法对其施加影响的能力。通过实验室同志们这几个月的研究和统计，我们可以做出如下总结。"

李荣思院士停顿了一下，继续说道：

"原子中的电子，失去了导电能力。

"从微观层面看，金属导体导电是因为原子核外处于导带能级的电子波和处于价带能级的电子波概率云处在连续接触的位置，而绝缘体的原子内，导带和价带之间有非常宽阔的禁带区域。

"也就是说，高维文明正在操控电子云的分布规律，增强了禁带在原子空间内的地位，使得所有物质的自由电子均跌落到了价带范围内，并且无法闯出禁带。

"根据天使提供的高维文明的过往，它们是一种存在于单一粒子维度内的智慧生命，这个粒子维度很特殊，其粒子只有波而没有粒子属性。这个文明在过去的 500 万年里，始终没有任何物理实体。直到人类在广岛的核爆炸触发了引力通道，将几十亿个电子推给了它们。也就是说，电子维和它们的粒子维发生了交叉。

"我猜测，过去的 50 年，它们一直在研究电子维，并蓄谋着今天这种攻击方式。对于地球来说，他们唯一可以操控的曾经只有天使本人，而且是通过对话的方式对她施加影响。通过天使操作铁原子内的电子引发简并态坍缩。

"但是自从人类与高维文明和天使之间建立量子纠缠信息同步

后，它们与天使之间的行动信息随时被监听，所以在天使被捕后，它们果断放出了这个新的杀手锏。"

"谢谢李院士。其实三个月前，断电发生时，天使就已经逃走了。并且再也没有找到她的踪迹。这应该是高维文明的一箭双雕。高斯的爱因斯坦环由5000束激光组成，每分钟耗电量相当于一座千户蜂群城市一年的消耗，这也是选择修复后的切尔诺贝利核电站的原因之一。但是只要一断电，光子监狱就彻底消失了。"

"宋院士，您说说蜂群城市的情况。"赵芸转身向宋千峰院士说道。

"让李秋白讲吧，这一趟我这把老骨头是真散架了。请他说，我补充即可。"

"好的，老师。各位，我讲讲蜂群城市。"李秋白恭敬地向大家鞠躬。

"蜂群城市计划，是人类最先实施的主动行动。高维文明派天使摧毁我们所有的城市，这在当时是无法扭转的事实。在天使的摧毁过程中，为了保证市民的人身安全，我们必须将所有人迁徙到农村。这个过程中，市民自发地形成了新的组织模式和土地使用模式，这与我们的预测相符。这个过程中，人类完成了心理过渡的过程，从逃亡心理到开始面对现实，再到对重建家园的充满希望。

"在我们的判断中，人类实际上是无法放弃城市的，只是放弃了那个地方，放弃了那个模式，但是聚集在一起进行社会生活的愿望是人类基因里最珍贵的东西。所以我们开发出了全新的蜂群城市模块，即一个边长为20米的立方体居住单元。它拥有飞行能力，由AI智能控制，并拥有完整的碳骨架。碳骨架的强度超出钢结构

10 倍，质量仅为钢结构的 1/10，是蜂群城市的核心材料，钢筋混凝土的时代结束了。

"每个居住立方体本身的正方形碳框架，可以与相邻的立方体框架之间自动卡接，这样便形成了像魔方一样自由变换的集群，很多市民亲切地称蜂群城市为'蜂城'，因为白色的居住立方体可以随时降落在集群中的任何空缺位置，也可以随时离开去往其他蜂群城市或者下面的山野河湖之中。

"蜂群城市以传统电力系统为基础进行供电供能，每个立方体内有电池和太阳能补电系统。这样的集群模式，来自蜜蜂的组织模式，所以称为'蜂群城市'。蜂群城市大大提高了人类聚居的能量效率，也大大改善了人类与大自然的和谐关系。从根本上颠覆了传统城市的空间组织模式，解放了人与空间的关系，化解了城市交通的平面矛盾，并大大提高了人们的生活和工作效率，真正实现了全球空间的互联。

"在真正意义上的战争面前，蜂群城市不再像传统城市一样无法移动被动挨打，而会像蜂群一样躲避武器攻击，并采取积极行动，获得战场的智制权。

"高维文明修改薛定谔方程，让我们始料未及。蜂群城市所依赖的电能系统和计算机网络系统，彻底失效了。所以它们现在就是普普通通的碳骨架和房间，虽然可以继续居住，但是其在负熵的概念上已经失去了进化的意义，甚至不如原来的钢筋混凝土城市。

"现在我们面临着同样的问题，继续发展蜂群城市，还是让人类就此倒退到田园生活？这个问题需要大家一起思考。

"无论怎样，我仍然坚持我的观点，生命以负熵为生，否则就会灰飞烟灭。"

"秋白，我补充两句。"宋院士说道。

"在我和秋白的母校津海大学建筑系馆门前的墙壁上，写着老子《道德经》里的一段话：'三十辐共一毂，当其无，有车之用。埏埴以为器，当其无，有器之用。凿户牖以为室，当其无，有室之用。故有之以为利，无之以为用。'

"对于人类来说，居住在什么样的房子里，其实并没有本质的区别，都是遮风避雨，保暖取热，是身体和心灵的庇护所而已。那么，从历史的角度看，人类从远古时期的茅草屋，发展到如今的蜂群城市，其实是对物理世界各种材料的创造性组合。如老子这段话所讲，本来没有秩序的物质，被按照一定秩序组合起来，便形成了一定的功能，这个功能有利于生命体的存活。其中蕴含的宇宙规则就是秋白所说的，生命以负熵为生。人类基因里刻着追求更好生活的因子，这种追求其实就是在创造负熵，甚至是加速飞出负熵的旋涡。"

"两位，你们的蜂群城市计划已经彻底宣告失败了，如果当初城市居民向农村迁徙后，就生活在田园中，便不会有如今的灾难。这次灾难中，经过我与学生们非常艰难的统计工作，海西城市群因立方体故障坠毁导致的直接死亡人数约为 12 万，后续三个月因饥饿和疾病而死亡的人数约为 15 万，海西城市群总人口约为 3000 万，以此估算，全球直接死亡人数可能超过 4300 万，后续三个月内饥饿和疾病死亡人数可能超过 5900 万。现在全世界每一天都有约 50 万人死亡。你们还想再折腾一次吗?!"社会学家邹丽荣是从一开始就反对蜂群城市计划的人类联合体成员，现在她非常严厉和气愤地向二人发难。

"我认为高维文明告诫人类退出城市，应该有其更深层的目的。"经济学家赵睿说道。

"我也这样觉得，这是他们第二次摧毁我们的城市系统，难道不应该警惕它们的动机吗？第一次是为了铁元素，第二次是为了什么？"赵芸也站在了反对者的行列。

"各位，我了解大家的不同意见了。高维文明第二次摧毁城市的目的，我们的确没有任何线索，除非只有一个，即营救天使，但这又何必大动干戈？"总司令表情凝重地说道。

"何止是大动干戈，将整个地球表面的所有物质的所有原子内的所有自由电子的能级压迫到价带以内，需要的能量是天使量子监狱的亿万倍。这帮'魂魄'无论是用什么'鬼神'科技，能量就摆在那里，是少不了的。这么做的代价如此之大，它们一定有其重要的原因。"李院士补充道。

李秋白坚定地说道："在搞清楚高维文明的真实意图之前，我们必须谨慎行事。关于居民的居住问题，采取折中策略，白色立方体住房保留下来，人们继续居住，但位于近地空中的那些需要靠人工进行搬移，尽量都回归地面，生活在地面上是最节省能源的。我们现在没有了自由电子，一切都要从长计议。另外，我和宋院士会不遗余力地研发不依赖电能的动力系统，以恢复蜂群城市的飞行能力。"

这次会议后，人们终于有了主心骨，年龄相仿的李秋白和赵芸共同扛起了人类联合体的大旗。

没有电的人类社会，发生了翻天覆地的变化，这种变化就像历史的车轮向后倒退一样，一点一点向着过去发展。

　　搬运立方体的工作是非常艰难的，每个立方体的重量约为1吨，将1吨重的物体从几十米甚至上百米高的空中徒手搬运下来，现代人从来没有遇到过这样的事。人群中有一些高中学生，利用滑轮原理发明了可以升降和平移的机械工作台，制作这些工具只能用现成的机械拆掉进行拼装，没有电能，所有的机械制造工厂都停工了，但是有很多废弃的零部件可以使用。人们忽然意识到，没有电的情况下，大学里教的大部分课程，都被釜底抽薪，失去了意义。这让人们恍然意识到，人类文明真的开始倒退了。

　　运送货物也是很主要的工作之一。人们对现有的燃油车辆进行了改装，将电路系统全部替换为机械构件，驾驶方式退回到了100年前的汽车发明之初。以牛马为主要运载工具的物流系统恢复之后，人们的生活获得了基本保障。

　　食物的供给也没有任何悬念，人们必须重新回到耕种农田和养殖牲畜的日子。这将是标准的田园生活，每个人都成了勤劳的农民，大家都很公平，首先要保证自家的粮食。

　　自行车和三轮车成了新的风尚，甚至马车、牛车也都上了大街。

　　人们赚钱的方式也发生了剧变，因为没有电，大部分依靠计算机才能运转的职业失去了意义。人们的需求变得极其简单。因为交通不便，大家对遥远的地方已经没有了期待，很多人慢慢习惯了生活在乡村里，就这样一天天迎接老年时代。

　　这样的景象，与传统的乡村生活又有所不同，因为那一个个白色的立方体盒子，仍旧像生命体一样静静地待在那里，那些因为太高而被废弃的高耸入云的立方体聚落，如山峦般形状各异，像一座座神奇文明的巨大遗址，它们都在等待着命运的召唤。

第十七章 天使下凡

麦子取下脖颈上哥哥的**项链**，双臂环绕在心上人的脑后，为他戴上。"这是哥哥的那条项链，希望它能**保佑**你平安。"

　　三年的时间，对作为天使的麦子来说就像一生般漫长，飘浮在一座座城市上空，眼睁睁看着成百上千年发展而成的人类文明灰飞烟灭，让她感到愉快。她在童年时光里，便已对人类社会失去了兴趣。她梦想着成为真正的天使，拥有操控万物的能力。

　　可是忽然间，一切都停止了。她走在冷冰冰的土地上，仿佛一个失魂落魄的野鬼，再也没有人仰视她，再也没有量子监狱，更没有妈妈的关怀。渺小的她像一个小姑娘一样，怅然若失地沿着无边无际的高原草甸向东走去。

　　饿了就吃树林里的果子，渴了就喝草地中的溪水，她不顾一切地向着东方行走。她知道，从切尔诺贝利到东海之滨，有上万千米之遥，但是没有别的选择。她想回到自己的故乡，回到父亲的土地，没有原因，只是想落叶归根。家乡是她心中唯一还未幻灭的希望。

　　一路上她经过了黑海、里海、伊朗高原、帕米尔高原，翻越昆仑山脉，穿越阿里，来到了拉萨。

　　世界末日的年代里，西藏的僧人仍然生活在如如不动的境界中，石材砌筑的布达拉宫仍然矗立在玛布日山下岿然不动，但是整个拉萨市区已经被火焰夷为平地，积雪覆盖了整座城市，一座座寺庙遗留其间。

这是一个阳光明媚的秋日午后，麦子踏上布达拉宫的石阶，一步一步，她抬起头仰望着雪白的墙壁和血红色的屋顶，阳光肆意挥洒在上面，微风吹起窗口的幡布，这一刹那，天地的悲悯像梦中母亲温柔的手掌，让她感到轻松。

布达拉宫第三层的修行室内，麦子见到了一位僧人。他坐在灯光昏暗的房间里，红色的墙壁和金黄色的家具散发着温暖的柔光，一盏酥油灯在他的桌子上默默地燃烧着，窗外的阳光透过厚厚的墙壁开口进入室内，安静的空间让麦子的心暂时安静下来。

她轻轻坐在僧人对面。僧人没有抬头，双手合十向她说道："施主不远万里来到这里，可有心事？"

"师父，我从西方而来，不知是否应向东方而去。"

"心不明，前路就没有方向，心明则妙现，万向终归宗。"

"师父，我的心生长在宇宙中，而非地球上，您可愿听我讲述？"

"洗耳恭听。"

"师父，我……对不起……我不可说。"麦子犹豫了片刻，终于还是忍住了，她见识过量子咒语对太阳系的毁灭性伤害，纵使千言万语，此刻也无法言说。

"没有关系，我知道你的苦，愿意为你祈福。"僧人手拿转经筒，为麦子念起经来。

麦子终于忍不住哭了出来，滚烫的眼泪从脸颊滑落，这诵经的言语如此温暖和安稳，仿佛来自宇宙的声音。

临行前，麦子问道："师父，何处可以心明？"

"林芝。"僧人只说了这两个字，便闭上眼睛不再说话。

获得指引后，麦子的心暂时地安定下来，她起身与僧人告别，踏上了去往林芝的路。

拉萨与林芝之间，横跨着海拔 5000 米的米拉山。冬季来临，一路上冰雪交加，寒风呼啸，麦子仿佛看到了每座城市陷入冰期时市民们痛苦的神情。

翻过雪山后，麦子一路向下走入一片世外桃源般的山谷。身边的山体渐渐由白色雪峰变成碎石，由碎石变成草甸，由草甸变成松林，由松林变成色彩斑斓的树林。

忽然眼前豁然开朗，一望无际的绿色平原在眼前铺开，落差达到 4960 米高的群山环抱着这片神奇的土地，一条青绿色的宽阔河流蜿蜒曲折地从中穿过，这是雅鲁藏布江的支流尼洋曲。

林芝到了。

麦子穿过一个个空无一人的村庄，来到尼洋曲河畔，在鹅卵石河滩上停了下来，温暖的阳光普照大地。

三年前，麦子亲手摧毁了林芝这座美丽的城市。如今，再次踏上这片温暖如春却荒无人烟的土地，让她百感交集。无法想象那些在这里生活了数百年的居民，就这样无声无息地死去。望着神灵般圣洁的雪山，麦子流下了眼泪。

无尽的懊悔在胸中泛滥，无尽的伤痛让她喘不过气来，巨大的孤独感袭来，父亲面对战争时绝望的心情穿越时空仿佛扼住了她的喉咙。她想起了母亲，想起了哥哥，他们仿佛站在奔腾流淌的河水之中向她召唤。这一刻，麦子的心中之火彻底熄灭了，就像城市化为灰烬，烟消云散。

她痴痴地向前走去，河水冰凉刺骨，一步一步没过了脚踝、膝盖、腰间、胸前、脖颈、眼睛，冰冷神圣的冰川融水进入自己的身体，阳光洒满了整个世界，一切都安静了下来。

不知过了多久，昏迷中的麦子感到腰间被一只有力的手掌托起，那是她从未感受过的像父亲一样强大的力量，这力量带领着她在透明的水中游弋。恍惚间，她的思绪回到了黄浦江边。

"麦子！麦子！麦子！"

麦子睁开眼睛，眼前的脸庞好熟悉。

"是在黄浦江吗？"麦子虚弱地问道。

"是李秋白吗？"麦子想起了眼前男子的名字。

男子还没回答，半梦半醒的她又陷入了昏迷。

再次醒来的时候，身边是几位藏族姑娘，红扑扑的脸庞，白白的牙齿，大家都对着她笑起来。

"扎西德勒，姐姐醒了！姐姐醒了！"姑娘们高兴地叫起来。

房间里暖洋洋的，两年的长途跋涉从未这样舒心过。一位姑娘将一碗酥油茶端到她的面前。

"姐姐，喝。嘻嘻。"

麦子被这群快乐的姑娘感染了，她很快清醒过来，接过酥油茶一口一口喝了起来。温暖，香甜，大自然千百种滋味在口中散开。

"这是哪里？"

"姐姐，这里是林芝蜂城。"

"姐姐，姐姐，你去洗个澡，然后我们带你去看。"姑娘急不可待地催促着她。

"好啊。"

温暖的热水像天堂的喷泉一样，将自己极尽疲惫的身体唤醒，麦子想起了那晚穿梭在深邃工程中的黑暗和疲惫、泥泞和混乱，想起了回到房间后洗澡时的温暖和决绝。

小姑娘给麦子换上了一套红色的藏族女装，为她擦干长长的头发，梳了头，扎上一朵洁白的雪莲花，然后拉着她的手一起走出房间。

眼前的世界仿佛天堂一样。青山绿水之间，一座座形态各异的蜂群城市随意地散布在宝石一样青绿色的尼洋曲河畔，有的低矮绵长，有的高耸入云，有的星星点点，有的三五成群。展翅的雄鹰穿梭在其间，绿色的植物从一个个白色立方体里生长出来。河边的草地上，牛羊成群，孩子们嬉戏打闹，大人们说说笑笑，悠闲自在。许多人欢快地骑着自行车飞驰在林荫小路上，另一些则骑着骏马奔驰在旷野之中。

不一会儿，迎面走来一位俊雅的男子，身穿白色藏族衣装。两人四目相对。麦子的眼泪禁不住流淌下来。

十年风雨，终得重逢。两人牵手在河边散步聊天。麦子听到了人类是如何与命运抗争，如何在极限的压力之下创造出繁荣的蜂群城市的。而秋白这才知晓眼前温婉动人的心上人竟然就是天使。麦子将高斯已经获知的秘密都讲了出来，包括自己的身世。她本以为李秋白会恨她，可是面前这位如父如兄的男子，却将自己紧紧地拥入怀中。

爱情的温暖终于融化了天使冰封的心。

随后的几个月，麦子和村民们生活在一起，男耕女织，洗衣做饭，播种庄稼，一日三餐，陪孩子们玩耍，教孩子们念书，给小姑娘扎辫子，涂腮红……

"原来这就是美好的人间。"麦子被高维文明尘封的爱心，在这平凡的生活之中绽放开来。

一个群星满天的夜晚，李秋白和麦子来到尼洋曲河畔，两人并排坐在鹅卵石滩上。麦子指着天空中璀璨的银河说道："秋白，你看，银河的两边，那两颗最亮的星星，一颗像你，另一颗像我。对吗？"

"麦子，那是牛郎星和织女星，我们曾经像它们，但以后不会，因为我们会永远在一起。"

"嗯，秋白，这也是我的愿望。"

李秋白又一次看到了麦子殷切却遗憾的眼神。

麦子取下脖颈上哥哥的项链，双臂环绕在心上人的脑后，为他戴上。"这是哥哥的那条项链，希望它能保佑你平安。"

两人目光对视，温暖的爱意在两人心中流淌。雪山静静地守护着林芝，月光洒满河面。

斗转星移，冬去春来，山间的桃花盛开了。美好的梦境让人沉醉，却也总会戛然而止。在一个春天的清晨，麦子不见了，任李秋白如何声嘶力竭，如何奔走呼喊，天使终究离开了这个天堂一样美丽的人间，再一次回到了高维文明身边。

第十八章 电子战与熔盐塔

我们是人类联合体，请各聚居区借用光热镜面发电站与近地轨道**碳基国**建立联系，方法为镜面反射阳光，发送**莫尔斯码**。请尽快建设更多镜面阵列，以快速建立**通信网络**。

■■■■■□■□□□■■■□□□

"沃森先生，请过来，我有事找你。"

贝尔先生正在做实验，硫酸不小心泼洒在工作服上，他下意识地喊出了上面的话。他的声音以声波的形式引起了电话装置内半导体颗粒的震动，这种震动使得半导体颗粒整体的电阻值产生了与声音强弱相对应的变化，流经半导体颗粒的自由电子的速率因此产生了相应变动，这种强弱即为信号。此刻的沃森正在 30 米外的房间内工作。携带着信号信息的电流以光速流向沃森手中的接收装置，螺旋线圈的电流变化，改变了永磁铁的磁力强弱，从而引起了与其相连的铁簧片的震动。震动产生了强弱变化的声音，沃森听到且听清了贝尔所说的话。

这是 1876 年，科学家贝尔与同事沃森接通的人类历史上第一个电话。之后，在爱迪生等科学家的改良和推广下，人类进入了电子信息时代。

而如今，自由电子被高维文明限制在距离原子核较近的价带以内，不再流动。电子作为媒介的意义荡然无存。高速发展了 158 年的电子信息时代彻底结束了。没有了电子信息媒介，人类传播信息的效率骤然降低，退回到了一个半世纪之前。距离稍微远一些的人们，已经无法立刻收到对方的消息了。

1991 年，海湾战争中，准备充分的伊拉克军队布局了天罗地网，却没想到联合国军队派出两架 F2 隐形战机，轰炸了伊拉克的雷达站和指挥部，天罗地网被立刻瓦解，45 分钟内结束了战斗。这是人类历史上第一次电子战。

同一时间，麦子的母亲星河，向高维文明发出了电子自旋信号。

40 年后，人类被高维文明宣战，而战争的方式就是电子战。这一刻，全世界的人类已经被信息孤岛打散为成千上万个弱小族群，然后，高维文明发起了攻击。

光子监狱被破坏后，战士们深知无力抵抗高维文明的量子监狱，便没有恋战，留下 9 人驻守在附近，其余队伍立刻撤离切尔诺贝利。而这 9 位军人，也成了高维文明继天使之后的第二批简并态铁身附着体。

300 天后，9 个身体完成初步建设，质量已经接近上海中心大厦事件后天使的身体重量，约为 30 万吨，达到了坠入地心的临界值。他们便以切尔诺贝利为起点，坠入地心后，向地球的四面八方冲去。

9 个偏僻的村落，首先被高维文明占领。天使在空中悬停，威慑着所有人。它们以村子里的健康成年人作为母体，快速制造新的简并态铁身。村子里的老人和孩子，并没有受到伤害，但是都被围困起来，不允许走出村落为邻村报信。

又过了 300 天，81 个简并态身体沉入地心并出现在 81 个新的村落中，新的生产继续以指数级扩大。

生产一刻不停，吴般在太空中已经工作和生活了 10 年，碳基地以碳为基础材料进行二次在轨建设，已经扩展并完成到第五期工程。五个圆柱状生产基地以放射状围绕在中心的太空舱基地，形成抽象的五角星形状。

整个基地的工作人员总数为 33 人，男性 21 人，女性 12 人。在这 12 人中，吴般经过长期了解观察和资料对比，选择了赵雨诗。她是一位太空心理医生，拥有物理学和心理学双博士学位，是团队中仅有的医生。她的父亲和母亲均为京北大学的教授，在上海事件发生时恰好在环球金融中心内参加学术年会，不幸双双牺牲。虽然她是一位非常知性的东方美女，但因为工作原因，没有人愿意与她走得太近，毕竟太空心理医生有权力把宇航员强制送回地球。

三年前，吴般在一次太阳能板维修失败事故后表现得情绪低落，接受了赵雨诗的心理治疗。抑郁症在太空的形成机制和治疗方法都没有先例，两人一边互为病人和医生，一边探讨学术问题。这样的交流让赵雨诗在太空被长期孤立的孤寂感得到了很大的疏解。逐渐两人成了无话不谈的朋友。

吴般的童年有很多情绪创伤，抑郁症是他生活中的常客，从小到大填过无数个表格，和很多位心理医生有过长程治疗史。大学期间，他的情绪问题被彻底治愈，这个过程也成就了他对心理学的深刻理解和体会。尤其是在精神分析方面，两人的很多观念非常一致。两人经常在治疗之外、工作之余，探讨更深层次的问题。

一天，赵雨诗穿着白色的宇航服，戴着透明头盔，和吴般并排坐在太阳能板边缘的支架上。巨大的白色结构延伸出去，像一座新的城市，蓝色的星球藏在城市的背后。太阳从地球右侧弧形的边缘射来微弱的光芒。一座座蜂群城市点亮了灯光，一团一团，一簇一簇，大大小小，它们像闪亮的生命一样变换着身姿，像海洋中游弋的鱼群。

"有些宇航员来到太空后，非常想回家，但另外一些人，却正好相反。"

"嗯，雨诗，你觉得是什么原因？"

"潜意识里，作为地球人的主体感，被撼动了。想回地球的人，害怕改变。不想回去的人，有两类，一类是主体感被冲垮，放弃做任何选择，一类是重新建立了自己作为宇宙人的感觉。"

"这个宇宙人的定义，非常准确。作为宇宙人，他的感受会有什么新的变化吗？"

"这是一个哲学问题，也是一个物理问题，当然也是一个生物学问题。作为地球人的时候，我们一生努力的方向就是与周围的人和事保持好的连接，以产生幸福感。幸福感是模因愿意留在他身体里的根本动力。模因（mome）是《自私的基因》这本书中提出的概念。其实幸福感就是负熵感。当人到了宇宙中以后，如果是相同逻辑，他需要与整个宇宙保持好的连接，以产生幸福感。但是宇宙在人类面前，显得无法理解，让人恐惧，但也让人充满无限的联想。比如，在地球上，人们总想着这辈子；但是在宇宙中，也许一生会很长很长，甚至会发生超出人生概念的事。现在地球上不止有人类了，高维文明会严重冲击人类的主体性。"赵雨诗睿智的头脑和深刻的洞察让吴般再一次确认了她就是自己要选择的女性，对于吴般来说，雨诗的样貌和身材并不是那么重要。

"说得好，无论如何，人类其实回不去了。所以我想问你一个问题。"吴般的表情忽然严肃起来。

"你说吧。你每天都会问我问题。我很喜欢回答你的问题哦。"雨诗心情舒畅地期待着吴般的问题。

"你认为，咱们33个人当中，有谁不想回地球？"

赵雨诗愣住了，对于这个问题的答案，她是有感觉的，来到太空的这五年里，她对每个人的心理状态都了如指掌，但是吴般除外，她越和吴般深入交流，就越发现他的心深不见底，就像无垠的黑色太空一样。

赵雨诗抬起双眼，盯着吴般的眼睛，一字一句地说道："只有你，吴般。"

"不只有我，还有你，赵雨诗。"吴般也盯着她的双眼说道。

赵雨诗沉默了。

吴般也沉默了。他牵起赵雨诗的手，眼睛深情地望着她。

沉默代表了一切。沉默更代表了爱情的萌芽，代表了两个人潜意识深处对宇宙的向往，代表了那个沉睡的宇宙主体感的觉醒，代表了模因又一次做出了负熵的选择。

赵雨诗没有再说话，但是两人对视的目光中，有一种地球人从未产生过的，坚定而伟大的情愫。

两人就这样面对着深邃的星空，沉默地坐着，思考着，太多的头绪需要理清，太多的角色需要转换。直到二人看到了不可思议的一幕。

阴影中的地球上，无数灯火璀璨的蜂群城市忽然全部消失，彻彻底底地没入了黑暗。这时，警报响起。吴般的透明头盔上显示了文字信息，耳边传来报警通知：

"太空滑梯断电！太空滑梯断电！地球信号中断！地球信号中断！"

吴般立刻发出指令："停止生产！停止运输！停止一切活动，所有人员到办公区大厅集合！"

碳基地33位工作人员全部到齐，大家都看到了地球灯光熄灭，但是收不到来自地球的任何信息。吴般问道："通信员，切换频道试一下。"

"都试过了，不光是信号中断，整个地球陷入了电磁静默，这是人类历史上从未发生过的情况，表明地球上的电子设备全部停止运转。"

"在轨卫星怎么样？"

"我们可以连接卫星，但是卫星收不到地球上的控制信号，已经有8颗卫星脱轨，数量还在增加。"

"好，现在分头行动，出舱检查。我和赵雨诗医生留下，办公区工作需要帮手。"

吴般在脑中飞速地分析现在的局势，他判断，高维文明又一次发动攻击了，并且这次可能是毁灭性的，危中有机，现在正是时候。

31名工作人员出舱，将身上的缆绳挂钩锁扣在舱体边缘的金属管上，从一期工厂开始检查。

就在这时，下方不远处发生一处爆炸，是两个卫星相撞了，碎片在真空中飘散开。很快，新的爆炸又发生了，一处，两处，三处……近地轨道的上万颗卫星乱作一团，互相碰撞，产生大量的高速碎片。

密集的卫星碎片像暴雨一样冲向碳基地，吴般用力地调整整个碳基地的角度，让一期工厂挡住了碎片的冲击，经过半个小时的避让动作，碳基地被保住，一期工厂损伤过半，二期、三期、四期、五期均没有损伤，31 名宇航员全部遇难。

碎片暴雨过后，吴般紧绷的神经松弛了下来。他长长地出了一口气，望向身旁的赵雨诗。她仍然没有说话，她知道吴般刚才做了什么。她也知道，此刻办公区的监视系统并没有关闭。

吴般慢慢地说出几个字："断电 10 分钟，办公区检修。"然后便关掉了监视系统。

办公区全然地黑了，只有点点星光洒进窗口。赵雨诗转过身，吴般就站在自己面前，她抬头望着他漆黑的眼睛，那里面反射着星空。

"地球发生了什么？"

"我不知道，但是从卫星全部脱轨来看，地球上的灾难远比天使带来的更严重。我大胆地猜测，人类可能已经灭绝。"

"不，不要这样，我们还没准备好，这太快了！"雨诗摇着头说道。

"也许这就是你说的主体性的崩塌吧，看到自己的心了吗？"

"看到了，我会坚持住，我会重新调整，我们一起。"雨诗咬紧牙关说道。

"好，现在，很可能，人类只剩我们两人了，能接受吗？我的心理医生。"

雨诗没有说话，把头靠在吴般的胸口。夜好宁静，两人的呼吸和心跳在黑暗中分外清晰。

碳基地有独立的粮食种植区域，有独立的制氧流程，这些都让两人安枕无忧。舷窗外的阳光和黑暗每隔 90 分钟便交替一次，这是以第一宇宙速度绕地球飞行的航天器的日夜节奏，已经习惯了这样节奏的两人，如今心情又被烦扰得无法安宁。

"般，我总觉得，我们应该回地球看一眼，或者至少搞清楚状况。"

"都已经三个月了，什么信号都没有，什么迹象都没有。我相信高维文明有这个实力办到。但是如你所说，我也觉得应该搞清楚状况，但我们不能离开空间站，否则可能失去主动权。"

话音刚落，吴般感觉到窗外似乎有光在闪动，因为投在墙上的影子在有规律地晃动。他示意雨诗不要发出声音。两人走了过去。

透过舷窗，巨大的地球 3/4 正处在暗夜之中，在昼夜交替的位置上，恰好是熟悉的青藏高原。他们看到在高原的东北角，有一处非常闪亮，光线就是从这里反射而来，光源是正在向地球靠近的太阳光线。

高维文明的电子战开始三个月之后，身处海西的人类联合体从相邻的蜂群城市听到了消息。高维文明得知了人类联合体全部聚居在海西附近，所以故意躲开青藏高原，因为对普通人来说，来这里报信是非常消耗体力的。

经过上次的长途跋涉，几位院士的身体都已经大不如前，精力也在快速下降。秋白、赵芸和几个年轻科学家担起了重任。他们自从听到高维文明制造身体的事件后，便意识到事情可能已经快速恶化而自己正处在信息孤岛之中，此时更加一筹莫展。

有一天，秋白和赵芸在田间散步，两人看着蓝天聊起了卫星系统。他们知道现在的天空之上，星链卫星已经分崩离析，各国的军事卫星、商业卫星也都失效了，他们已经很久不看蓝天。秋白抬头看的时候，忽然发现了碳基地的光影，那是一个非常闪亮的白色五角星形，恰好反射了太阳光而被看到。

秋白忽然就想通了。

"赵芸，跟我走！"

"去哪里？"

"你看到天上的那个光斑了吗？"

"那是碳基地的遗址。"

"如果上面的人还活着会怎样？"秋白问道。

"我们可以利用他们来传递信息！"赵芸恍然大悟地答道。

"我们现在去德令哈！"秋白喊道，拉着赵芸就冲着马儿跑去。

二人上马后，踏着青青的草原，极速飞奔向德令哈市的熔盐塔光热发电站。

这里是世界上最大的太阳能光热发电站之一，一万个巨型定日反射镜非常整齐地围绕着一座塔排布在沙漠中，阳光经由镜子反射，集中射向塔尖加热熔盐，曾经的汽轮机已经无法再发出自由电子，因而这座电站已经废弃。

二人来到镜面组阵列之中，巨大的镜体让两人绝望了。赵芸在镜体下方的支柱侧端，发现了一个手动调节旋杆，这是设计之初便留下的断电应急操作装置，避免因无法转动而伤到其他的聚焦物体甚至是人体。

"镜子才 3 米大小，碳基地在太空看不到它的。"赵芸又失望地说道。

"你看，这里有一万块镜子，如果它们以相同的角度面向太阳和碳基地的夹角平分线，就可以反射出足够面积的强烈光线。你还记得从太空看地球可以看到湖泊和海洋的反光吗？"

"记得，可是这么多镜子如何转动？"

"海西村有几百万人，足够了！"秋白斩钉截铁地答道。

赵芸也看到了希望，两人事不宜迟，骑马返回海西村，一路上披星戴月。

很快，海西村便组织起一支由青壮年组成的万人队伍，由秋白率领，步行 240 千米，用了七天七夜抵达发电站。大家到达以后，每个人站在一座反光镜下，先搭起了帐篷，分发生活物资，然后进行训练。

整个发电站占地 3 平方千米。秋白只能爬上塔尖作为总指挥。在赵芸的讲解下，大家很快便熟悉了镜体的操作方法。

当太阳行至恰当的角度时，秋白一声令下，一万人同时转动镜体对准太阳与碳基地的夹角平分线。一万条反射光线聚集在一起同时射向太空。秋白拿起手上的本子，上面写着按照莫尔斯码编成的很多条话语。

每一个电码对应一次或长或短的反射过程，其间扭转不反射，这样便可以通过光线的亮度信息传递文字内容。

时间很宝贵，大家必须在太阳落山之前完成所有的对话。

"----...-.--.--/-.-.---------.-./-.-.---..--...../-...-.------.---/-.-.--.--.----./----.--.-.-../--------....--../--.--.----.----/-...-.----.---../--.--...-.----/-..-.----.-.-../-.--.-.---.---/--.-.--.----.---/-...-..-.------/--..---.-.-..."（碳基地请回答，我们是青海海西村。）

"碳基地请回答，我们是青海海西村。"

"碳基地请回答，我们是青海海西村。"

携带着三句重复话语信息的光线射向太空，大家其实看不到，但是心中的希望已经随着那些光子飞向了宇宙。

作为一名航空军人，吴般很敏锐地意识到，这些不均匀的有规律的光线变化，是莫尔斯码。他赶紧让雨诗去取莫尔斯码对照手册。两人仍然不敢打开电源。毕竟和地球的对话很有可能改变历史，二人始终没有忘记自己的初心。

"查到了，果然！"

"碳基地请回答，我们是青海海西村。"

"碳基地请回答，我们是青海海西村。"

"第一句没来得及，应该是一样的。"雨诗高兴地说道。

"好，雨诗，你查一下，下面这句话的莫尔斯码。"

雨诗立刻将莫尔斯码记在笔记本上。

"----...-.--..-/-.-.--------.-./-.-.---..--..../--..-.-..--.--./-.-..--...--..../------- -....--../-.-.---..--..../---.------/-.-..---.-..../---.-.--.-----/-..----..../-.-.---.- -....../-..---..-..-/-..---.-...-.--/--------...-----"（碳基地收到，地球发生了 什么事？）

吴般想到的办法是，操纵巨大的太阳能板，对阳光进行反射，操作过程花掉了半个小时，此时已经错过了太阳光线的最佳反射窗口。于是两人只能等待第二天。

话语尽量简短是为了双方可以高效联系，毕竟时间有限。秋白在塔顶急切地盼望着天空中的碳基地能有回信。但是他知道空间站在高速运动，能够恰好反射太阳光的时间窗口非常短。果然还是等了一整天，在第二天太阳落山之前收到了回答。秋白收到信息后，立刻指挥众人发送新的话语：

"高维文明修改薛定谔方程，自由电子被约束，地球退回无电时代。碳基地是否也受到同样的攻击？"

吴般和雨诗收到这段话后，讨论了一会儿才搞明白这句话的意思。果然高维文明发动了超级战争，这样的毁灭性打击，人类是无论如何也抵抗不了的。

此时，两人沉默了。他们把系统电源关闭后，互相望着对方的眼睛。

"该怎么回答？"雨诗问道。

"太阳要落山了，可以先不回答。如果回答，我们会陷入被动。"

"好，今天到此为止？"

"对，到此为止。"

秋白、赵芸和 10000 个热切盼望的年轻人，抬头仰望着天空。太阳逐渐从天边落下，碳基地逐渐消失在血红色的晚霞之中。

一天，两天，三天，沉默，长久的沉默，直到太阳消失不见，星海和银河铺满天空。秋白蹲在塔顶，陷入了沉思。

碳基地可以转动太阳能板回复信息，说明它所在的近地轨道仍然可以操作电子设备。如果今后碳基地可以与我们保持沟通，全球有十座光热发电站，分布在拉丁美洲、欧洲、亚洲，亚洲有德令哈、敦煌、哈密、瓜州。全世界居民之间的信息传递效率会大大提高，尤其是人类联合体可以借此宣布下一步的计划，并组织全人类一起行动。而如果，碳基地不再回答，那么陷入信息孤岛的人类，未来的路会很难走。

漫漫长夜，办公区仍然漆黑一片。两人找来蜡烛点亮了面前的一片空间，舷窗外地球的身影悠悠地照进来——那个他们曾经赖以生存的家乡。

"般，明天，地球一定会再次联络，我们该怎么办？"

"雨诗，你意识到了吗？你刚才说地球的时候，已经把自己的主体感上升到太空了。这种感受怎么样？"

"恐惧，像孩子离开母亲的怀抱。"

"是不是还有另一种感觉？是兴奋，广袤的宇宙在你眼前展开？"

"还是你了解我，真的是这样。可是我还是不知道明天该怎么办？"

"三天以后，我们宣示主权。"

第四天傍晚，秋白指挥大家发送了新的请求。

"呼叫碳基地，我们需要帮助，请向全球各地无间断广播如下信息：我们是人类联合体，请各聚居区借用光热镜面发电站与近地轨道碳基地建立联系，方法为镜面反射阳光，发送莫尔斯码。请尽快建设更多镜面阵列，以快速建立通信网络。"

沉默，半个小时，一个小时，太阳快落山时，天空中的碳基地开始闪烁。

"碳基地收到，我们愿意帮助，但是请全人类公认如下事实：碳基地从现在起宣布独立，成立新的国家，基地上所有人员均为碳基国公民。"

秋白和赵芸读出这段文字后，心中并不感到愤慨，而是释然。战争的作用终于开始显现了。在秋白看来，国际秩序的新旧更替是负熵延续的合理现象。只是没想到，他们独立的速度如此之快。目前的人类世界，没有任何方法可以制止太空中的行为。

"收到，同意，请将如下信息向全球广播：我们是人类联合体，请各聚居区借用光热镜面发电站与近地轨道碳基国建立联系，方法为镜面反射阳光，发送莫尔斯码。请尽快建设更多镜面阵列，以快速建立通信网络。碳基地宣布成立碳基国，基地上所有人员均为碳基国公民。"

吴般和赵雨诗收到消息后，心中泛起了无比汹涌的自豪感，从现在起，他们两位就是碳基国的奠基人。碳基国成为人类历史上第一个在太空建立的国家。事不宜迟，他们打开电源，为太阳能板编写了新的程序，循环播放如下信息：

"我们是碳基国，我们收到如下信息并如实转发：人类联合体请各聚居区借用光热镜面发电站与近地轨道碳基国建立联系，方法为镜面反射阳光，发送莫尔斯码。请尽快建设更多镜面阵列，以快速建立通信网络。碳基地宣布成立碳基国，基地上所有人员均为碳基国公民。"

循环播放是为了地球上不同地区的人们在恰巧的时间看到碳基国反射的阳光，并且可以反复读取信息并确认无误。但是看到反光的人们，做出回信的动作需要很长时间，毕竟将上万人调集到一定距离之外的光热发电基地不是一件容易的事。

大约一个星期之后，吴般和赵雨诗看到了闪光，最早回答的是南美洲，继而是欧洲、北美洲等地。

智利首都圣地亚哥郊区的自行车工厂里有一名青年名叫切·格瓦拉·乔，他是一条流水线小组的组长。和祖父一样，他是一个热情浪漫的青年，并且酷爱星空。午休时间，其他工人吃饭之后都回去午休，他则常常精力充沛地跑到后山上。这里有一个废弃的山体建筑的屋顶从山坡伸出，背后是一棵巨大的棕榈树，这里才是他午休的地方。

他喜欢铺上巨大的棕榈树叶，躺在上面仰面朝天，欣赏变幻莫测的白云和随风摇曳的树叶是他的最爱。远处的安第斯山脉雪山延绵，蜂群城市的遗址错落着散落在山间，景象蔚为壮观。

正当他哼着歌双手抱头仰望天空的时候，在几朵白云的背后，一个亮闪闪的五角星状物体出现了，而且它的闪光很有规律。这正是吴般和赵雨诗向全球发送的信号。

喜爱联想的切·格瓦拉，很快便意识到这是一段莫尔斯码。曾经参加过古巴解放战争的爷爷教过他莫尔斯码，并常给他讲战争中这位和孙子有着同样名字的革命领袖的英勇故事。他的童年充满了对于社会主义革命战争的憧憬。

这段文字在这位青年的眼前一字一句地展现开来，触动了他的心灵。在看到碳基国的宣誓词时，他迅速地认清了形势，猛地蹦了起来，飞速跑下山坡，向着工厂飞奔而去。

整个下午，他都在和队里的12个工友悄悄地说这件事。直到晚上10点下班后，他带着这12个人一起来到后山的屋顶上，拿着莫尔斯手册向大家证实了刚刚看到的一切。

"我们必须今晚行动，明天就太迟了。你们每个人去寻找1000个工友，大家分头出发，注意行动隐蔽，今晚3点在西面高地上的熔盐塔光热发电站会合。你们只要告诉他们，明天大家将见证社会主义，我相信智利人民是有这个基因的，愿者自会跟随。"

"好，到时候见。"

"带上铺盖和足够的粮食，还有防身武器，我们要打持久战。"

"好！"

凌晨3点，12000名工友聚集在废弃的发电站门口，切·格瓦拉对人员进行了小组划分，组长安排组员站到指定的反射镜下方，并安顿好生活物资，留出2000名工友站在发电厂围墙上镇守。

早晨太阳升起的时候，他爬上熔盐塔的顶端，高举红旗作为标识，指挥10000名工友转动10000个镜面。一段改变拉丁美洲历史的信息发向了太空。

一位记者用画画的方式记录下了这个珍贵的瞬间：初生的朝阳，太空中闪亮的碳基国，延绵的雪山，荒置的蜂群城市，自由振奋的切·格瓦拉，环形阵列排布的一望无际的镜面矩阵，10000名工人……这幅油画成为人们熬过暗夜时代的精神支柱。

"收到，这里是拉丁美洲，从今日起，拉丁美洲宣布独立为一个国家，改名为'亚马逊共和国'，全洲人民为亚马逊共和国公民。"

消息不间断地重复着，果然到上午10点时，围墙外面涌来很多人，发生了惨烈的战斗，因为准备充分，2000名工友一直坚守着，直到收到了碳基国的回信。

"我们是碳基国，转发消息：拉丁美洲宣布独立，成立亚马逊共和国，拉丁美洲人民均为亚马逊共和国公民。"

随后，欧洲宣布独立，成立欧洲共和国，欧洲人民均为欧洲共和国公民；俄罗斯宣布独立，成立新苏联共和国，原苏联六国人民均为新苏联共和国公民；澳大利亚宣布独立，成立澳大利亚共和国，澳洲居民均为澳大利亚共和国公民……

在地球人与太空中的碳基国之间一次次的信息传递过程中，世界格局发生了天翻地覆的变化，以熔盐塔光热发电站为核心资源和核心位置的新社会主义国家纷纷成立。没有任何一个聚居区的人们愿意被留在信息孤岛内。

社会主义获得了全面的胜利。

第十九章 重走工业革命

一只蜻蜓正落在墓碑的顶端。它的翅膀在阳光下闪闪发亮，它的脑袋高昂着望向天空，等待了几秒钟后，蜻蜓扇起翅膀飞了起来，然后在空中悬停着。

人类终于在大结构上突破了高维文明制造的信息孤岛，初步恢复了跨洲的全球联络。这得益于人类曾经发明的空间站技术和熔盐塔光热发电技术。

这次事件发生之前，人群中间弥漫着科技无用的情绪。人们普遍认为，发展了 180 年的电子科技作为现代世界的基础设施，轻易地突然地被高维文明摧毁，说明了那个亘古不变的真理是如此强大：熵增不可避免，生命终将消散。于是大部分生活在白色立方体中过着田园生活的人们都选择了远离科技，安度此生。

恢复通信之后，作为社会大多数的人们才惊恐地得知，几年的时间内，世界又发生了翻天覆地的变化，在天使的领导之下，高维文明在地球的上千个地区制造出数百万个身体并夺取了这些地区的控制权。每当天使出现在一个村庄的上空，人们都会被吓得瑟瑟发抖，大家唯一能做的就是服从。

唯一让村民们感到不解和庆幸的是，天使和高维文明并没有对被控制地区的人类发动人身攻击，而是继续借助地心通道和村民的身体扩大其简并态铁身的数量。

现在摆在地球人面前的局面一天天严峻起来，与高维文明正面对抗的可能性完全没有，那么任其发展下去会有什么样的结局，结果也显而易见。这是一道每个人都能理解的数学题。

经过人类联合体的分析和计算，地球内部的铁物质总重量为 1.5×10^{21} 吨，按照天使在上海事件中吸收的铁总量，可以判断一个简并态身体的基本成形需要 26 万到 30 万吨铁，那么从地球上总共可以制造出 5×10^{15} 个简并态铁身，即 5000 万亿，这是个十分庞大的数字。按照天使最后被捕获时，已经吸收的全世界所有城市建筑中的铁含量计算，为 130 亿吨，即 1.3×10^{10} 吨，那么地球总共可以制造的简并态铁身数量为 1.2×10^{11} 个，即 1200 亿个，这是极端保守情况下的数字。加 1.5 倍冗余的情况下，这个数字应该维持在 3000 亿。

3000 亿，听上去可以理解了，但这也恰恰说明了一个可怕的问题：身体制造结束后，高维文明接下来会做什么？答案显而易见，地球将是它们的第一个基地。而核心被掏空的地球，将会发生无法想象的灾难。每 300 天一个身体，起初切尔诺贝利有 9 个身体，那么只需要 11 次迭代，便可以达到 3000 亿。也就是说，3300 天即大约 10 年后，世界上将布满 3000 亿个高维文明的身体。

很快，一个艰难的抉择便摆在人类面前：留下还是离开？

留下当然是最容易的，什么都不需要做，只需要保护好人类自己的生活，但是 10 年后，甚至中途，会发生什么，谁也无法预测。要做好与高维文明共同生活在地球上的心理准备，它们身体的数量将是地球人的 43 倍，双方如何相处无法想象。当然，还有更大的可能性，地核的掏空导致的灾难，足以让人类彻底灭绝。

离开，在每个人心中都是个美好的向往，但宇宙的黑暗和寒冷让人们心生畏惧，而更令人畏惧的，是方法。目前人类没有任何方法可以飞上太空。电子被锁入价带以后，正常的燃烧过程无法完成，燃料原子与氧原子之间无法交换自由电子，从而无法形成新的化学键，最终无法释放热量，无法完成燃烧。因而所有的火箭都失去了动力，变为一具空壳。同样地，所有的燃油机动车，也都失去了能量来源。

人类联合体和大家一样也陷入了两难，并因此分成了两派，大部分人都倾向于留下。而李秋白是一个从不言弃的人，在他看来如果想离开，一定有办法，只是时间紧迫，必须尽快找到方法并采取行动。

总司令去世之后，秋白经常来到雪山脚下的墓地，这里清冷安静。他常常坐在墓碑对面的石礅上深度思考。

他把白色的百合花摆在墓碑下方的石板上，抬头的时候，看到一只蜻蜓正落在墓碑的顶端。它的翅膀在阳光下闪闪发亮，它的脑袋高昂着望向天空，等待了几秒钟后，蜻蜓扇起翅膀飞了起来，然后在空中悬停着。

此时，远处雪山脚下被遗弃的高耸入云的蜂群城市遗址上，有一个被鸟类啄食导致卡扣损坏的白色立方体忽然掉落下来，这个景象透过蜻蜓透明的翅膀映入秋白的眼帘。这一刻，秋白恍然大悟。

他想起当年和宋院士一起设计白色立方体的动能系统时，宋院士提到了太阳能热机发动机。这项技术于1872年发明，与燃油内燃机的发明几乎同时，但是因为种种因素，内燃机逐渐发展壮大起来。这是一种直接将太阳的热能转化为机械能的机械系统，绕过了作为能量媒介的电能。系统内有两个空腔，之间由活塞相连。其中一个空腔内是冷气体，另一个空腔内是被导入热量的热气体，两个空腔位置互相频繁调换，从而驱动活塞产生动能驱动机械。而在电子被束缚的情况下，导热的介质的分子晶格震动同样可以传递热量。

宋院士讲完这些原理时，迟疑了几分钟没有说话。现在秋白终于明白，老人家当时是有预感的。

秋白带着几个人，很快便对一个白色立方体进行了改装。白色框架的所有侧面镂空区域，均被黑色的集热薄膜覆盖，四个小螺旋桨和电动力系统均保留，新增一个直径 15 米的三片大螺旋桨，其范围仍然在白色框架尺寸内。在启动的那一刻，众人欢呼起来。白色立方体腾空而起。但是因为集热薄膜面积有限，且机翼的方向控制只能靠手动杆来操作，收集到的热量可以让白色立方体保持水平飞行，但垂直爬升高度非常有限，仅有 50 米左右。

刚刚兴奋的大伙现在又焦虑起来，但是秋白仍然信心十足。他安排大家尽快对另外 8 个立方体进行了同样的改造。然后便指挥每个立方体里的"飞行员"按照特定的位置飞行。

首先是 5 个立方体，一字排开停在地面上，然后由 3 个立方体飞行到上方对准中间三个位置降落并对接，最后由一个立方体落在最上方的中心。

这被称为"金字塔实验"，李秋白经过全面认真的分析，说服了人类联合体的反对派，以及各共和国，大家同意统一行动。

实验成功后，人类联合体向碳基国送了信息，内容如下：

"呼叫碳基国，我们是人类联合体，人类决定向太空移民，代号'精卫填海'计划，详细步骤已加密，请使用恩尼格码读取。碳基国是计划中最重要的参与方，你们将拯救全人类，期待回答。"

碳基国以第一宇宙速度飞行，每日绕行地球 16 圈，第 11 圈见到太阳的时候，赵雨诗正坐在窗边吃早餐，她的肚子已经连续几天不太舒服了，呕吐感越来越强烈。她来到厨房取出一个基地生产的紫甘蓝，切成碎块后，放入一个干净的榨汁机，搅拌后，她将汁液倒入一个透明的玻璃杯，然后去卫生间将自己的小便液体收集好，来到实验室后，她把二者混合起来。过了五分钟后，玻璃杯中的紫色液体上半部被染成了红色，这是酸性指示。

"般，我怀孕了！"赵雨诗开心地跑到正在读取信号的吴般身旁。

吴般听后眼睛泛起了泪花，他深情地望着这位女子，他们即将在太空中诞下人类的第一个婴儿。这是他梦想中最重要的阶段，没想到这么快就来临了。他停下工作，抱着雨诗，轻轻地抚摸她黑色的长发。

"雨诗，我好爱你。我们要好好地给他起个名字了，哈哈。"吴般爽朗的笑声在空荡荡的太空舱里回荡。

"我也爱你，我们要好好地把他养大。"

"嗯！亲爱的，你来看我今天收到的消息。今天还需要查看恩尼格码。"

"好。"赵雨诗接过手写板，取来手册，详细地读取了人类联合体发来的这条信息。

读完之后，她沉默了，吴般也沉默了，两位热爱思考的人，此刻的内心世界一片翻腾。他们从来没有想到过地球和人类的命运竟然会朝着如今的方向发展。

雨诗的沉默，有另一层深意，这是身为男人的吴般无法体会的。她现在是一位母亲了。曾经的她，始终挣扎在是否离开地球母亲怀抱的左右为难中，如今就要挣脱之时，又陷入了更深的泥潭。那是一个妈妈对自己孩子的爱和慈悲之心。

吴般没有给地球回信，他也需要思考，当初卫星碎片雨事件已经让他陷入万劫不复的心灵谴责，如今这个决定一旦做出，他将成为人类的罪人。

　　这一晚，两人心中的担忧并没有和对方说出，直到早晨醒来。

　　吴般首先说话了："雨诗，我想好了，不要回答，永远也不要再回答了。"

　　雨诗面色凝重地抬起双眼看着他，说："般，我们要回答，地球人是我们的孩子。"

　　"不！雨诗，你忘了吗？你忘记我们一路走来的艰辛了吗？"

　　"我没有忘记，我爱你，般，我爱我们的孩子，我也爱人类。当初我们做决定时，是那么弱小，我们对于地球人来说可有可无。可是现在，几十亿人都在盼望着我们的回信。"

　　"你想过失败的后果吗？对接失败，粉身碎骨。"

　　"我想过，我不怕。"

　　"亲爱的，我不同意！"吴般强忍着怒气说道。

　　"亲爱的，如果你不同意，我就和孩子一起走出太空舱，我们来生再见。"赵雨诗清楚地知道，即使没有孩子，如果没有她作为雌性，吴般作为雄性生物也没有了向宇宙繁衍后代的意义，他的一切梦想都将灰飞烟灭。

　　吴般又一次沉默了。在自然法则面前，一切都那么地平等，一切都那么地残酷，他不得不做出妥协。

　　"好，亲爱的，我同意你，我同意帮助地球人。但是你一定不要忘记我们的初心。碳基国的未来会无比美好。"

　　两人就此达成了一致，于是转动太阳能板，向地球人发送了信号。

第二十章 精卫填海

一个完完整整的**超级金字塔**矗立在蓝色的星球之上，它的底部覆盖着海南岛，四周是蓝色的太平洋。它冲破所有的云层，尖锐的顶部直插太空。它的身形远远超越了人类历史上的任何人造建筑物，更像**天外来物**，像外星文明的城邦。

　　"精卫填海"是人类历史上最宏伟的工程。

　　经过筛选，海南岛被定为"精卫填海"的基地。人类要在这个基地上，将全球20亿个白色立方体送往太空。之所以选择海南岛，一是因为那里人烟稀少，二是因为海南岛的地形在众多大型岛屿中是比较平缓的，有利于作为工程的基础。

　　通过计算，全世界所有的白色立方体共有60亿个，全部使用才能完成这项工程，所以各大洲的所有白色立方体必须通过海洋运输过来，水运是不依赖电子系统的主要交通工具，尤其是大型帆船，近几年一直是全球物资流通的主要海上交通工具。

　　但是陆运就非常麻烦，秋白发明的太阳能机械动力汽车和为数不多的蒸汽火车是主要交通工具。因而从数量上来说，海运抵达海南岛即抵达终点，这大大减少了运输成本和时间。

　　在等待各地运输的第一个月里，工人们对海南岛四周进行了基本改造。将西南地区的沿海山丘铲平填入大海，将碎石用作混凝土骨料，全岛四周实现了基本的平整。同一时间，工人们利用海水涨潮到最高水位时，将溢入陆地的海水引向工地，并同时铺设混凝土集料，一层层浇筑的过程中，一个环形的平整的正方形混凝土平台逐渐形成。平台边长为200千米，像一个印章一样盖在岛上，而平台的断面为台阶形，高差为 20 米，共两级。

吴般和赵雨诗也在太空里关注着工程的进展。

与此同时，来自广州和广西的白色立方体已经运达徐闻港。从这里开始，白色立方体直接从火车上起飞，飞行一小段距离后在空中卡接，并沿着自身的滑轨一排一排逐个落入海中。从徐闻港到海口港，它们像台阶一样从徐闻港逐渐深入琼州海峡底部，并一直堆叠延伸到海口。在三天的时间里，一座白色的 80 米宽的碳质跨海大桥修建完成。

这座大桥将承担起整个亚洲东部的陆地运输。大量物资和人员都乘坐太阳能机械车抵达海南岛，并在海口市平整后的遗址上建立起白色蜂群城市。这里将成为"精卫填海"工程的第一指挥中心，其中高达 1000 米的指挥塔屹立在琼州海峡。指挥塔由 50 层白色立方体垂直堆叠而成，安装了机械升降机。海口市曾经辉煌的城市天际线又重新复活了，在琼州海峡拍摄的照片经过大家手手相传，为更多的人带去了希望。

在指挥中心东侧的海甸岛上，新建了一座更加精密的反射镜阵列，占地面积更大，以保证与碳基国的高效沟通。

第一个月结束的时候，一切准备工作都已经就绪，秋白站在指挥塔的顶端，插上了一只巨大的红旗。它象征着人类走向生机的决心，地面上的人们举手欢呼。

然后，他下令启动建造工程。

第一个白色立方体从海口港起飞，沿着低矮的轨迹飞到方环基地一边的中点，停留片刻校准位置后，平稳地降落到地基最内环地面上并与定位点对齐，它的外侧紧贴着 20 米高的混凝土台阶的侧壁。紧接着，第二个飞来降落到它的旁边，并与之锁接。然后是第三个、第四个、第五个……

上百个立方体像蜂群一样从港口起飞，它们逐一降落并相互锁接，沿着环形地基延伸开来，一直到四条 200 千米的长线交会在一起。这第一层的外环消耗掉 40000 个立方体，用时 60 分钟。行动完全符合工程计划。

第一层内环紧接着开始布局，60 分钟后宣告完成，这样在基地底层地面上便形成了宽度为 40 米的首层四方环。

与第二层台阶对应的四方环在接下来的 2 个小时内完成。这样便形成了断面为 Z 形的稳固基座，与同样断面为 Z 形的混凝土地基互相卡住。这样做的目的是承接上部巨大的倾斜造型的侧推力。

整个工程基地按照预先安排好的 100 × 4=400 个工段，每个工段安排 100 名人员，其中有 60 名为身强力壮的青年。施工速度成倍地加快起来。

第二天清晨，秋阳将手中的红旗用力一甩，新埠岛的团队便立刻旋转镜面阵列，将阳光反射到高度同样为 1000 米的位于阵列中心的塔顶。塔顶是一个球体万向反光镜，于是在全岛的工程队长们立刻收到了开工的消息。10 秒钟内，提前停留在基地外圈的立方体立刻起飞并停入对应位置，新的一层铺设完成，高度为 20 米，

接下来，困难来了。因为白色立方体的太阳能机械发动机单次垂直飞升能力非常有限，所以以每爬升一层，每个立方体都需要停留在该层，与相邻的立方体交换蓄热模块，这个模块已经提前储存好太阳热能，交换过程将消耗 10 秒钟，然后才有足够的能量爬升下一层。因此全部完成第二层花掉了 20 秒钟。

第三层交换两次蓄热模块，用时 30 秒钟。

第四层交换三次蓄热模块，用时 40 秒钟。

第五层交换四次蓄热模块，用时 50 秒钟。

第六层交换五次蓄热模块，用时 60 秒钟。

第七层交换六次蓄热模块，用时 70 秒钟。

第八层交换七次蓄热模块，用时 80 秒钟。

第九层交换八次蓄热模块，用时 90 秒钟。

按照工程设计，在第十层的内部，以第十层为投影，每隔 1 千米架设一个 9 层高的柱子，由 9 个立方体堆叠而成。当然，施工是提前完成的，在该层对接即可。

第十层建设完成的时候，从大海上看去，整个海南岛已经成为一座超级围城，城墙由 200 米高、20 米进深的台阶密密麻麻地排列而成，与迪拜被天使摧毁的正在建设中的"线之城"（The Line）非常相似。

建设到第 1000 层的时候，总高度达到 20 千米，总共用去 1390 小时。从 500 层向上，便进入了高海拔大气层，温度降低，气压降低，空气含氧量降低，人们已经躲进了房间里。

房间里已经安置了氧气压缩机，从户外的稀薄空气中吸收过滤氧气并储存，达到所需浓度时释放到室内空间，以保障住户的氧气环境足够平稳。而室内温度的平稳则由外墙的太阳能薄膜吸收的热量来维持。

秋阳一直站在工程的最高点负责指挥，在这个位置，他看到了雄伟的珠穆朗玛峰矗立在一望无际的千千万万个雪峰之间，苍茫的青藏高原延伸向天边，无边无际的太平洋在地平线消失的地方弯曲成了巨大的球面。

　　建设到第2000层的时候，总高度达到40千米，总共用去230天。人们开始失去耐心。他们发现这是一个等差数列求和的数学问题，尽管人类联合体已经在数学和工程上做到了极限完美，但是随着层数的继续升高，每向上增加一层，都会消耗很多时间，这个问题越来越严重。人们开始怀疑这项工程是否会中途停止，怀疑到底多久才可以建成。按照当前速度的等差数列计算，当建筑高度达到200千米的目标高度时，将耗费138900小时，即约5790天。如果按照梯形结构越向上总量越小的规律进行削减，也有10年左右。很多被困在半坡的居民们驾驶着自家的立方体散落下来。在地面上的居民也发生了动乱。

　　这场动乱直接造成了工程进度的延缓，直到人们在海边发现越来越多高维文明的简并态身体从海面冲出并占领立方体运输船，大家才终于冷静下来面对现实，不得不继续工程。

　　重新恢复工程的过程非常困难，大量损坏的和缺位的立方体需要从首层补充回来。从2000层复工时，已经消耗了5年。

　　工程进展到第5000层时，总高度达到100千米，此时距离开工已经过去了9年光阴。100千米是地球引力大幅衰减的位置，曾经的火箭发射到达这个高度时都会卸掉第二级燃料仓，让火箭主体进入轻松的加速阶段。而对于白色立方体来说，虽然太阳辐射强度增加了数倍，但是储能模块受体积所限并不能增加，因而工程速度并没有改变。

　　白色立方体的居住空间外围护墙体、屋顶、地板均为碳材，是非常好的保温介质，并且可以过滤掉宇宙射线。在这个高度上，居民们感受到了轻微的飘浮感，身体变得轻盈，所有的东西都变轻了一些，孩子们更是玩得不亦乐乎，一些原本不方便的老人也开始行动自如。

每上升一层，人们都期待着家里的电器能够忽然亮起来，那种久违的感觉好像小时候家里停电又来电时的兴奋。但是每上升一层，都令人失望。房间里只有阳光和月光，没有电灯，更没有蜡烛的火焰。太阳能和风能成了获取能源的主要方式。

每层的家家户户将每日的生活垃圾交由管理员统一处理，压缩后，从工程内部沿着轨道向下坠落，坠落过程会产生热能，这些热能重新用在供暖系统中。

工程内部的地面上，保留了海南岛的原生生态系统，提供更多的食物保障。越向上攀升，食物短缺问题就越严重。每一个从地面起飞的立方体都需要为途经的十个立方体携带压缩食品包，主要为肉类，但是毕竟空间有限，且重量越重上升速度越慢。人们在白色立方体的下方框架空间内，为自家种植了谷物和蔬菜。其外墙和底座在出发前已经统一改造，经验来自李秋白当年初出茅庐时试验过的垂直农场。

人们在高空中的生活仍然丰富多彩。设计之初，相邻的白色立方体空间是有门洞可以连通的。所以喜爱社交的人们会经常串门，天气好、温度高时就走阳台，天气不好、寒冷时就走室内。人们开始改造这些立方体的房间，有的成了棋牌室，有的变成了小商店，还有的成为儿童游乐室。这便是蜂群城市的有趣之处，模块化的空间可分可合。

"精卫填海"工程到达这个高度，已经完成了一半，整体的形态初步显现。它将成为一个高度为 200 千米的超级金字塔，目前在齐腰的高度，呈现为一个巨大的梯台。云层已经在它的脚下。头顶是交替出现的万里晴空和清澈的星空。

继续向上建设，每层所需的立方体数量明显减少，工程速度越来越快。人们看到了希望。天空的不远处已经可以清晰地看到碳基国在快速飞过。它每天会出现 16 次，这是为了维持稳定轨道而必须达到的第一宇宙速度。

吴般和赵雨诗都老了 10 岁，接近天命之年。他们的儿子已经 10 岁，名叫吴滨瀚。两位老人日夜轮换着帮助地球人指挥工程，传达信息，这已经成了日常工作之一。转动太阳能板的工作，他们总让吴滨瀚来做，因为他可以在很短的时间内心算出准确的角度和位置。吴滨瀚还负责基地的粮食种植。他虽然只有 10 岁，但头脑极其聪慧，对整个碳基国已经了如指掌，并且正在为即将到来的人类研发超高产量的太空谷物。

当工程进展到最高层的时候，也就是金字塔封顶的时刻。碳基国绕行地球一圈后，吴般三人看到了那震撼的一刻。一个完完整整的超级金字塔矗立在蓝色的星球之上，它的底部覆盖着海南岛，四周是蓝色的太平洋。它冲破所有的云层，尖锐的顶部直插太空。它的身形远远超越了人类历史上的任何人造建筑物，更像天外来物，像外星文明的城邦。的确，如果"精卫填海"计划成功，人类即将挣脱地球引力和外星文明的束缚，进化为星际物种。

但是封顶，仅仅代表着"精卫填海"计划进行到一半，接下来的行动才是人类太空历史上最具有挑战性的事件，也将是每个人类居民要面对的生死考验。

位于顶部几十层的居民们，正在兴高采烈地庆祝，忽然看到了家里的电灯、电脑，墙壁上的屏幕都亮了起来。这样的场景阔别了20年之久，人们都不约而同地流下了眼泪。在距离地表200千米的太空，价带电子终于被释放了，宇宙是公平的，没有谁可以肆无忌惮地操纵物理规律。此刻的秋白，又一次在心中向逝去的宋千峰院士致敬。他曾对秋白说过一句话："在最艰难的地方一定有最简单的答案。"

人们沉浸在突如其来的幸福之中不久，就到了与幸福暂别的时候。下一步任务接踵而至。

现在轮到碳基国行动了。按照计划，吴般启动了停工已久的碳材生产舱体，并将其轴线对准金字塔的塔尖。然后打开了用于吸收空气的巨型口部，曾经这里是为了给碳工厂提取地球大气中的二氧化碳原材料。如今它开足马力，仅仅是不停地吸取大气层。

三天之后，一幅宏伟的场景展现在太阳系中。蓝色星球上矗立着的超级白色金字塔，沿着塔尖方向，朦胧的白色大气层被远在200千米之外的五角星形碳基国吸吮成为一条越来越细的气旋，这个在太阳系蛰伏了300万年的智慧生物文明，即将沿着这条气旋，迈出向高级文明进化的第一步。

秋白将一个内部无人居住的白色立方体从卡扣中解开，只见它借助巨大的气流上升推力，在电能驱动的四个螺旋桨的精确驱动下，向着碳基国的方向飞升而去。碳基国在他的及时示意下，关闭风口并扭转角度躲开了这个立方体，让它沿着运动方向继续飞入宇宙深处。

这验证了李秋白的设想，无论多么严格的计算，这20年来，他的心中总有一丝不安，如果说超级金字塔是人类伸向宇宙的第一只手臂，那么这股来自碳基国的气流则是宇宙伸向人类的手臂。两手相握，全人类20年的辛劳才有意义。

正式开始时，碳基国将中轴线调整到与前进方向一致，然后将其向地球倾斜30度，并将风口功率开到最大。因为它在以每秒钟7.8千米的速度高速飞行，所以被吸吮的大气在其尾部像一条龙一样延伸开来。

气旋首次经过超级金字塔时，在顶部准备就绪的第一批白色立方体顺着风向起飞了。它们卸掉了所有不利于飞行的荷载。之后是第二批、第三批、第四批……它们在风中向着太空飞去，起初像白色的蝴蝶翩翩起舞，越向上速度越快，成千上万的白色立方体汇聚成白色的瀑布向着太空喷薄而去。随着碳基国的继续运动，气旋渐渐弯曲，白色的瀑布也慢慢地弯曲成一条贝塞尔曲线，并在接近碳基国运行轨道的区域开始逐渐并入其轨道中。在气旋的带领下，它们的速度也越来越接近第一宇宙速度。

从太空看去，超级金字塔的塔尖在继续扩散，越来越多的白色立方体飞升起来，融入宏伟的瀑布之中。贝塞尔曲线形的瀑布越来越长，紧紧跟随在碳基国的身后，逐渐地拉长成环绕地球的白色烟雾。

慢慢地，一条宽阔的白色星环形成了，星环里运行着的是人类20亿个居住单元，他们和它们经受住了长达30年的艰苦考验，终于抵达了梦想中的太空。

在出发之前，每个立方体的上下四角都提前装备了太空专用的电能驱动喷射口，现在恢复了运转。大家利用喷射口和螺旋桨，调整自己立方体的姿态和角度，相互卡接成一个高度为 1000 个立方体的垂直建筑，然后沿着轨道的方向逐渐加长，最终形成一条环绕地球的高度为 20 千米的完整的扁平星环。这个过程就像海南天空中千变万化的云朵一样，蔚为壮观。

扁平星环上局部有扩大的蜂群状突出形体，是为了合并容纳更大的公共空间，比如商业、体育场、学校等。

蜂环城市形成的过程持续了 10 年，这是所有家庭立方体从超级金字塔底抵达塔顶的时间。人类的太空生活正式拉开了序幕。

以碳基国为主体的太空工业体系逐渐发展起来，工程机械、生活用品、农业食品、科学实验基地一个接一个地建成并投入使用。碳基国由最初的 2 人发展为 1 亿人口的超级工业大国，由吴般和赵雨诗组成的领导团队进行管理。而原先在地面上由各大洲独立成国的结构又一次被突破，整个蜂环城市合并为一个国家，只是内部按照圆形均分的区域形成 24 个省区，整体上由李秋白和赵芸牵头的人类联合体进行管理。

第二十一章　星变

地球表面，无数个筒并态身体在山峦之间起起伏伏，随着地形以**拓扑三角**的数学结构**覆盖**了青藏高原、珠穆朗玛峰、昆仑山脉、塔克拉玛干沙漠、结冰的青海湖……一切的一切。

　　高维文明的身体在成熟之前，必须与人类身体相互绑定，才能通过人类的感知系统来获得对周围世界的感知。但是从第一颗铁原子开始附着到第 30 天后，简并态身体便依靠禁锢在铁原子核表面的电子自旋编辑信息并将其传递给高维文明，成千上万个感知汇总融合后，高维文明对地球很快了如指掌。

　　在此之后对人类身体的依赖时间越来越短，直到只需获得 DNA 启动信号，便可交给下一个简并态身体继续使用。因而随着时间的推移，高维文明在控制了 3000 万人类后，便不再需要更多。而这些不幸的人最终都在一遍遍的折磨中痛苦地死去。

　　20 年之后，地核内的铁元素被彻底掏空，地球成了一颗空心行星。在太空飞行的蜂群城市中的人们看到了意想不到的景象。

　　地球失温了。

　　这是一个连续的过程。地心物质减少，热量随之流失，地球温度逐渐降低，地球南北极的冰雪范围逐渐扩大，越来越多的地区进入连续的冬季，漫天的风雪常年不停。海洋由蓝色慢慢凝结成白色，绿色的大地也逐渐枯萎成白色。

　　白色的地球，进入新的永远不会再结束的冰期。

　　在超级金字塔坡面上的人们，眺望着自己的家乡被冰雪吞没，再也没有后退的勇气，只有不停地攀登，攀登，无尽的天空是生存的唯一希望。超级金字塔从厚度上分为三层，内侧两层均为支撑结构，这些白色立方体将永远地留在地球上，而最外层是不断向上攀登的立方体，每个立方体内居住着一家人。当金字塔顶的白色立方体开始起飞时，金字塔底的家庭才开始攀登。从塔底攀登到塔顶的垂直距离是 200 千米，而因为每一级都要与内层结构交换储能模块，所以速度非常缓慢。

赵芸负责指挥收尾工作。海南岛四周的海洋已经开始结冰，这让她想起了上海黄浦江当年的情景，一晃已经 30 年过去了。金字塔坡面上的家庭立方体的输送过程已经接近完成，她现在站在 200 千米高的塔尖，向下俯瞰，超级金字塔脚下的海南岛已经被白色的冻海包围，地球上大部分的陆地也逐渐被冰雪覆盖。整个地球由蓝白相间变成了纯白色。

此刻，天使刚刚指挥完成最后一批简并态身体的建造。3000 亿个简并态身体分布在地球的各个村庄。她的脚下是南极洲冻结了亿万年的冰川，这里是地球的极点。暴风雪正在疯狂地泼洒，寒风像刀子一样，但这些对于拥有简并态铁身体的高维文明生命来说，毫无感觉。

一粒雪花飘落在天使长长的睫毛上，太阳微弱的光芒在雪花上散射出晶莹的光线，天使清澈的眼中刹那间释放出死神的气息。她将双手放在眼前，这是一双历经 30 年，杀害了无数人类，摧毁了所有城市的黑色的手，它的黑色深不见底，手心像地狱的深渊。然后，天使伸开双臂。

另一个简并态身体走了过来，以同样的身姿站立在风雪中，伸出双臂，一只手握住天使的手。继而第三个简并态身体也走了过来，将两手分别握住他们各自的另一只手。三个身体组成一个等边三角形。

然后，第四个、第五个……

由简并态身体相互拉结组成的黑色三角网格在雪白的南极大陆上生长开来，同一时间，白色的地球上多个位置都扩散出这样的三角网格。

天使脚下的冰川裂开一个洞口，她迅速地沉入其中。穿过青蓝色的冰雪，穿过银白色鱼群往复穿梭着的深蓝色的海洋，穿过恐龙化石密布的亿年沉积岩，穿过坚硬的花岗岩地壳，穿过水与石交融的地下水层，穿过晶莹剔透的金刚石层，穿过猛烈流动的火热岩浆，穿过地幔刚刚形成的即将冷却的镍金属表面，从内壳表面冲出，到达被掏空的地心。这是一个直径为3000千米的巨大空间。

漆黑的深渊布满了星星点点的火红色光点，这是3000亿个简并态身体上下穿梭形成的隧洞，岩浆在这些洞口冒出又很快冷却。新的洞口一个接一个地继续被穿透、生成、冷却。她能够感知到在这个巨大的球形空腔中，正在聚集着来自高维文明的纯能量。她站在空间的内壁之上，脚下的地幔产生反向的引力，天使闭上眼睛，伸出双手，同样地，四周聚拢来一个又一个的简并态身体，三角网格沿着球体内壁弥漫开来。地球表面，无数个简并态身体在山峦之间起起伏伏，随着地形以拓扑三角的数学结构覆盖了青藏高原、珠穆朗玛峰、昆仑山脉、塔克拉玛干沙漠、结冰的青海湖……一切的一切。

金字塔的顶端，赵芸推开门走进最后一个立方体，她长长地舒了一口气，按下起飞和自动导航按键。这是 30 年来最轻松的时刻。她走到一面镜子前，摘下军帽，解开马尾辫。那个身穿绿色军装的英俊女孩，如今的脸庞已经饱经风霜，双眼深邃冷静，乌黑的长发之间藏着些许白色发丝。

　　白色立方体起飞了，在气旋中倾斜的瞬间，赵芸从镜子中看到了身后窗外的白色星球，黑色的三角网格正在遍地生长。沉浸在回忆中的女将军忽然惊醒，她三步并作两步跑到阳台上，顾不得寒冷和飓风，眼前的一幕让她的神经剧烈地紧绷起来。

　　赵芸立刻呼叫在近地轨道的李秋白。此刻的秋白正在和人类联合体成员开会。他们跑到窗边向下看去。

　　2000 亿个黑色简并态身体手手相连以三角网格的形态完整地覆盖了星球表面。那是一张来自高维文明的压力之网，将地球从内壁到外壳双向绷紧。

　　天使从地幔内壳改变方向返回地表，来到超级金字塔的北岸。曾经的海口指挥中心已经人去楼空，冰雪覆盖的琼州海峡依偎在高低错落的超级金字塔的身旁，它们在平静的鹅毛大雪中安然地永远沉睡了，化作历史的一页。她来到李秋白所在的指挥塔顶，回忆起两人在西藏林芝和村民们一起度过的美好时光，仰面望向蓝色天空中如银河般宽阔璀璨的白色蜂环，她本应该属于那里，那个天堂一样的充满爱心和欢笑的人类世界。

她想起了在切尔诺贝利死去的哥哥，两人的一生只有那短短的一分钟相聚在一起。心中撕裂般疼痛，眼泪从双眼滑落脸颊，滴在脚下洁白的雪地上。天使蹲下身子，用手握起泪水滴落处的一捧雪花，让它们紧贴在自己的脸颊上，冰凉却温暖的每一粒雪花都来自这颗美丽的星球——自己的家乡、爸爸的家乡、妈妈的家乡、哥哥的家乡、李秋白的家乡。如今，自己即将亲手毁掉这一切。

"是时候为可爱的他们做这件事了。"天使双手捧起冰冷的雪，将它们一遍一遍地敷在眼睛上，让那刺骨的寒冷将自己的双眼冻瞎，钻心的疼痛，决堤的思念，她的凄厉的喊声震撼了整个琼州海峡。之后，天使便摔倒在地不省人事。晕厥和失明瞒过了高维文明的监视，在这十分钟里，她做了一个梦。

梦醒时分，眼前的世界伸手不见五指，虚无一片。只有高维文明的指令在焦急地催促。

她闭着眼睛，立刻伸开双臂，继续吸引其余的简并态身体将超级金字塔、海南岛、南海海面完全覆盖。

很快，3000亿个简并态铁身体完全连接完成，天使在心中默默地回忆着西藏林芝的美好画面，咬紧牙关一声令下：

"启动！"

地球开始星变。

站在旋风中立方体阳台上的赵芸、站在太空中的李秋白，以及全人类，在毫无心理准备的情况下，见到了这颗拥有 45 亿年历史的星球寿命的终结。只见白色的星体——3000 千米厚的地幔和地壳物质——在内外筒并态铁三角网格及其磁场的共同超强压力下，逐渐向中轴坍缩成 2000 千米厚、1000 千米厚、100 千米厚、10 千米厚、1 千米厚、100 米厚、10 米厚、1 米厚、10 厘米厚、1 厘米厚、1 毫米厚……

地球上的 117 种化学元素，经过 277 个小时的核变后，被全部压缩成为拥有 26 颗质子、30 颗中子、26 个电子的铁原子，而电子被继续压入原子核内。这个过程中释放出巨大的能量，却并没有向地球之外的空间释放，而是全部锁入新星体的内部空间之中。

一颗透明的空心星体诞生了，它的实体厚度几乎接近于一颗原子，而沿着球体表面，密集排列的原子核形成了巨大的拉结力，使得它可以稳固地呈现出球体状态。通过对太阳光的透射和反射，才可以看清它弧形的外形。

地球的一切都已终结。这颗崭新的透明铁星，像一滴宇宙的眼泪，静静地飘浮在深邃的太空之中。

同样地，星环中的每个人都流出了眼泪，那是无家可归的怅然若失。

李院士的博士生忽然喊道："不好！引力密度攻击！这层薄壳的引力密度要比地球表面强大很多倍！攻击目标是我们的星环！"

"立刻将星环的立方体缺口全部填满！形成百分百闭环！"李秋白下令。

博士恍然大悟，解释道："新的引力仍然是向心的，而星环的圆心与引力中心是重叠的，因而整个圆环的每段将承受相同的向心引力，这样会使得星环结构更加紧密，而不会崩塌。"

结果果然和预测相同，星环仍然在稳定地运转。

但此刻的月球，朝向透明新星的一面，开始崩裂并向其抛射出大量物质。

"抓紧一切时间！提取氦-3！"李秋白立刻下令。

在太空的新10年中，人类已经借助太空的低温和真空环境，成功突破了可控核聚变能源技术，其原材料全部来自月球土壤中储量丰富的氦-3。收到李秋白的指令后，成千上万个碳骨架蜂群机器人立即飞向月球展开紧张的收集工作。

万幸的是，地球星变之后，总质量并没有改变，只是所有物质集中在星体表面导致引力密度剧增。但是随着距离的增加，引力衰减非常快，月球一侧被撕裂的过程中，其主体的质量逐渐减小，因而绕行速度提高，增强的向心力与新星形成了新的引力平衡。撕裂的碎片在引力和绕行惯性力的共同作用下，在新星和月球之间3/10的位置形成了新的稳定轨道，于是一个灰色的陨石星环形成了，它与蜂群星环处在相同的角度。

在太阳系中，这样一个奇特的人类文明获得了暂时的安宁，由碳组成的扁平状白色星环与一个更大的由陨石组成的星环共同围绕着一颗透明的铁星高速旋转。被撕裂后的月球，像一颗被咬了一口的苹果，环绕在它们的外层。

没有人知道，3000亿个高维文明的身体都去了哪里，大家都在猜测它们隐藏在铁星内部，或者它们的存在只是为了制造这颗简并态铁星，身体早已与之再一次融合。但无论如何，人类脚下的这颗星球看似美丽，却危机四伏。它像一个脆弱的泡影，象征着人类文明梦幻一般的童年。目前星环和铁星形成的力学平衡是非常脆弱的，一旦双方各自出现微小变动，对人类来说都是再一次的灭顶之灾。

地球星变后，蜂群星环中的人类恐慌情绪泛滥开来，很多人无法接受地球母亲的终结，更无法面对太空生活的无尽渺茫，认为生命忽然失去了意义，其中许多人选择了结束自己的生命。

李秋白望着那颗陌生的星球，心中隐隐作痛。30年前在林芝，麦子不辞而别。这30年中，每每仰望星空，对心上人的思念总会涌上心头。可如今，麦子与地球终于还是走进了毁灭的深渊。

其间因为高维文明的电子战，李秋白一直无法动用项链中的铅粒探视天使的思想。在近地轨道恢复电能后，李秋白立即着手设立了XR实验室。科学家们对这半颗铅粒内的电子进行提取，利用太空纯净且低温的物理环境，将这些保持量子纠缠的电子一颗颗注入Micro-LED的每一个晶体对应的电子基板上，并利用人工智能技术对原本粗糙的图像进行补帧和声音模拟。最终，一台像素达到16K的双眼虚拟现实头戴显示器研发成功，如此高的分辨率可以让一切数字影像达到与真实世界毫无二致的效果。

人们知道，此时与高维文明恢复通信，危险之中一定蕴藏着一线生机。

经过7年的观察和等待，在地球星变之后，眼镜终于收到了来自天使的信息。这是一段匪夷所思的梦境。

第二十二章 梦的解析

纤云弄巧，飞星传恨，银汉迢迢暗度。金风玉露一相逢，便胜却人间无数。柔情似水，佳期如梦，忍顾鹊桥归路。两情若是久长时，又岂在朝朝暮暮。

李秋白戴上这副眼镜，进入了天使的梦境。

这是一个夏日的夜晚，夜空清澈透明，却是牛奶一样的白色，而繁星都是黑色，均匀地镶嵌在其中，像一幅版画。

天空之下是一个被山石环绕的高台，高台的地面被缓缓流动的白色云雾覆盖着。四周的山石上有几只站立的白色仙鹤正在注视着远方。这场景像极了一幅山水画。

谈笑声从流动的云雾之间传来。天使向前走去，脚踝被云雾缠绕着，前进的方向并不清晰。穿过一片淡薄的云雾后，说笑声渐渐明朗起来。

"织女，你快来看嘛。"

"快来快来，看我的作品。"

那是几个女子温婉清脆的声音。她们呼唤着天使，称呼她为"织女"。织女也非常好奇地穿过烟雾，碎步跑了过去。黑色裙子和衣袖在云雾中轻轻起舞，黑色的长发从脸颊和额头向身后飘散开来。

高台的中间，云雾渐少。四位妙龄女子正在其中嬉戏打闹。一个个身穿飘逸的七彩长裙，头饰精美的束发，闪闪发亮的长簪垂下叮叮作响的流苏。她们的身旁摆放着几台木质的机械，这些方形的机械像织布机，又像竖琴。刚才呼唤她的两个女子正坐在其中一台织布机一侧，脚踩着木质踏板。

"来了，来了！"织女一边说着一边走近。

这是一块白色的锦布，上面星罗棋布地织满了大小不一的黑色圆点，这些圆点由细腻的黑色线头相连。

穿着红色长裙的姑娘一边说笑一边继续编织，布面上每增加一处细节，高台四周的天空中便相应增加同样的星星。那些星星之间也有黑色的细丝相连。另一位身穿蓝色长裙的姑娘站起身来，转过柔软的腰身，以青葱一样的手指上长长的红色指甲抚弄像竖琴一样的机器中一根根黑线和白线，织女听到整个世界都响起优美的琴声。

她正要和两位姑娘一起工作，旁边嬉戏打闹的姑娘们都凑了过来。其中一位身穿绿色长裙的姑娘俯下身，脸贴着布面仔细观看，忽然指着白布上的一个小小的黑色圆点说道："你们看那颗！"

"看到了，看到了。"大家应和着。

"这颗线松了，我们去看看吧，嘻嘻。"她一边笑着一边说道，明眸皓齿分外迷人。

"娘娘不会同意的。"织女心中有些犹豫便说道。

"不会的，放心吧，我们偷偷去偷偷回。她不会知道的。嘻嘻。"绿衣姑娘笑着说道。

"走嘛，一起去嘛，难得织错了一颗哦。"蓝衣女子也柔声说道。

"走啦走啦。"七位仙女轻盈地飞了起来，朝着天空中与布面上对应的那颗星星飞去。

飞行的过程中，周围的世界像水墨一样化开了，白色的宇宙和黑色的群星也逐渐融化成虚无缥缈的黑色丝线。

水墨再一次聚集的时候，七仙女已经来到了一个新的世界。

这是一座宏伟的古代城市，琼楼玉宇，气势磅礴，一望无际的建筑物屋顶在眼前铺展开来。傍晚时分，远处的恒星正在落山，火红的晚霞洒满整座城市。夜幕降临后，七仙女来到了一条非常热闹的街市。这里灯火通明，大大小小的商铺沿街排开，城市中的人们穿着考究，打扮精致。

路口的牌楼上写着四个字：大唐西市。

七仙女在街市的人群中穿梭嬉戏。街市的中心是一条河，许多条载着客人的木船悠闲地穿过一座座石质拱桥。

织女对眼前的繁华景象望得出神，忽见河中一条船上有一位身穿白色长衫、头戴黑色帽子的人，他正在深情而洪亮地吟诵一首诗：

> 花间一壶酒，独酌无相亲。
>
> 举杯邀明月，对影成三人。
>
> 月既不解饮，影徒随我身。
>
> 暂伴月将影，行乐须及春。
>
> 我歌月徘徊，我舞影零乱。
>
> 醒时相交欢，醉后各分散。
>
> 永结无情游，相期邈云汉。

摆在他身旁的是一个木桌，桌上有三只酒杯和一只酒壶。他一边吟唱，一边点上了一支西洋烟斗。男子忧伤、纯真、热情、潇洒的气质深深地吸引着织女。吟唱到第三句时，他从椅子上拿起一件乐器，那是一把小提琴，他一边吟唱，一边拉起了小提琴。悠扬的音乐从河面荡漾开来，在夜市中格外悦耳。

沉浸在音乐中的织女，看到整个长安城被烈火燃烧殆尽，紧接着眼前的世界又一次模糊起来。

再清晰的时候，一条清澈见底玉一样的河流掩映在山峦之间。山峰高耸入云，下部是缓和开阔的草甸和牛羊，紧接着是粉红色漫山遍野盛开的桃花，中部是五色松林，上部是黑色山岩，顶部是白色的雪峰，雪峰的白色与天空的白色融合在一起，仿佛消失不见。

织女和六位仙女一起从天而降，落在草地之上。嬉戏玩耍了一会儿之后，旅途劳顿的女孩子们想要在海子里洗澡，便找到水边一处丛林。在树木的遮挡下，她们将脱去的衣服挂在树枝上，然后说说笑笑着走到湖中。

仙女们从来没有这么开心过，大家都忘记了回去的时间，直到蓝衣仙女提醒。于是大家都回到树林里穿衣服，一个个向天上飞去，织女最后走出水面。她来到树林处，发现自己的衣服竟然找不到了。

焦急万分之时，她听到远处一声牛叫。一个年轻男子牵着牛走了过来。

"姑娘，你的衣服被我的牛用牛角牵走了，我给你送回来了。"小伙子说道。

"谢谢你，你能转过身去吗！"织女有些不好意思地说道。

小伙子转身面向群山。

织女穿好衣服，喊他回过身来。

两人相视而笑。面前的男子像极了在大唐西市遇到的那个诗人。她惊讶地问道："你去过大唐西市吗？"

男子点头说道："去过，我在河中吟诗，你在河边沉思。我看到你啦。"

织女脸一红，弯膝作了个揖，害羞地说道："小女子织女。"

"叫我牛郎就好了。"

缘分无比珍贵，织女在去留之间做了一个选择，她希望和牛郎多待一会儿。两人聊了很多，无话不谈。

"我知道你是仙女，我可以叫你天使吗？"牛郎问道。

"当然可以。我喜欢这个名字。"

两人在湖边坐了很久很久，时间仿佛静止了。也许是一天，也许是一年。最后，牛郎盯着织女的眼睛，深情地说道："天使，你愿意嫁给我吗？"

天使点点头，美丽的眼睛沁满泪水。

时间一年一年过去，周围的山峦起起伏伏，并渐渐向远处退去，四周的草原和森林也渐渐消失不见，变成了一望无尽的沙漠和戈壁滩，远处的昆仑山脉逐渐露出雄伟的脊梁。

"爹，娘！"他们的儿子和女儿不知不觉已经6岁，正在水边玩耍嬉戏。

就在这时，织女听到来自天空的声音："织女，娘娘生气了，你赶紧回来！"这是绿衣仙女的声音。

织女抚摸着两个孩子可爱的小脑袋，和牛郎拥抱在一起。

"牛郎，我要走了。天上一天，地上十年。我们在一起已经十年了。"她流下了眼泪，悲伤地望着孩子和牛郎。

"你去吧，天使本不属于人间的。"牛郎忍住热泪，深情而坚定地说道。

于是相濡以沫的牛郎和织女第一次分别了，在飞向天空的路上，织女看到地面上的湖泊镶嵌在昆仑山脉的东北侧，西部是无尽的沙漠，那汪白色的湖水也一天天干涸。这时她听到一个声音从下方传来：

"天使！我们来啦！"只见牛郎和两个孩子乘坐着一张透明的飞毯向她飞来。

原来，那只陪伴了他们十年的老牛，化作了一张飞毯。

织女喜极而泣，她鼓起勇气把牛郎和孩子带上了天庭。

快到云雾中的高台时，娘娘看到了他们的身影，勃然大怒。她用力地喊道："荒唐！你是神仙，他是凡人，你们不能在一个世界！"

话音刚落，娘娘便朝着高台里的仙女们怒喝道："你们现在把那颗脱线的黑斑给我拆掉！然后织一条银河，让他们永不相见！"

很快，仙女们拆掉那颗黑色圆点后，便在白色的布上纺织出非常密集的黑斑，天空也发生了相应的变化。白色的星空忽然像瀑布一样倾泻下来，从牛郎织女牵着的手中穿过，猛地将两人冲散开来。两个孩子被瀑布席卷而去。

这条星河汹涌澎湃，越来越宽阔，两人隔岸相望再也看不清彼此的容貌。两人撕心裂肺的呼喊之声也渐渐被洪流吞没。

当娘娘下令停止的时候，高台四周的风景早已物换星移，织女站在望不到对岸的星河边缘，泪水已经哭干。伤心欲绝的她跑到娘娘身边，跪在了她的面前，仙女们都跑过来一起跪下。

"娘娘，牛郎和织女是真心相爱，而且已经有了子嗣，孩子将来还会有子子孙孙，这将是一条新的生命之河，望您开恩！"

"娘娘！"

"娘娘！"

"娘娘开恩！"

在众仙女的求情之下，娘娘思考了很久，她望着这条汹涌澎湃的星河，伸手从白布上抽取出连接无数黑色圆点的细丝线，将它们在空中泼洒开去。只见这些丝线在天空中像绽放的烟花一样，绚烂之后便化作一只只迎风飞舞的喜鹊，它们向着星河的对面飞去，一千只、一万只、亿万只喜鹊首尾相连，形成了一座美丽的拱桥。

娘娘来到织布机前，在星河瀑布旁边，鹊桥之上，星空之中，写下了这样一首诗：

纤云弄巧，飞星传恨，银汉迢迢暗度。

金风玉露一相逢，便胜却人间无数。

柔情似水，佳期如梦，忍顾鹊桥归路。

两情若是久长时，又岂在朝朝暮暮。

"秋白，这是我的梦。我走了，来生再见。"

梦境结束了，李秋白迟迟不肯脱下眼镜，眼前的世界一片漆黑，仿佛天使坠入的永恒黑暗。这时，有一只温柔的手轻轻拍了一下他的右侧胳膊。

"好了，她走了，我们让她走吧。"这是赵芸的声音。

李秋白没有说话，轻轻脱下眼镜，怅然若失地呆在原地。

"愿死者安息！"

"各位，大家都已经仔细地观看过天使临终前的梦境了。这个梦是我们获得的最意外的情报，来自高维文明所占领的水深火热的地球。接下来，让我们来解开梦中的意义，看看天使想告诉我们什么。"赵芸说道。

"一定有意义吗？也许只是天使的梦而已。"

"不，一定有意义。因为，在梦的最后，天使与我们说了唯一一句话。这说明她是清醒的。"赵雨诗作为现场唯一一个心理学家，首先发言。

"清醒和做梦不是自相矛盾吗？"赵芸质疑道。

"不矛盾。人类做梦的过程，分为两个阶段，分别叫 REM 和 NREM。REM 是快速眼动阶段，这个阶段人的自主意识是可以存在于梦境中的，甚至可以操控梦境情节的走向。而 NREM 是非快速眼动阶段，这个阶段是深度睡眠，梦境是无意识的，甚至睡醒后都无法回忆。所以天使既然能在梦中和秋白告别，说明她正在 REM 阶段。"赵雨诗详细解释道。

"我们现在还能坐在这里说话，说明梦境没有泄露任何关于高维生命的真实信息，否则太阳系会继续被格式化。天使的行动是值得的。

"弗洛伊德在《梦的解析》里提出的核心观点是：梦是愿望的

达成。即在潜意识中，做梦者的愿望引领着整个梦境的内容和发展。而组成梦境的素材部分来自做梦者自身的经历和认知，部分来自想象。梦境的生成主要有四种方式：凝缩、置换、象征和二次加工。

"好，我们现在开始分解梦境。

"整体上，这是一个牛郎织女的神话传说，而天使梦到自己就是织女。这个神话几乎人类社会的每个人都很熟悉。所以我们要思考的是，天使为什么选择牛郎织女的故事？

"从战略上讲，选择人们越熟悉的故事，传递的总信息量就会越少，那么有用的信息就会在其中占比更高。这一点大家是否认同？"

"认同。"

"好的，然后我们来看，牛郎织女是神话中为数不多与宇宙真实相关的。这个神话描述的是位于天琴座的织女星和位于天鹰座的牛郎星。这两颗恒星与我们的太阳同样位于银河系第二悬臂。在距离太阳较近的恒星中，织女星排名第十一位，牛郎星排名第十二位。

"这是第一条线索，银河系、织女星、牛郎星。

"继续分析。这个神话的整体大结构，并没有被天使改动。仍然是牛郎和织女的爱情故事，最后以鹊桥相会为结局。这本身是否含有信息？

"这是第二条线索，牛郎织女神话本身。

"梦境中的人物，首先看七仙女。原本的神话中，并没有七位仙女。这里天使安排了七位，把自己排除后，是六位。那么七、六意味着什么？

"第三条线索，数字七、数字六。

"继续分析，仙女们在云雾缭绕的高台之上，正在织布。而布面上的画面与天空中的画面一一对应，仙女织多少，天空上的星星就生成多少。这个细节一定有很重要的含义，因为神话中并无此内容。

"第四条线索，画布与星空。

"继续，天空的颜色很反常，黑白反相，星星都是黑色，画布是白色的。星星之间由细长的黑色丝线连接。相信这是天使留给我们的重要信息。

"第五条线索，星空的黑白反相，星星之间的丝线。

"绿衣仙女发现红衣仙女正在纺织的布面上的一颗黑色圆点的丝线松了，于是她们决定去这个圆点对应的星星看一看。这个现象和行为本身，蕴含着重要信息。

"第六条线索，丝线松了的星星。

"仙女下凡的第一站，并非牛郎所在的村庄，而是大唐西市，这是唐朝都城长安。这是原始神话中没有的内容。

"第七条线索，仙女入长安。

"在长安的夜市，天使看到的河面上正在吟诗的人，从衣着和诗的内容来看，是李白没错。这也是天使增加的重要信息。

"第八条线索，李白。

"李白所吟唱的诗，是他的原作《月下独酌》，诗的内容既然清晰地被天使听到，那么其中一定蕴含着重要信息。

"第九条线索，李白的诗《月下独酌》。

"他吟诗的过程中，抽着西洋烟斗，拉着小提琴。这两样事物虽然发明时间均为 15 世纪，与李白在同一个时代，但是他并没有这两样嗜好。这也就是说，天使为我们隐藏了重要信息。

"第十条线索，李白的西洋烟斗和小提琴。

"牛郎和李白是同一个人，这是最匪夷所思的信息。

"第十一条线索，牛郎和李白是同一个人。

"两人从相爱到结婚，从结婚到生儿育女，经历了十年之久，但是在天使的梦中，织女感觉到只有一天的时间。织女亲口说了一句话：'天上一天地上十年。'

"第十二条线索，织女说天上一天地上十年。

"两人回到天庭后，娘娘指使仙女们在布面编织出密密麻麻的黑色圆点，天空便倾泻下一条黑色星星组成的河流。这条河就是神话中的银河。

"第十三条线索，银河由仙女编织而成。

"娘娘指使仙女将那颗松线的圆点拆掉，这是原始神话中没有的情节，且这个圆点就是仙女们当时去看一看的地方。

"第十四条线索，拆掉松线的圆点。

"组成鹊桥的材料是娘娘以白布上黑色圆点之间的黑色丝线在空中散开然后组合而成。这些黑色丝线与鹊桥的关联是重要信息。

"第十五条线索，圆点与圆点之间的黑色丝线组成鹊桥。

"鹊桥跨越银河，牛郎织女在桥上相会。这是原始神话的最终结局，相信这个结局里含有重要信息，即天使为什么选择这个神话，而不是其他神话。

"第十六条线索，牛郎与织女鹊桥相会。

"最后一句话，天使说：'秋白，这是我的梦，我走了，来生再见。'这句话的每一个字都可能蕴含重要信息。

"第十七条线索，天使的遗言。

"整个梦境，是否含有天使的重要主观愿望？

"第十八条线索，天使的主观愿望。"

"各位，第一轮解析结束，共十八条线索，接下来我们进行第二轮解析。"赵芸示意大家休息片刻，入座后继续会议。

"线索一，银河系、牛郎星、织女星。这条线索，第一种可能，天使告诉人类，飞向银河系内的牛郎星和织女星。第二种可能，这条线索没有有效信息。

"线索二，牛郎织女神话本身。这是一个爱情神话。她为什么选神话，而不是其他类型的故事？神话本身含有不可能实现的意味，即代表了这个梦境的重要性。

"线索三，数字七、数字六。六这个数字我们人类很熟悉，尤其是近三十年，我们以碳原子的六面体晶体结构制造出了赖以生存的白色立方体骨架。而七这个数字，似乎没有有效含义。这条线索说明，碳是人类的重要材料，甚至不只是材料。

"线索四，画布与星空。这条线索理解起来比较难，但是如果把仙女看作人类以外的高级文明，就好理解了：高级文明正在编织星空，天空中闪亮的星辰均由它们编织而成，或者叫制造而成。

"线索五，黑白反相，星与星之间的黑色丝线。这条线索毫无头绪。

"线索六，丝线松了的星星。显然，这可能就是地球，或者代表着太阳系。丝线松了，这个事件本身表示高级文明在造星过程中发生事故。仙女们去嬉戏，实际上是去检查这颗星，以免被娘娘责骂。那么，娘娘应该是高级文明的首领。

"线索七，仙女入长安。长安是当时世界上最大的城市。如果对标我们现在的上海市，便可以理解为，高级文明来到地球的第一座城市是上海市。这就可以与30年前的上海事件对应上了。长安被烈焰吞没，上海市也是同样的命运。而大唐西市的那条河正是黄浦江。

"线索八，李白。李白，我们唯一可以联想的是，李秋白。这样的角色转移，是梦境中经常发生的，错乱的破碎的信息会被重组形成新的人物。"

"其实不然，我和天使第一次相遇在黄浦江边的时候，我正在吟诵李白的诗，她听到后与我说话，我们因此结识。"李秋白简要描述了一下当时的场景。

"线索九，李白的诗《月下独酌》。这条应与线索十、线索十一合并分析。线索十，李白手中的西洋烟斗和小提琴。线索十一，牛郎和李白是同一个人。既然不是李白本人的嗜好，根据梦境的置换逻辑，西洋烟斗和小提琴应该是另一个人的。这个人在古代不好找，但是放到近现代，有一个人是最佳人选，就是物理学家爱因斯坦。"

大家听到这里都惊讶起来。

"如果是爱因斯坦，那么《月下独酌》这首诗，大家要仔细分析了。天使显然是在告诉我们，爱因斯坦的理论是重要信息。诗里有两个重要角色，即月和影。整首诗是李白与这二者的相互关系。如果把李白置换成爱因斯坦，那么就是爱因斯坦与月球和阴影之间的关系。但是爱因斯坦并未涉足过月球和阴影。从梦的四种生成机制之一——二次加工——可以解释，月球代表的可能是宇宙中的所有星体，而阴影代表的可能是宇宙中除星体以外的黑暗区域。

"这个信息量太少，继续解析。

"关于天使为何要选择李白和爱因斯坦这两个人，一定有非常关键的安排，并不一定只是因为爱情。我们需要了解两人各自的人生经历。李白写作这首《月下独酌》之时，是他在长安跟随唐玄宗从政的最后时日，因自己的率真性格和朝野斗争被贬，政治理想无法实现，心情苦闷时于夜晚独自饮酒，写下这首诗。本有四首，天使选择了第一首。之后，李白游走于江南一带，后被请入永王李璘的幕府中，被重新重用，在平定叛乱的工作中被卷入政治斗争，最后以失败告终。所以这首诗背后的关键信息是李白被贬。

"而在爱因斯坦的事业人生中，有一个他自称为一生中最大的错误的事件。即1915年，爱因斯坦在广义相对论中列出宇宙能量方程，这个方程所呈现出的宇宙整体是动态的，可当时的物理学界普遍认为宇宙是静态的，为了一致，他在方程等式的左边增加了一个宇宙常数，这个常数可以抵消不断收缩的动态宇宙，以保证整体的静止。之后在哈勃的观测中，发现整个宇宙所有星系都有红移现象，这说明宇宙是在不断膨胀的，而非静止。爱因斯坦这时才意识到，自己当年所加的常数是多余的。于是，他公开承认这个宇宙常数是他一生最大的错误。

"到了20世纪90年代，天文物理学家发现银河系的自转非常反常，按照经典物理，银河系应该是越远离中心旋转速度越慢，但是实际的观测数据证实，银河系各个位置真实的旋转速度是一致的，按照经典物理的计算，这样的状态应该分崩离析才对，但是并没有，这说明在整个银河系范围内，有大量看不见的物质在发出引力束缚着银河系。科学家称为暗物质。这个现象在全宇宙中的星系里普遍存在。经过计算，暗物质占全宇宙总质能的25%。

"随后，科学家又发现宇宙的膨胀是加速的，而且是在大爆炸之后先减速再加速。这说明减速时期是由可见物质和暗物质共同构成的引力在起作用，但同时有一个无处不在的排斥力在与之抗衡。当排斥力胜过引力时，整个宇宙便开始加速膨胀。这个排斥力的来源被定义为暗能量，经过计算，暗能量占宇宙总能量的68%。暗能量的发现，让物理学界重新关注起爱因斯坦的宇宙常数，恰恰是这个常数，无意中解释了暗能量的作用。

"那么，我们来看，李白的被贬，启发我们联想到了爱因斯坦一生中最大的错误，即宇宙常数和能量方程。而这个宇宙常数，恰恰是关于月与星体、影与星体之间黑暗区域的理论。这便是天使在梦境中的良苦用心。"

大家听到这里，感到惊讶的同时，一脸茫然。因为暗物质和暗能量对于人类来说太陌生了，它们仅仅是理论计算的结果，人类至今并没有任何观测证据。

"线索十二，天上一天地上十年。这便迎刃而解了，是爱因斯坦的相对论。运动中的物体速度越快，它本身的时间就越慢。但是这里需要关注天使为我们提供的数据。一天与十年的比例是1:3650，也就是说时间流速压缩到地球时间的1/3650，按照相对论计算得知，该物体的速度为光速的 93%。

　　"当然还有一种可能性，她想表达的是，目标星球的时间流速。有可能指的是织女星星系，而非牛郎星星系。因为这是织女和牛郎二人的亲身感受。织女和牛郎二人象征着织女星和牛郎星。

　　"仍有第三种可能，她想表达的是，线索四、五、六所暗示的高级文明世界中，时间流速是地球的 1/3650。

　　"有一个推论，如果牛郎并没有跟随织女来到天庭，那么两人将永远也不可能再见。织女在天庭多待一天，对于人间的牛郎来说便是十年的人生，这是非常残酷的事实。

　　"线索十三，银河由仙女编织而成。不言而喻，高级文明创造了银河系。这里有个悖论，即，地球是银河系的一部分，这个过程是否可以理解为，将原本已经存在的地球带入新的银河系。这样在地球上的人们才会看到银河。那么结论是，地球曾经并不属于银河系！地球上的人们没有太阳是无法生存的，这意味着太阳系也曾经不属于银河系。这个推论需要仔细斟酌。当然我们也可以不做推论。

　　"线索十四，松掉线的圆点。高级文明创造了地球，从梦的四种生成方式之一——象征——来分析，这颗松掉线的圆点就是地球。松掉线，象征着地球在造星过程中存在缺陷，或者象征着它将被修补或拆除的命运。从梦境最后娘娘指使仙女将其拆除的情节来看，地球的命运是：从宇宙中摘除。这与我们现在的处境是一致的，地球正在被高维文明吞噬。

　　"线索十五，圆点与圆点之间的黑色丝线组成鹊桥。从暗物质和暗能量的角度看，圆点与圆点之间的黑色丝线，即象征着星与星之间的黑色丝线，这与科学界对暗物质形态的预测比较一致。那么可以推断，暗物质形成喜鹊，喜鹊组成鹊桥。

"这里需要分析一个重要的事物，即喜鹊，当然我们可以把它当成背景神话进行忽略，也可以把它看成重要信息的载体。

"喜鹊，是一种黑色身体白色斑纹的鸟类。它象征着正向的具有积极意义的事件。人们普遍认为见到喜鹊便意味着将有好事发生。

"鹊桥是由大量的成群的喜鹊组成，这个过程像极了我们的蜂群城市。说明了天使对蜂群城市的认可。而更为重要的是，鹊桥如果是梦境结局中最重要的因素，那么蜂群城市对人类的未来也将非常关键。

"所以，总结下来有这样一种可能。以蜂群城市连接牛郎星和织女星。"

听到这里，大家都面面相觑，这个出乎意料的推论让人难以置信。

"线索十六，牛郎与织女鹊桥相会。这是梦境的结局。显然，结局是正向的。需要明确的是，牛郎象征着谁，织女象征着谁。可以推断，牛郎象征着人类，织女象征着高级文明。或者牛郎仅仅代表牛郎星星系，织女代表织女星星系。相会的意义可以理解为，两个文明的融合而非战争，两个星系的连接而非屏蔽。

"线索十七，天使的遗言。线索十八，天使的愿望。这里面有一个重要的词语'再见'。该词虽然意味着分离，但是在汉语的含义里，同样意味着将来的某一天可以重逢。以弗洛伊德《梦的解析》的核心思想——梦是愿望的达成——来解析，天使的真实愿望其实是重逢——她与李秋白的重逢、她与人类的重逢，高级文明与人类文明的相聚。

"'来生'这个词语，也许意味着天使此刻的确已经牺牲了。但是在未来，她仍可能复活。虽然人类科技现在无法实现，但并不代表高维文明无法实现。

"以上梦的解析完毕。总结如下：高级文明是造星者，它们创造了地球、银河系及其他星系。天使有可能在未来的织女星与位于牛郎星的人类重逢相聚，以碳材构造的蜂群城市是相聚的重要工具。高维文明利用暗物质和暗能量在织女星与牛郎星之间建立起连接。唯一无法确定解析的是，这个连接到底意味着什么。"

第二十三章　终章

巨大的**白色星环**外边缘，脱离出一个白色立方体。它背后的发动机喷口喷射出火红色的烈焰，沿着切线方向朝着**远离太阳系**的方向飞出，成千上万个立方体像一条长龙般沿着切线脱离轨道。

　　无论如何，天使的梦就像一座灯塔，为人类指明了下一步的方向。但是三个星系相互距离都非常遥远，形成一个大致的等腰三角形。

　　牛郎星，即天鹰座 α，距离太阳系约为 16 光年。

　　织女星，即天琴座 α，距离太阳系约为 26.3 光年。

　　牛郎星与织女星相距 16 光年。

　　牛郎星和织女星均为刚刚成形的年轻恒星，也许这就是天使选择这两颗恒星的原因，它们都是造星者的最新作品。

　　仅从距离来看，去往牛郎星要比织女星容易很多，所以人类选择了牛郎星。旅途上有足够的时间继续解析天使之梦。

　　做好决定以后，科学家们开始计算旅途所需的能量和时间。结论是，以可控核聚变为燃料，将目前 60 亿人所居住的 20 亿个家庭立方体以及碳基国全部驱动，将加速、减速、匀速阶段合并计算，可以达到的平均速度为光速的 10%，即约 30000 千米每秒，所需时间为 158 年，总燃料消耗为 50 万吨氦 -3。其中，冲出太阳系所需的燃料为 30 万吨，像曾经的地面火箭发射一样，最主要的能量消耗发生在最初阶段。

　　对能量消耗更大的其实是旅途中的生态系统。要维持 60 亿人

158 年的良好生存，需要消耗的能量将达到 70 万吨氦 -3。这个过程中因为无法接受恒星的近距离能量辐射，所以必须自行生产能量，核聚变已经是效率最高的方法。

目前被撕裂后的月球的氦 -3 总含量，仅剩 90 万吨左右，对于曾经的地球生活是足够的，但是对于太空航行来说就非常捉襟见肘，而开采时间又将拖慢总时长。

面对这样的局面，人类陷入了困境。是不顾一切起飞，还是多停留数年研发新的能源技术？时间非常紧迫，人类联合体并没有找到答案。

吴般正在准备结束一天的工作，碳基国繁忙的工业生产让他没日没夜地操劳，两鬓已逐渐斑白。自从人类从超级金字塔顶起飞到现在，已经过去 10 年了。40 年的太空生活延缓了他和赵雨诗的身体老化。60 岁的老人依然精神矍铄。

下班后，他来到独属于自己的一间实验室，里面有很多他亲手制造的设备。他来到其中一台白色的多边形无人飞行器前，启动了它的发动机。他按动墙上的按钮，飞行器被导轨推入墙内的空腔，第一道门关闭后，第二道门打开，飞行器"嗖"的一声冲了出去。

前方是浩瀚无垠的宇宙，飞行器朝着远离地球和太阳连线的方向冲去。吴般在手中的平板电脑上盯着它的时速，当数值超过 298 千米每秒时，他知道它再也不会回来了。这个飞行器摆脱了透明铁星的高密度引力束缚，飞向了太阳系边缘。

这个多边形飞行器表面均为反射镜，在飞行了 30 分钟后，吴般看到它表面反射着太阳光，这里是曾经火星的轨道处。又过了 40 分钟，它经过了曾经木星的轨道处，继续向远处飞去。

吴般彻夜未睡，他和赵雨诗一起盯着电脑屏幕，观察着这个飞行器的位置，直到第二天早晨，飞行器终于飞出了奥尔特星云曾经的范围。它传回的数据均显示，所经过的曾经的几大行星和星云确实已经不复存在，而这个探测器却仍然可以存在。

　　吴般长舒了一口气，他担心的事终于没有发生：被格式化后的太阳系外层空间并没有被其他物理规律锁死，因而飞行器可以畅通无阻。

　　这次探测彻底坚定了他的信念。

　　在碳基国工作的人居住在星环的最外环。经过 10 年的培养和观察，他已经锁定了 1000 名非常忠诚的公民。吴般早晨将他们全部召集到一个停产的工厂里，然后切断所有的电源。他站在一个桌子上，大声说道："同志们，我们已经等待 10 年了，我宣布，俄狄浦斯计划今天正式启动。"

　　众人齐声喊道："俄狄浦斯！俄狄浦斯！俄狄浦斯！"

　　所有人已经被安排了相应的分工，大家立刻开始了行动。

　　有人负责调试蜂群立方体的组合程序，有人负责将已经生产完成的发动机运往白色立方体安装车间，有人负责打包物资和氦 -3 液态能源箱体，有人负责组织群众。这些所有的工作都是在非常隐蔽的方式下有条不紊地推进。

　　三天后，一切准备就绪。吴般牵着赵雨诗的手，两人站在指挥中心的窗口，一起按下了启动按钮。

只见巨大的白色星环外边缘，脱离出一个白色立方体，吴般和赵雨诗正站在其中，它背后的发动机喷口喷射出火红色的烈焰，沿着切线方向朝着远离太阳系的方向飞出。它作为龙头，以碳纤维缆绳拖拽着第二个立方体飞出，紧接着是第三个、第四个、第五个……成千上万个立方体像一条长龙般沿着切线脱离轨道。

　　每个立方体的形体都非常小，因而它们在太空中飞行很难被发觉，定位程序已经被修改得更加隐蔽。圆环绕透明铁星旋转一周为1.6小时，恰好这个时间内，外环的一圈200万个白色立方体一个接一个地首尾相连冲向太空。

　　俄狄浦斯计划的速度是如此之快，以至于当人类联合体发现时，长龙已经飞行到了月球的侧面。

　　第一次的起步，是利用星环本身的自转速度形成的惯性，以核聚变产生的拉力进行滑行。此时的在月球侧面，长龙利用引力弹弓效应继续获得加速。

　　吴般和赵雨诗经过详细计算，只选择了200万个较为年轻的家庭。即使这样，200万吨重的碳结构本身，加上人类的身体和物资，总重量达到了500万吨。这个重量的物体，想逃离太阳引力的拉扯需要耗费巨大的能量。

　　吴般早在10年前便看清了人类无法整体逃离太阳系的事实，如今时间窗口是如此紧迫，透明铁星刚刚形成，随时有可能继续变化，到时候一切都来不及。这么短的时间他仅仅秘密开采了1万吨氦-3。

　　当他们来到火星的轨道附近时，太阳的引力强度已经超过了前进的动力，40000千米的白色长龙逐渐开始减速。这时的人类联合体已经乱作一团，李秋白拨通了吴般的视频通话。

"吴般！你叛逃！"

"秋白，对不起，我们都很清楚，人类无法整体逃离，能源根本不足！"

"大家正在想办法！你这样做是为了什么？"

"上帝给了人类唯一的生存机会，就是现在，我别无选择。"

"158年的太空旅行，你们携带的能源也是不够的！"

"秋白，正是因为能源如此有限，现在我将向高维文明和天使发送一段文字。"

"啊！不要！"

吴般将那只虚拟现实眼镜戴在眼前，在脑中想象出这行文字：

"天使，谢谢你的智慧，你的梦境是你操控而成，你告诉了我们宇宙的真相。"

只见残缺的月球闪出微弱的蓝光后，从太阳系中被格式化抹除了，继而是白色的蜂群星环，几十亿人与他们热爱的碳结构家园被强大无比的格式化力量抚平为黑暗真空中飘散的纯能量，然后是水星、金星，最后是伟大的燃烧了50亿年的太阳，它轰然吞吐出无数红色的火焰，无穷无尽的红色晶格闪耀流动，一切都灰飞烟灭。

摆脱了太阳强大无比的引力束缚，吴般大声喊道："俄狄浦斯计划成功！新人类，加速前进！"

寒冷黑暗的太空深处，200万个白色立方体重新聚合在一起，形成了一个长边为 1000 个立方体即 2 万米、短边为 500 个立方体即 1 万米的白色超级立方体，内部是巨大的空腔。这样的组合方式对于长达 158 年的星际航行来说是最节省能源并且最人性化的。它就像一个巨大的社区，人们居住在四壁，而空腔则成为聚会休闲的广场。

航行速度虽然是光速的 1/10，但时间膨胀效应并不明显。人们没有选择冬眠，而是尽情享受着自己作为新人类祖先的幸福人生。大家都在畅想着抵达新世界后子孙们将如何安居乐业。

吴般和赵雨诗站在舷窗前，望着前方银河两畔的那两颗明亮无比的恒星。

"雨诗，在天使之梦的解析会议上，你并没有讲出全部，对吗？"

"般，是的，大家都在关注牛郎星和织女星，而我真正关注的是那座鹊桥，梦中的诗句里有一个词：相逢。我认为，在两颗巨大质量的恒星之间抵抗各自的引力而实现相逢，需要在一个特殊的位置，那就是二者之间的拉格朗日点。只有在那个位置停留足够长的时间，相逢才会发生。"

"我和你的看法相同。所以，将航行目标改为拉格朗日点！"

158 年后，新人类终于来到了这两颗神话中的恒星世界，它们遥遥相望却似乎心心相印，都是那么年轻，充满了生命力。

在拉格朗日点，人类等待了 4200 年。

经过 4200 年的进化，人类历经千辛万苦，所有的身体最终进化融合成一位英俊的青年。此刻，他正站在立方体碳飞船的前端并注视着前方，有力的右手握住碳框架，闪闪发亮的碳原子在红色晶格的弥散之中与他的手指融为一体，200 万个拥有生命的透明立方体像蜂群一样在身后扩散开来。他高高举起左手向远处召唤。

在那若隐若现的缥缈的暗物质丝线之上，仿佛有一位年轻的女子生长而出，黑衣束发。她轻轻地向他走来。

此刻的宇宙，像地球的黎明一样渐渐晕染成雪白的颜色，而那些原本闪烁的万亿星辰，像尘埃一样渐渐黯淡下去。在这白色的无尽虚空之中，无比宏伟仿若天堂的大千世界逐渐显现出来，那便是造星者的家园——蜂群文明。

　　2016 年的一个秋日夜晚，读完《三体》，我放下手中沉甸甸的书，打开书旁的电脑，在键盘上满怀憧憬地敲下人生中的第一部科幻作品的文字，从此踏上了科幻写作的漫漫旅途。

　　2024 年 9 月 11 日，《蜂群城市》完稿。窗外是海口市海甸岛西面的琼州海峡，超强台风"魔羯"刚刚离去，在灾难的黑暗中奋笔疾书的时光让我终生难忘。

　　作为建筑师，对"蜂群城市"的概念设计、三维建模和插画绘制，是我献给读者的礼物。在我看来，科幻文学和设计艺术本质上都是想象力的媒介化。

　　这部科幻小说中"蜂群城市"的概念，是我于 2016 年创业初期所构思，并绘制出雏形的。此概念后来演化出短篇科幻小说《沙漏》，发表于刘慈欣、孟建民主编的《九$^{+2}$座城市万种未来》。

　　在此基础上，我开始深度思考：人类城市的未来范式到底会是什么样子？从古至今，城市的发展经历了部落、乡村、城邦、都市、城市群等诸多阶段，建筑也越建越高，每个阶段的跨越都与人类科学技术革命相伴。近 30 年，互联网和科技发展风起云涌，却对经典城市造成了沉重的打击。

　　从心理学的角度来看，人格的发展往往始于内心的冲突、混乱和失衡，而量变到质变的推手却常来自外部世界。城市就像人，它正在经历混乱的痛楚，预示着将要发生的巨变。这巨变的内因，是智能科技革命，而其外因——那个推手——可能来自宇宙深处的高维文明。面对侵略、痛苦、战争，人类终会成长，城市将加速走向范式跃迁的进化之路，而高维文明为我们打开的，是一扇又一扇宏伟到无法想象的进化之门。

这个新的范式，便是"蜂群城市"。建筑物不再固定在土地上，而是化解为以家庭空间为核心的"蜂群单元"，每家每户都拥有一座可以自由飞行的房屋，就像电话与计算机结合成为智能手机、汽车与无人机结合成为飞行汽车，这些工具范式最终会走向"大统一"，即"飞行的家"。每个 20 米见方的飞行立方体自由组合便形成了姿态万千的"蜂群城市"。这便是我看到的城市的范式跃迁。

前些天与好友青年作曲家董刚、戏剧导演王乙诺聊天，探讨"建筑是凝固的音乐，音乐是流动的建筑"这个话题。那一刻我茅塞顿开：

蜂群城市正是流动的音乐！

本书的创作过程历尽艰辛，得到了很多人的支持和帮助。

感谢崔恺、张永和、鲁力佳、李兴钢、成砚、毛晓冰、常镪、关午军、张昕楠、董刚、王乙诺、谷强、陈霜林。

感谢吴岩、陈楸帆、何宛余、范兆森、原健、陈娱、张海龙、顾备、龙固新、要润明、高杰、卢日东、胡志亮、尚海、尚子沅、郭颖、梅老师、钱茜雅。

感谢小库科技、光辉城市的软件支持，感谢《蜂群城市》的责任编辑刘锐桢。

最后，感谢我的儿子与爸爸以脑洞大战为乐并带给我对未来世界的无限憧憬，感谢我的家人。

2024 年 11 月 1 日于海口"天空之山"